CHRISTINE PERNLOCHNER-KÜGLER

W0348820

Du stirbst nur einmal – leben kannst du jeden Tag

Eine Bestatterin erzählt

GOLDEGG VERLAG

Umschlaggestaltung: Hauptmann & Kompanie Werbeagentur, Zürich, unter Verwendung eines Fotos von © Gerhard Berger
Fotocredit Autorinnenfoto: © Gerhard Berger

Alle Rechte, insbesondere das Recht der Vervielfältigung und Verbreitung sowie der Übersetzung, vorbehalten. Kein Teil des Werks darf in irgendeiner Form (durch Fotokopie, Mikrofilm oder ein anderes Verfahren) ohne schriftliche Genehmigung des Verlags reproduziert werden oder unter Verwendung elektronischer Systeme gespeichert, verarbeitet, vervielfältigt oder verbreitet werden.

Die Autoren und der Verlag haben dieses Werk mit höchster Sorgfalt erstellt. Dennoch ist eine Haftung des Verlags oder der Autoren ausgeschlossen. Die im Buch wiedergegebenen Aussagen spiegeln die Meinung der Autoren wider und müssen nicht zwingend mit den Ansichten des Verlags übereinstimmen.

Der Verlag und seine Autoren sind für Reaktionen, Hinweise oder Meinungen dankbar. Bitte wenden Sie sich diesbezüglich an verlag@goldegg-verlag.com.

Der Goldegg Verlag achtet bei seinen Büchern und Magazinen auf nachhaltiges Produzieren. Goldegg-Bücher sind umweltfreundlich produziert und orientieren sich in Materialien, Herstellungsorten, Arbeitsbedingungen und Produktionsformen an den Bedürfnissen von Gesellschaft und Umwelt.

Der Inhalt dieses Buches könnte Sie beunruhigen oder an eigene traumatische Erfahrungen erinnern. Lesen Sie das Buch auf eigene Verantwortung. Wenn belastende Erinnerungen aufkommen, wenn Sie sich hoffnungslos fühlen oder sogar Suizidgedanken haben, wenden Sie sich bitte an einen psychologischen Notdienst in Ihrer Nähe oder an die Telefonseelsorge. Sie ist in Österreich unter der Nummer 142, in Deutschland unter 0800 1110111 oder 0800 111 0 222 und in der Schweiz unter 143 erreichbar.

ISBN: 978-3-99060-243-0

© 2021 Goldegg Verlag GmbH
Unter den Linden 21 • D-10117 Berlin
Telefon: +49 800 505 43 76-0

Goldegg Verlag GmbH, Österreich
Mommsengasse 4/2 • A-1040 Wien
Telefon: +43 1 505 43 76-0

E-Mail: office@goldegg-verlag.com
www.goldegg-verlag.com

Layout, Satz und Herstellung: Goldegg Verlag GmbH, Wien
Printed in the EU

Für meine zwei Männer – Peter und Leon

Inhaltsverzeichnis

Einleitung

Der Tod ist uns gewiss wie nichts anderes im Leben, und dennoch schieben wir ihn weit weg. Das hat sowohl gute als auch weniger gute Aspekte. Schlecht daran ist, dass wir uns dadurch nicht darauf vorbereiten und dazu neigen, den Tod ganz aus unserem Leben auszugrenzen. Ohne die Verdrängung hätten wir es allerdings auch nicht leicht: Wir würden im Bewusstsein leben, dass der Tod in jeder Sekunde eintreten könnte – und diese Angst wäre nicht auszuhalten. Sie würde uns lähmen. Wir würden keine Zukunftspläne machen und keine Risiken eingehen. Wir würden in kein Auto steigen und auf keinen Berg, wir hätten vielleicht Angst, die eigenen schützenden vier Wände zu verlassen, wohl wissend, dass die meisten Menschen zu Hause im Bett oder im Krankenhaus sterben.

Das Groteske dabei: Wir würden vor lauter Angst unser Leben verpassen. Damit das nicht passiert, wird es in diesem Buch darum gehen, Ihre Angst vor dem Tod ein bisschen kleiner und das Leben leichter zu machen. Mir ging es so, als ich damit begann, die Toten kennenzulernen. Viele Angehörige, die ich in den letzten Jahren begleitete, haben es mir immer wieder bestätigt: Die Realität des Todes anzuerkennen, macht den Tod nicht schlimmer. Es ist traurig und tröstlich zugleich. Die Auseinandersetzung mit der eigenen Sterblichkeit macht uns stärker.

Ich möchte Ihnen noch einen schönen Dialog zwischen Charly Brown und Snoopy mit auf den Weg geben, aus dem heraus der Titel dieses Buches entstanden ist:

Charly Brown: »We only live once, Snoopy!« (Wir leben nur einmal, Snoopy!)

Snoopy: »Wrong! We only die once. We live every day!« (Falsch! Wir sterben nur einmal. Wir leben jeden Tag!)

Tun wir es. Und tun wir es ein bisschen bewusster.

CHRISTINE

Das erste Mal oder warum ich mein Leben dem Tod gewidmet habe

Über tote Hamster und Meerschweinchen, abgetrennte Rehbeine und erste tote Menschen. Wie ich von der glühenden Mumienforscherin über die ängstliche Studentin zur Bestatterin wurde. Über Kinder, die cooler und neugieriger sind als Erwachsene, weswegen man Kinder nicht vor den Toten schützen muss.

Erste Male sind bedeutsam für uns und prägen sich besonders ein. Das erste Mal allein zu Hause, weil die Eltern ausgehen, der erste Schultag, der erste Kuss, der erste Sex, der erste Rausch und so weiter. Je nachdem, wie uns diese Erlebnisse ereilen, wie und ob wir darauf vorbereitet wurden und wie wir sie erleben und meistern, können sie mit unterschiedlichsten Gefühlen verbunden werden: mit Unsicherheit, mit Scham, mit Angst, mit Freude, Stolz oder Lust auf mehr. Auch der Tod tritt früher oder später das erste Mal in unser Leben, und Menschen sind mehr oder weniger gut darauf vorbereitet. Zu Beginn des Buches möchte ich erzählen, wie meine ersten Erfahrungen im Angesicht des Todes waren und warum es Erlebnisse waren, die mir letztendlich Lust auf mehr gemacht haben.

Ich bin 1971 in Innsbruck geboren worden und in Rum, einer damals 7.000 Einwohner zählenden Gemeinde nahe Innsbruck, aufgewachsen. Das Dorf war damals – wie heute immer noch – stark von traditionellen Totengebräuchen geprägt: Da ist man gestorben, wurde sofort vom Bestatter in der Leichenkapelle am Friedhof im geschlossenen Sarg aufgebahrt, und dann hieß es am dritten Tag »zweimal beten und dann tschüs« hinunter in die Grube. Heute wird nur einmal gebetet und der dritte Tag wird nicht mehr so eng gesehen, aber alles andere findet immer noch statt. Alle Rituale waren streng katholisch geprägt und für das Drumherum sorgten – wenn man Mitglied war – die Vereine und die immer gleichen Männer des Dorfes, die dem Bestatter zur Hand gingen – beim Tragen oder Ziehen des Sarges und auch beim Versenken in das Grab hinunter. Meine erste Beerdigung erlebte ich im Alter von etwa sechs Jahren. Die Taufpatin meines Großvaters, »das Gotele« genannt, war gestorben. Sie wollte für sich eine Feuerbestattung, in den 1970er-Jahren im katholischen Rum ein ernsthaftes Verbrechen, sodass sie von meinen Großeltern dazu überredet wurde, von »der Flamme«, einem Verein für Feuerbestattung, wieder auszutreten, was sie schließlich auch tat. Sie wurde wider Willen erdbestattet, und ich erinnere mich schemenhaft an meine Schritte durch den Kiesweg zwischen den Gräbern hin zu ihrem Grab. Es muss eindrucksvoll für mich gewesen sein, sonst hätten sich diese vagen Bilder nicht eingeprägt, ich kann aber kein Gefühl damit verbinden, weder ein positives noch ein negatives. Es war einfach interessant für mich. Heute sage ich immer: Kinder unbedingt zur Beerdigung mitnehmen, egal wie alt sie sind. Kinder sind neugierig, es ist interessant für sie und grundsätzlich nicht traumatisch.

Als ich zur Volksschule ging, zeigte mir mein Onkel Bilder von Mumien in einem Buch. Es war das in den 1970er-Jahren bekannte Buch »Götter, Gräber und Gelehrte«. Immer wieder schlich ich in sein Zimmer, holte das Buch heraus und betrachtete die Mumien von toten Pharaonen und anderen archäologischen Leichenfunden. Die Idee, später einmal Ägyptologie zu studieren, keimte in mir auf. Die Faszination, die diese Mumien bei mir auslösten, hielt bis zum Studienbeginn an. Das besagte Buch befindet sich mittlerweile in »meinem Besitz«, denn irgendwann habe ich es meinem Onkel gestohlen – es tut mir leid, Onkel Peter. Heute weiß ich: Es hatte eine wichtige Funktion, denn Särge blieben in meiner Kindheit und Jugend geschlossen, ich hatte keine Gelegenheit, einen Toten zu sehen, und wollte aber unbedingt wissen, wie Tote aussehen, sich anfühlen und riechen. Aus mir und der Ägyptologie ist bekanntlich nichts geworden, über die Umwege des Philosophie-, Psychologie- und Germanistikstudiums sollte ich dann mit Mitte dreißig allerdings wieder bei den Toten landen, diesmal aber so richtig. Bis dahin war es aber ein weiter Weg.

Der süße Duft der Verwesung

Ich kann mich an meine Hamster erinnern, die beide gestorben sind: Ich besaß sie nacheinander und gab ihnen praktischerweise denselben Namen – Muingi. Der erste starb an einem Hitzschlag, meine Mutter hatte ihn während des Staubsaugens auf den Balkon gestellt und in der sommerlichen Mittagshitze dort vergessen. Der zweite kam erneut durch meine Mutter und das Staubsaugen zu Tode. Er war aus dem Käfig entkommen und hatte sich unter einer Bank in der Stube verkrochen. Das energische Staubsaugen unter dieser Sitzecke hat ihn wohl zu Tode erschrocken, jedenfalls wurde gleich darauf seine Leiche entdeckt. Die beiden toten Hamster machten mich zwar traurig, aber eben auch neugierig. Ihre Begräbnisse im Blumenbeet – natürlich nach katholischem Ritus mit Grabkreuz – fand ich schön. Kinder sind so neugierig und weitgehend ohne Berührungsangst: Sie begraben tote Tiere und graben sie nach einigen Wochen wieder aus, um zu sehen, was aus ihnen geworden ist. Ein

Mitarbeiter erzählte mir folgende Todesepisoden aus seiner Kindheit und Jugend: Als er 14 oder 15 war, verstarb eines seiner Meerschweinchen. Es war Winter, sodass eine Erdbestattung bei gefrorenem Boden nicht infrage kam. Also hat er das Tier in einem Karton, sehr zum Missfallen seiner Mutter, in der Tiefkühltruhe bis zu einem möglichen Begräbnis im Frühjahr zwischengelagert. Für ihn gab es zwischen den tiefgefrorenen Forellen und dem geliebten Meerschweinchen keinen Unterschied. Seine Mutter konnte dieser Argumentation nicht ganz folgen.

Im selben Jahr, in einem Sommerzeltlager, fand er mit seinen Freunden das abgetrennte Bein eines Rehs, das wohl ein anderes Tier vom Kadaver abgebissen und verschleppt haben musste. Sie nahmen das Bein als Trophäe mit ins Zelt. In den darauffolgenden Nächten wurde das Bein zum wichtigsten Requisit beim Herumgeistern und Besuchen anderer Zeltlagergenossen. Dass es zunehmend übel zu riechen begann, störte die Jugendlichen nicht. Trotz des Geruchs gab es keinerlei Berührungsängste, und alle früheren Warnungen bezüglich der Giftigkeit von toten Tieren waren verblasst. Am Ende der Zeltlagerwoche haben die Jungs aufgrund kaum vorhandener Waschgelegenheiten den übel riechenden Rehfuß locker übertroffen.

Herrlich sind diese unverkrampften Kindergeschichten im Umgang mit dem Tod, und ich finde es schade, dass es nicht so bleibt. Denn auch mich verließ die Unbeschwertheit mit den Jahren.

Zwei tote Freundinnen, ein toter Opa

In den Jahren, die auf den Tod des alten »Goteles« folgten und in denen ich zur glühenden Mumienforscherin wurde, gab es in unserem Dorf und in meinem Leben immer wieder Sterbefälle. Mit den Jahren und dem langsamen Begreifen, dass der Tod etwas Endgültiges ist, das jeden Menschen – auch mich und meine Familie – treffen wird, verflog meine unbekümmerte und neugierige Art, mich an den Tod anzunähern, und ich entwickelte immer mehr Ängste und Angstfantasien. Dies jedoch, ohne je wirklich einen Toten gesehen zu haben oder eine konkrete Vorstellung von den Veränderungen zu haben, die der Tod mit sich bringt. Die Mumien waren nur Schwarz-Weiß-Fotografien und wirkten doch schon ziemlich vertrocknet. Die Särge meiner Lebensrealität blieben stets geschlossen. Heute weiß ich, dass genau das das Problem war.

Als ich 19 Jahre alt war, trat der Tod zum ersten Mal unmittelbar in mein Leben ein. Eine Schulfreundin starb bei einem Autounfall. Es war unfassbar und unglaublich: Drei Tage vor ihrem Tod saßen wir abends noch zusammen, um ein Klassentreffen zu planen, und plötzlich war sie tot, aufgebahrt im Sarg in der Totenkapelle umringt von Kränzen und Buketts. Es roch nach Nelken und Kerzen, und es war heiß, sehr heiß. Es gab keine Möglichkeit, mich persönlich von ihr zu verabschieden. Bestattungsinstitute boten so etwas damals nicht an, konnten Verunglückte, die vielleicht auch Organspender waren, gar nicht entsprechend versorgen, um einen Abschied möglich zu machen. Wer den Toten noch einmal sehen wollte, musste mit dem zurechtkommen, was ihm ohne Versorgungsmaßnahmen in der halb öffentlichen Totenkapelle präsentiert wurde, wenn der Deckel vom Sarg genommen wurde. Gerade und besonders nach so einem Unglück blieb der Sarg daher geschlossen, der Verstorbene in einem Plastiksack mit Reißverschluss, der den Sinn hat, dass die Flüssigkeiten, die der unversorgte Leichnam verliert, nicht aus dem Sarg tropfen können. Außerdem reduziert der »Leichensack«, wie man ihn damals nannte, Geruchsbildung – wenn man Glück hatte. Den Sack gibt es heute noch, er heißt inzwischen Hygienehülle. Ich verwende ihn so gut wie nie und nur, wenn es gar nicht anders geht. Einen Menschen in einen Sack mit Reißverschluss zu stecken, finde ich furchtbar. Außerdem erschwert diese Hülle im Falle einer Erdbestattung die Verwesung.

Sack hin oder her, es gab keinen Abschied von meiner verunglückten Freundin, es gab kein konkretes Bild, dafür sehr viele grauenhafte Fantasien. Heute weiß ich: Je konkreter das Bild, desto weniger Fantasien und mögliche Bilder, die einen dann im Nachhinein verfolgen. »Behalte sie so in Erinnerung, wie sie im Leben war«, ist der Unsatz des 20. Jahrhunderts unserer Bestattungs- und Trauerkultur. Es ist ein Satz, der uns jahrzehntelang geprägt hat und vermittelt, dass der oder die Tote eine Zumutung für Hinterbliebene ist, dass da etwas im Sarg liegt, das ganz schlimm aussieht, sich schlimm anfühlt und unangenehm riecht. Mit dem typischen Beten in der Kapelle und dem »tschüs« habe ich mich von meiner Freundin verabschiedet. Es gab ein großes Begräbnis an einem viel zu schönen Tag für ein Begräbnis. Nicht einmal das Wetter half beim Traurigsein, um endlich zu realisieren, was da passiert ist. Wir Jugendliche waren wie im falschen Film. Ich kann mich noch erinnern, dass ich grinsen musste und mich dafür schämte. Aber im Grunde habe ich es heute noch nicht realisiert, dass Birgit tot ist – nach über 30 Jahren.

Kurze Zeit später erkrankte eine Freundin an einem Hirntumor. Es war von Anfang an klar, dass da nichts mehr zu machen war. Eben noch zusammen maturiert und gefeiert und dann war er einfach da, Marias Hirntumor. In den darauffolgenden zwei Jahren trafen wir uns in der Freundinnengruppe regelmäßig und mussten hilflos dem Verfall ihrer Persönlichkeit zusehen, auch dem hilflosen Versuch, mit speziellen Diäten den Krankheitsverlauf zu beeinflussen. Es war tragisch. Am Ende ihres Lebens haben wir – vielleicht war es auch nur ich, ich erinnere mich nicht mehr genau – uns dann rar gemacht, zu stark war die Veränderung, zu unvorhersehbar ihr Verhalten, ihre »Anfälle«. Das hat uns erschreckt und verunsichert. Sie starb hoffentlich ruhig und gut begleitet. Es gab keinen Abschied für uns Freundinnen. Heute weiß ich, dass man das aushalten kann, dass es gut gewesen wäre und tröstlich, bis zum Schluss bei ihr zu bleiben. Es gab ein großes Begräbnis auf einem Friedhof in Innsbruck, wieder an einem viel zu schönen Tag für ein Begräbnis. Nicht einmal das Wetter half beim Traurigsein, um endlich zu realisieren, dass es wirklich passiert ist. Wir Freundinnen waren wie im falschen Film. Ich kann mich noch erinnern, dass ich grinsen musste und mich dafür schämte. Aber im Grunde habe ich es heute noch nicht realisiert, dass Maria wirklich tot ist – nach ziemlich genau 30 Jahren.

Und dann kam der Opa. Er war ein drahtiger über 80-jähriger Fachmann für Obst- und Gartenbau, sein Fachgebiet war die Pomologie, weswegen man ihn stets in Arbeitskleidung auf einer Leiter in einem Apfelbaum antraf, außer am Sonntag, weil da waren Anzug, Kirchgang und der liebe Gott angesagt. Er war schwerhörig seit seiner Kindheit, ruhig und milde. Ich mochte ihn sehr. Er schien unverwüstlich mit seinen 84 Jahren, aber plötzlich verfiel er, hatte Schweißausbrüche, litt an Müdigkeit, kam ins Krankenhaus, lag gelb, dünn und mit spitzer Nase in seinem Bett. Die Ärzte redeten dubios um den Brei herum. Bei meinem letzten Besuch bei ihm sagte er, er würde gerne noch mal einen Schluck Bier mit mir trinken. Ich versprach ihm scherzhalber, das nächste Mal Bier mitzubringen. Schlussendlich habe ich mich aber nicht getraut – leider. Irgendwann wurde er entlassen, was nicht daran lag, dass er am

Genesen war – das war allen klar. Eines Tages, ich war 21 und es war ein Samstagvormittag, läutete es an meiner Wohnungstür und mein Vater sagte: »Der Opa liegt im Sterben, wenn du ihn noch mal sehen willst, komm mit.« Was für eine Zumutung: mich, mit meiner Todesangst und meinem Leichenhorror zu einer Fast-schon-Leiche bringen zu wollen, unfassbar. Ich glaube, mein Vater hat davon allerdings und zum Glück nichts gewusst. Und so ging ich mit, aber nur, weil alle meine Verwandten dort schon versammelt waren und ich mir als stolze Psychologiestudentin die Blöße nicht geben wollte. Es war das allererste Mal, dass ich ein Sterben miterleben durfte, und das allererste Mal mit einer Leiche. Schon am selben Tag am späten Abend, als Opa bereits tot war, wusste ich, dass es das Beste war, was mir passieren konnte, denn es war überhaupt nicht schlimm. Es war traurig, aber auch schön, ruhig, und meine Angst war kleiner geworden. Ich hatte eine wichtige Hürde genommen und war gestärkt daraus hervorgegangen. An das Begräbnis kann ich mich nicht erinnern. Es war nicht mehr wichtig gewesen für mich, der eigentliche Abschied hatte an seinem Sterbe- und Totenbett stattgefunden.

Sag niemals nie: Wie ich doch Bestatterin wurde

In den folgenden Jahren absolvierte ich mein Studium, trat ins Arbeitsleben ein, bekam ein Kind, heiratete und begann nach einer kurzen Kinderpause am Ausbildungszentrum West für Gesundheitsberufe in Innsbruck und Hall die psychologischen Fächer zu unterrichten. Sterben und Tod rückten thematisch wieder eng an mich heran und fesselten mich. Meine Dissertation schrieb ich über den Umgang mit Scham- und Ekelgefühlen in der Pflege und hielt vor allem in Tirol, aber auch in den anderen Bundesländern und der Schweiz viele Seminare zu diesem Thema. Die Leiche war auch hier zentrales Thema. 2003 lernte ich meinen heutigen Geschäftspartner Markus Ploner kennen, der seine Dissertation über den Abschied von Verstorbenen geschrieben hatte und schon Erfahrung im Bestattungsbereich und mit moderner Verstorbenenversorgung gesammelt hatte. Das war damals ein absolutes Novum in Österreich. Ich wurde bei einer Promotionsfeier auf ihn aufmerksam, bei der seine Dissertation vorgestellt wurde. Sein Thema interessierte mich, weil ich es als wichtigen Inhalt im Rahmen meiner Lehrtätigkeit erachtete, aber es war auch mein persönliches Bedürfnis, mich noch konkreter mit dem Verabschieden zu befassen. Ich nahm Kontakt zu Markus auf, wir trafen uns, verstanden uns sofort gut, und so schlitterte ich 2004 mit ihm gemeinsam in die Tiroler Bestattungsbranche hinein, die gerade offen für Neues und junge Gesichter war. Und so wurde ich das, was ich nie in meinem Leben werden wollte – nämlich Bestatterin. Seit 2012 haben wir unser eigenes Bestattungsinstitut in Innsbruck und ich kann endlich so arbeiten, wie ich will. Es ist der spannendste und schönste Beruf, den ich mir vorstellen kann.

Sie haben – wie ich – von Kindheit an Ihre eigenen Erfahrungen mit dem Tod gemacht. Vielleicht waren diese ähnlich, vielleicht ganz anders. Und auch Sie wurden dadurch geprägt im Umgang mit diesem großen Thema, das uns alle betrifft. Im nächsten Kapitel geht es um unser aller Angst vor dem Tod.

Fürchten sich Bestatter vor dem Tod?

Das verwickelte Knäuel aus angeborenen, irrationalen, individuell und kulturell erlernten Ängsten vor dem Tod soll entwirrt und verständlicher gemacht werden. Wovor sich Bestatter eher schon und eher nicht fürchten, was uns belastet und wie Sie mit Ihren Ängsten besser zurechtkommen können.

»Manchmal wird behauptet, es sei der Vorgang des Sterbens, den wir in Wirklichkeit fürchten. Aber im Prinzip hätte ich ja nichts am Sterben auszusetzen, würde ihm nicht der Tod folgen«, schreibt der Philosoph Thomas Nagel in seinem Buch »Letzte Fragen«. Oft werde ich gefragt, ob man als Bestatterin überhaupt noch Angst vor dem Tod hat. Viele Menschen sind nämlich der Meinung, dass Menschen, die täglich mit Toten arbeiten, selbst keine Angst mehr vor dem Tod haben. Das stimmt jedoch nicht. Die Frage ist falsch gestellt und: Es ist kompliziert. In dieser Annahme werden unterschiedliche Ängste miteinander vermischt. Ich habe tatsächlich keine Angst vor Toten, diese Angst habe ich durch den täglichen Umgang mit ihnen und durch die tägliche Erfahrung, dass tote Menschen nichts anderes als sehr ruhige Nachbarn sind, »verlernt«. Die Angst vor Leichen wurde mir durch einen falschen und verkrampften Zugang zu den Toten in unserer Kultur lediglich anerzogen. Gleichzeitig habe ich aber Angst vor dem Tod und meinem eigenen Ende und vor dem Tod meiner wichtigsten Menschen um mich. Dass Menschen sich vor dem Tod fürchten, ist natürlich und auch gut so. Hätten wir die Furcht nicht, würden wir nicht gut auf uns aufpassen und gefährlichen Situationen nicht aus dem Weg gehen. Angst ist ein Gefühl mit Schutzfunktion, ein Warnsignal. Wenn wir in eine für uns bedrohliche Situation kommen, löst Angst ein Bedürfnis nach Vermeidungsverhalten aus und schützt uns so vor Gefahr. Sie dient der Selbsterhaltung und ist ein biologisch angelegtes, sinnvolles Reaktionsmuster. Angst entsteht im limbischen System, einem Teil des Gehirns, das für primäre Gefühle zuständig ist. Primäre Gefühle sind überlebensnotwenige Gefühle, die von Geburt an da sind. Wir erleben sie unmittelbar körperlich: zum Beispiel durch Zittern, Schweißausbrüche, Herzrasen und erhöhte Atemfrequenz. Diese körperlichen Reaktionen – auch »Leiblichkeit eines Gefühls« genannt – werden vom vegetativen Nervensystem gesteuert und sind somit nur schwer willentlich zu beeinflussen. Ihre Aufgabe ist es, uns in einer gefährlichen Situation am Nachdenken zu hindern und auf drei primitive Überlebensreaktionen zu reduzieren: auf Angriff, Flucht oder »freeze«, die Schockstarre.

Todesangst

»Der Tod ist ein Problem der Lebenden. Tote Menschen haben keine Probleme!«, meint der Soziologe Norbert Elias treffend in »Über die Einsamkeit der Sterbenden in unseren Tagen«. Er hat recht. Wenn Sie dieses Buch lesen, dann leben Sie und haben deshalb auch ein Problem mit dem Tod. Es gibt fünf Situationen, die im Menschen typischerweise Angst auslösen: Angst vor realer Gefahr und Bedrohung, Angst vor Unvermeidbarem, Angst vor Schwäche, Verlust und Ansehen, Angst vor Neuem und Fremdem sowie Angst vor Kontrollverlust. Das sind unsere Grundängste, sie sind zu unserem Schutz angeboren, natürlich und sinnvoll.

Auch wenn ein Toter niemandem mehr etwas tun kann und harmlos ist, kann er einem doch Angst einjagen, weil er uns die eigene unsichere Zukunft, den eigenen Tod vor Augen führt. Aber warum macht uns der Tod so große Angst? Ganz einfach: Der Tod vereint alle fünf Grundängste gleichzeitig. Er ist eine reale Bedrohung, unvermeidbar und ein Zustand maximaler Schwäche. Zudem etwas absolut Neues und Fremdes, weil niemand weiß, ob es danach überhaupt etwas gibt, und wenn ja, wie es dort aussieht und wie es uns dort gehen wird, schließlich ist bekanntlich noch keiner, der wirklich tot war, wieder zurückgekommen. Wichtig zu erwähnen ist: Menschen mit Nahtoderfahrungen waren nicht wirklich tot und können uns auch nichts darüber berichten. Der Tod ist schlussendlich auch der Zustand unseres absoluten Kontrollverlustes, und man verliert – um noch einmal auf die dritte Angst zurückzukommen – an Ansehen, da man rein rechtlich zu einer Sache, zu einem Gegenstand ohne Rechte und Pflichten wird. Der Philosoph Dieter Birnbacher spricht vom Tod als Kategorienwechsel, als »radikalen ontologischen Absturz«, bei dem der Mensch irreversibel von einer Person zu einer Sache wird. Man wird zu einer Sache, die sich außerdem rasch und nicht gerade zu ihrem Vorteil entwickelt, und zu einer Sache, die entsorgt werden muss. Tot zu sein, ist demnach kein erstrebenswerter Zustand aus der Sicht von Lebenden und daher ist unsere Angst davor verständlich.

Träume und Albträume

Mitunter träume ich von den Toten. Meist tauchen sie als sogenannte »Tagreste« auf, so nennt man das Phänomen, wenn Erlebnisse vom Tag nachts im Traum erscheinen. Harmlos sind die Toten im Traum immer dann, wenn sie ihrer Rolle als Verstorbene gerecht werden und einfach tot sind. Bedrohlich oder verstörend werden sie nur, wenn sie wieder zum Leben erwachen. Die Untoten scheinen in den Träumen von uns Bestatterinnen ein weitverbreitetes Phänomen zu sein. Darauf hat mich meine deutsche Kollegin Barbara Rolf aufmerksam gemacht, die in ihrem Youtube-Kanal »Der Tod und ich – Geschichten einer Bestatterin« Folgendes erzählt: »Nachts ließen mich die Verstorbenen lange unbehelligt, doch irgendwann stahlen sie sich doch in meine Träume. So träumte ich zum Beispiel, dass fertig versorgte und eingebettete Tote aus ihren Särgen kletterten, im Krematorium herumliefen und keine Lust hatten, meinen Anweisungen Folge zu leisten, sich wieder hinzulegen. Ein Verstorbener klagte, sein Arm tue ihm weh, ich solle etwas dagegen unternehmen. Seine Trauerfeier stand unmittelbar bevor, Menschen liefen schon auf das Friedhofsgebäude zu, ich flehte ihn an, still zu sein.«

Ich habe manchmal ähnliche Träume, einer ist mir noch gut in Erinnerung: Eine Verstorbene wachte im Sarg noch einmal auf und die Angehörigen waren im Anmarsch. Panisch überlegte ich, was ich tun solle. Sie zu erschlagen, war keine Option – obwohl es meinem Traum-Ich zugegebenermaßen kurz in den Sinn kam –, aber ich flehte sie an, sich tot zu stellen. An dieser Stelle wachte ich schweißgebadet aus meinem Traum auf. Mein Geschäftspartner Markus schrieb mir unlängst folgende Nachricht auf WhatsApp: »O mein Gott! Musste heute Nacht eine Babybeerdigung übernehmen. Auf dem Friedhof bin ich draufgekommen, dass es eigentlich eine Urnenbeisetzung hätte sein sollen und ich den Sarg im Auto hatte. Die Familie war voll enttäuscht, dann habe ich den Sarg geöffnet und das Baby hat noch gelebt – ich habe zu ihnen gesagt, dass das selten vorkommt, dass ein Baby im Sarg vier Nächte in der Kühlung überlebt und dass es gut ist, dass ich die Kremation noch nicht vorgenommen hatte. Wir haben dann die Beerdigung abgesagt und sind direkt ins Gasthaus ...«

Nicht die Toten machen uns Angst, sondern wie schon in Märchen, Mythen und Sagen sowie in der Horrorbranche bringen die Untoten mit ihrem ungebührlichen Verhalten die natürliche Ordnung in Gefahr und wir Bestatterinnen erleiden einen Kontrollverlust. Wenn wir uns auf die Naturgesetze nicht mehr verlassen können und die Kontrolle verlieren, bekommen wir Angst und der Albtraum ist perfekt.

Die Angst vor den Toten und Untoten

Nicht jede Angst ist angeboren, sondern kann auch erlernt werden. Dazu gehört die Angst vor an sich nicht bedrohlichen Gegenständen oder Situationen, wie etwa die Angst vor Mäusen oder Spinnen. Irrationale, also an sich unvernünftige Ängste, werden auch Phobien genannt. Solche Ängste können auch wieder verlernt oder abtrainiert werden. Wenn eine Phobie ein so starkes Vermeidungsverhalten auslöst, dass man nicht mehr vor die Tür gehen kann, weil dort vielleicht eine Spinne sein könnte, dann ist ein Verlernen dieser Angst sinnvoll, weil sie uns das Leben schwer macht.

Die Angst vor allem, was mit dem Thema Tod zu tun hat, ist in unserer Kultur zum einen als natürliche Angst vor dem Tod angeboren. Zum anderen wird die natürliche

Angst überlagert von vielen erlernten, überlieferten und irrationalen Ängsten, die zum Teil aus einer archaischen, also uralten und vorwissenschaftlichen Zeit nachwirken. Die irrationalen Ängste vor den Toten haben sich allerdings weiter verstärkt, weil wir uns in den vergangenen Jahrzehnten von den Toten so weit entfernt haben, dass wir sie nicht mehr gewöhnt sind. Sie sind uns fremd geworden und machen uns deshalb mehr Angst als notwendig und das Leben unnötig schwer. Ein großer Teil unserer Angst vor den Toten ist erlernt und irrational, sie ist entstanden durch Uninformiertheit, durch Fehlinformation, durch das Überliefern von Mythen und durch Vermeidungsverhalten, aber auch durch ein falsches Verständnis des Begriffes »Pietät«. Pietät bedeutet im Grunde »Respekt den Toten gegenüber«. Respekt zu haben, ist grundsätzlich gut, denn ein Leichnam ist als Rückstand eines Menschen etwas, das respektvoll behandelt werden sollte. In unserer Kultur geht der Respekt jedoch zu weit und führt zu einem Leichentabu. Dieses Phänomen gibt es in den meisten Kulturen. Das Tabu verbietet es Menschen allerdings, sich einem Leichnam gegenüber normal zu verhalten. Pietätvolles Verhalten bedeutet heute noch, sich leise, ernst, steif und ohne Humor zu verhalten. Befindet sich ein Sarg im Raum, darf nur noch geflüstert werden. Der Leichnam ist für normale Tätigkeiten, Verhaltensweisen und Berührungen tabu, lediglich heilige Handlungen dürfen an ihm vorgenommen werden. Die Atmosphäre der Heiligkeit und des Tabus, der Schwere und Angespanntheit macht Menschen unsicher, ängstlich und tut ihnen nicht gut.

Einen guten Teil unserer erlernten Anteile an der Angst, die wir vor den Toten haben, können wir verlernen, indem wir unsere Toten wieder besser kennenlernen, sie besuchen, die Zeit, in der sie noch bei uns sind, nutzen, um bei ihnen zu verweilen und sie wieder mehr als das wahrzunehmen, was sie eigentlich sind – ruhige und deshalb äußerst angenehme Nachbarn.

Mein Kollege Martin Prein hat sich ausführlich mit dem Leichentabu und den archaischen, weitgehend unbewussten Anteilen unserer Angst vor den Toten beschäftigt. Dabei hat sich gezeigt, dass auch Professionisten aus den »Leichenberufen« nicht ganz ohne diese Furcht sind. Er berichtet von einem Prosekturgehilfen – ein Gehilfe, der für die Verwaltung der Verstorbenen in einem Krankenhaus zuständig ist und auch den Pathologen bei den Obduktionen assistiert –, der die hinter ihm auf den Stahltischen liegenden Leichen nie ganz aus den Augen lässt, während er an einem Verstorbenen arbeitet, und von einem alten Pathologen, der in den Kühlraum ging, »um einen Verstorbenen zu holen. Plötzlich spürte er, wie ihn an der rechten Schulter leicht etwas hinunterzog, aus dem Blickwinkel sah er, dass sich auf einem Wagen der Leichnam bewegte. Nackte Angst packte ihn, er stieß einen markerschütternden Schrei aus. Nur zwei, drei Sekunden später konnte sein Verstand das Ganze einordnen: Er war zügig hineingegangen, seinen Mantel offen, und der wehende Kittel hatte sich in den überstehenden Zehen einer etwas größeren Leiche verfangen. An der heftigen Reaktion sehen wir auch deutlich, dass unter unserer rationalen Aufgeklärtheit noch ziemlich viel verborgen liegt – analog einem Eisberg, von dem nur die Spitze herausragt und der große Rest verborgen ist. Es braucht nicht viel, und das Verdrängte ist wieder da.«

Prein weist darauf hin, dass es in der Vergangenheit viele Abwehrrituale für die sogenannte »Schleusenzeit« zwischen Eintritt des Todes und Bestattung gegeben hat. In dieser Zeitspanne galt der Verstorbene als besonders bedrohlich, da er seinen neuen Platz im Reich der Toten noch nicht eingenommen hat. In vielen Kulturen, aber auch in Mythen, Märchen, Sagen und auch in der zeitgenössischen Literatur finden sich Geschichten jener Figuren, die nicht mehr zu den Lebenden, aber auch noch nicht zu den Toten zählen: Wiedergänger, arme Seelen, Untote, Vampire, Zombies. Diese

Schleusenzeit wird von uns heute noch so empfunden, als wäre der Verstorbene – solange er noch nicht beerdigt ist – noch nicht richtig tot. Auch wenn die meisten Angehörigen nicht mehr an Wiedergänger glauben: Der Tote ist noch nicht an seinem Platz und das macht sie unruhig. Besonders auffällig ist das, wenn Beisetzungen stark zeitverzögert stattfinden, diese Schleusenzeit ist für Trauernde eine Zeit lang aushaltbar, denn sie sollen genügend Zeit haben, sich zu verabschieden, die Trauerfeier zu planen und zu gestalten. Dauert die Zeitspanne aber zu lange, wird sie belastend, Betroffene kommen nicht zur Ruhe, auch wenn alle Vorbereitungen zum Begräbnis schon getroffen sind und nichts mehr zu tun ist. Erst wenn der Verstorbene seinen Platz im Totenreich (am Friedhof, zu Hause im Garten, in der Natur ...) gefunden hat, können Angehörige ruhiger werden. Rational ist dieses Phänomen nur schwer zu erklären. Abwehrrituale sind Handlungen, die uns besonders in der gefährlichen Schleusenzeit vor den Untoten schützen sollten. Im christlichen Kulturkreis betete man bis zur Bestattung, bekreuzigte sich oder musste etwas aus Holz anfassen, wenn man einem Leichenzug begegnete. Ältere Menschen tun das immer noch, wenn ein Leichenwagen an ihnen vorbeifährt. Um ganz sicherzugehen, dass die Wiederkehr des Verstorbenen verhindert wird, wirft man noch ein Schäufelchen Erde ins Grab. Im Buddhismus irrt die Seele mehrere Tage in einem Zwischenzustand umher, bis sie ihren Weg gefunden hat. Während dieser Zeit werden Mantras rezitiert und Speisen bereitgestellt, um der Seele die Zeit der Verwirrung zu erleichtern und sie zu stärken.

Prein stellt fest, dass Abwehrrituale in den letzten Jahrzehnten nahezu verschwunden sind, weil auch die Toten aus der Gesellschaft verschwunden sind. Das mag stimmen. Er kommt in einem Umkehrschluss zu folgender Überlegung: »Würden wir morgen beginnen, alle Verstorbenen, die im Krankenhaus oder Altersheim verstorben sind, den Angehörigen am selben Tag nach Hause zu bringen, hätten wir übermorgen wieder viele der Rituale.« Das würde tatsächlich geschehen, wenn die Menschen mit ihrem Unwissen und ihren althergebrachten Mythen, tradierten irrationalen Ängsten und mit ihren Verstorbenen weiter alleingelassen werden. Wenn wir, also all diejenigen, denen die Toten vertraut sind und keine Angst machen, sie jedoch begleiten und zu ihren Verstorbenen hinführen, wenn wir ihnen dabei eine Chance geben, wissenschaftlich auf einen toten Körper zu blicken, und sie davon in Kenntnis setzen, dass Mythen wie die Erzählung vom Leichengift nicht wahr sind, dann würden Menschen mit weniger Angst auf Tote zugehen. Wenn wir sie dabei unterstützen, es zu wagen, das uralte Tabu und Berührungsgebot endlich zu brechen, wenn wir ihnen zeigen, dass man mit einem Verstorbenen auch normal umgehen kann und nichts Schlimmes dabei passiert, sondern die Angst weniger wird, dann entstehen vielleicht heilsame Rituale, die eine Verbindung zum Verstorbenen aufbauen und einen bewussten Abschied möglich machen können. Prein würde jetzt vielleicht kontern und antworten: »Das Rationale, Aufgeklärte steht auf ganz dünnem Eis.« Ja, das mag sicher stimmen, aber es heißt nicht, dass wir dem alten Ballast an Unwissen und Ängsten, den wir mit uns herumtragen, völlig ausgeliefert sind. Wir müssen ein sinnloses Tabu, das aus heutiger Sicht außer Angst nichts mit sich bringt, nicht weiter aufrechterhalten. Wir können ihm die Stirn bieten. Wir werden und sollen die Angst nie ganz verlieren, aber wir können sie deutlich reduzieren. Angst vor dem Tod: ja. Aber nicht vor den Toten.

Wenn man Schicksale mit nach Hause nimmt

Vor vielen Jahren verunglückte kurz vor Heiligabend ein fünfjähriges Mädchen, indem es über einen Schneehügel hinunter zwischen die Reifen eines Lieferwagens rutschte, der gerade losfuhr. Wenn ich gefragt werde, welches das schlimmste Erlebnis für mich war, fällt mir das kleine Mädchen ein. Als Bestatterinnen sind wir täglich mit dem Tod und den Toten konfrontiert, und man lernt schnell, sich so weit von den Geschichten der einzelnen Toten zu distanzieren, dass man routiniert am Verstorbenen arbeiten kann, ohne sich dabei belastet zu fühlen oder an den eigenen Tod erinnert zu werden. Bei diesem Mädchen aber war es anders. Ich selbst wurde als fünfjähriges Mädchen von einem Auto angefahren. Der Lenker war der damalige Postenkommandant der Polizei meines Wohnortes mit seinem Dienstwagen, einem VW-Käfer. Das war ein Umstand, der mir wahrscheinlich das Leben rettete – ich meine damit den VW-Käfer, weil der ein kleines Auto ist, nicht den Polizeibeamten. Während der Versorgung des Mädchens wurde mir bewusst, dass ich damals großes Glück hatte und schon Jahrzehnte tot sein könnte. Das andere, weit belastendere Detail war jedoch, dass das Mädchen die gleichen Augen hatte wie mein Sohn, der zu diesem Zeitpunkt auch gerade fünf Jahre alt war. Diese biografischen Identifikationspunkte und die Tatsache, dass in zwei Tagen Heiligabend – das Fest der Familie – war, machten die Versorgung zu einem belastenden Erlebnis für mich. Die folgenden Tage war meine Stimmung gedrückt, ich dachte immer wieder an die Familie und fragte mich, wie es ihr wohl gehe. Wenn ich abends meinem Sohn einen Gutenachtkuss gab, sah ich in seinen Augen die Augen des toten Mädchens. Ich konnte einige Nächte nicht gut schlafen. Solche Belastungsreaktionen sind unangenehm, aber auch normal. Ich fühlte normale Reaktionen auf nicht normale Erlebnisse. Sie zeigen, dass das Erlebte gerade verarbeitet wird, und vergehen in der Regel nach einigen Tagen, höchstens nach einigen Wochen wieder. Wenn die Reaktionen länger andauern, sollte man sich allerdings professionelle Hilfe holen.

Nach einer Woche war ich wieder fit, konnte meinem Sohn in die Augen sehen, ohne an das tote Mädchen zu denken, und der Schlaf war wieder erholsam. Es gibt Tage und Situationen, in denen auch der beste Schutzpanzer einer Bestatterin bröckeln kann. Plötzlich sind wir mit unseren eigenen Ängsten konfrontiert, müssen uns mit ihnen auseinandersetzen und die Belastungsreaktionen aushalten, die es nach solchen Erlebnissen gibt. An den meisten Tagen verbringen wir jedoch – man glaubt es nicht – ziemlich fröhliche Arbeitstage in unserem durch und durch humorvollen Team.

Neueinsteiger in diesem Beruf gewöhnen sich in der Regel schnell an den Umgang mit Verstorbenen. In kurzer Zeit hat ein Toter nichts Angsteinflößendes mehr. Menschen, die mit Toten arbeiten, pflegen auch keine Abwehrrituale, zumindest ist mir nichts Derartiges bekannt. Die Angst vor dem eigenen Tod bleibt dabei auf natürliche Art und Weise bestehen, und auch die unbewussten archaischen Ängste schlummern in uns. Der richtige Umgang mit unserer Angst ist eine tägliche Gratwanderung zwischen Zulassen und Abwehren: Sich seiner Ängste bewusst sein bedeutet, sich mit ihnen auseinanderzusetzen, um sie zu bewältigen, zu reduzieren oder ihren Sinn zu verstehen. Aber auch Abwehr muss erlaubt sein, weil dauernde Angst nicht erträglich ist. »Es ist nicht leicht, jeden Augenblick in vollem Bewusstsein des Todes zu leben. Das ist so, als versuche man, der Sonne ins Gesicht zu schauen, was sich nur begrenzt aushalten lässt«, bringt es der amerikanische Psychoanalytiker, Psychotherapeut und Psychiater Irvin D. Yalom auf den Punkt. Das permanente Abwehren und Verleugnen von Ängsten bringt letztlich nichts, weil dadurch Bewältigung oder gesunder Umgang vermieden wird. Zu viel Sonne ist nicht gesund, keine Sonne aber auch nicht. Es gilt, eine gute Balance zu finden.

Auf einer rationalen Ebene kann man der Angst vor dem Tod mit dem Philosophen Epikur von Samos begegnen, der in einem seiner Briefe an Menoikeus schrieb: »Das schauerlichste Übel also, der Tod, geht uns nichts an; denn solange wir existieren, ist der Tod nicht da, und wenn der Tod da ist, existieren wir nicht mehr.« Die Angst vor dem Tod ist durch rationale Argumente nicht zu eliminieren, und wenn wir bedenken, dass Angst grundsätzlich eine überlebensnotwendige Emotion ist, sollen wir sie nicht verlieren oder wegdenken. Aber Gedanken sind wie Filter – sie können katastrophal sein, beruhigend wirken und Angst größer oder kleiner machen. Mit der Überlegung von Epikur wird die Angst zumindest kleiner und somit ist Epikurs Satz, wie ich finde, ein guter Gedanke.

Wie man besser mit dem Tod zurechtkommt

Angst ist völlig normal. Sagen Sie sich das einfach, wenn Sie Angst haben. Man kann Angst nicht loswerden, Ängste informieren uns über Bedürfnisse und sie warnen uns vor gefährlichen und bedrohlichen Situationen, deshalb sind sie so wichtig. Zu bewältigen oder zu reduzieren sind Ängste nur, wenn man sich ihnen stellt und nicht vor ihnen davonläuft.

Ein geschätzter Ratschlag von mir ist, dass man sich der Angst stellen muss. Wenn man vor ihr davonläuft, wird die Angst nicht weniger, sondern oftmals stärker. Wenn die Situation, vor der man sich fürchtet, nicht wirklich gefährlich ist, dann kann man sich einer solchen ohne Bedenken stellen. Schalten Sie vom Fluchtmodus auf den Angriffsmodus: Nutzen Sie jede noch so kleine Gelegenheit, sich mit dem Tod zu konfrontieren (mit diesem Buch haben Sie einen wichtigen Schritt bereits getan), vermeiden Sie keine Trauerfeiern, vermeiden Sie es nicht, offen darüber zu reden, und vermeiden Sie es nicht, einen Verstorbenen zu sehen, wenn sich die Gelegenheit ergibt oder Sie selbst Angehöriger sind. Verbringen Sie Zeit mit dem Verstorbenen, schauen Sie sich ihn genau an und stellen Sie dem Fachpersonal Fragen, wenn Sie Fragen haben. Damit überschreiten Sie eine Grenze und wachsen über sich hinaus. Sie sammeln neue Erfahrungen und sind am Ende stolz auf sich.

Hilfreich sein kann auch, die eigenen Gedanken zu beobachten. Wenn wir Angst haben, spinnen wir unsere eigenen Fantasien zusammen, die oftmals bizarr und fern der Realität sind. Gerade bei einem Sterbefall haben Angehörige oft Angst, den Verstorbenen noch einmal zu sehen. Sie malen sich die schlimmsten Bilder aus. Ja, es gibt schlimme Bilder und schlimme Gerüche, meistens ist die Realität aber viel weniger schlimm als die Fantasie. Mir ist es wichtig, Angehörigen die Wahrheit zu sagen, sie gut vorzubereiten auf das, was sie erwartet. Wenn der Geruch eines Verstorbenen derart stark ist, wenn der Anblick so weit entfernt von seinem ursprünglichen Aussehen ist, dass Angehörige ihn nicht wiedererkennen würden, und wenn modernste Versorgungsmaßnahmen, der Einsatz von Chemie und sämtlichen Tools der Bestatter-Trickkiste nichts mehr ausrichten können, dann äußere ich meine Bedenken ehrlich, falls Angehörige den Wunsch haben, ihren Verstorbenen noch einmal zu sehen. Das ist aber selten der Fall. Die meisten Verstorbenen sind nach einer entsprechenden Versorgung friedlich, bei manchen sieht man typische Veränderungen, die der Tod mit sich bringt, oder Verletzungen, da auch durch moderne Versorgungsmaßnahmen nicht alles »ungeschehen« gemacht werden kann. Aber auch wenn es solche Veränderungen am

Verstorbenen gibt, beispielsweise Verfärbungen durch Totenflecken und Blutergüsse, Hautabschürfungen oder der Verstorbene wirkt magerer und eingefallener durch den Flüssigkeitsverlust, dann sind das Besonderheiten, an die sich Angehörige – so eigenartig das auch klingen mag – mit entsprechender Vorbereitung und Begleitung rasch »gewöhnen«. Diese Veränderungen sind auch Zeichen dafür, dass etwas passiert ist, und das kann Angehörigen beim Realisieren und schlussendlich beim Loslassen helfen.

Um gut mit der Angst umgehen zu können, ist es wichtig, sie zu Ende zu denken. Manche Angehörigen haben Angst, dass sie die Situation nicht aushalten, wenn sie ihren Verstorbenen im Sarg liegen sehen. Das ist eine nachvollziehbare Angst. Ich entgegne dann immer, dass wir die Situation jederzeit gemeinsam wieder verlassen können, wenn sie unerträglich wird. Wir haben für den Abschied zwei Räume: den Abschiednahmeraum, in dem der Verstorbene im offenen Sarg liegt, und einen Distanzierungsraum, in den man sich zurückziehen kann, wenn man die Situation im Abschiednahmeraum nicht mehr aushält, weil die Emotionen zu stark werden. Ich frage Angehörige, die große Angst vor dem Abschiednehmen haben, was das Schlimmste wäre, das passieren könnte. Manchmal haben Angehörige Angst, in Ohnmacht zu fallen. »Kein Problem«, sage ich darauf, »dann fangen wir Sie eben auf und nach richtiger Lagerung ist eine Ohnmacht schnell wieder vorbei.« Tatsächlich ist es in den vergangenen 15 Jahren erst dreimal passiert, dass Angehörige in Ohnmacht gefallen sind. Das sind bei rund 3.000 Sterbefällen, die ich seither betreut habe, gerade einmal 0,1 Prozent. Die Wahrscheinlichkeit umzufallen, ist demnach gering und kein Grund, sich nicht zu verabschieden. Wenn der Abschied vom Verstorbenen gut vorbereitet und begleitet ist, ist er für die Angehörigen der Start in einen gesunden Trauerprozess, eine positive Erfahrung und sie gehen nach anfänglicher Angst gelöst nach Hause.

Das große Knäuel an unterschiedlich verursachten und gewachsenen Ängsten entwirren und aufklären zu wollen, ist gar nicht einfach. Aber vielleicht konnte ich Ihnen eines mit auf den Weg geben: Angst ist grundsätzlich gut, gerade auch vor dem Tod. Aber nicht jede Angst ist sinnvoll und gut für uns. Die Toten selbst müssen wir jedenfalls nicht fürchten, sie tun uns nichts. Wie aus einer ursprünglich traumatischen Begegnung mit einem Toten eine gute Erfahrung werden konnte, erfahren Sie im nächsten Kapitel.

Toter Mann im Baum: das Monster kennenlernen

Wie zwei Kinder samt Eltern aus einem traumatischen Erlebnis gestärkt fürs Leben hervorgehen, und wie wir Krisen bewältigen können, indem wir uns damit auseinandersetzen, statt davor wegzulaufen.

Vor über zehn Jahren bekam ich einen aufgeregten Anruf von unseren Freunden Astrid und Erich aus Kärnten. Deren Töchter Romana (damals neunjährig) und Johanna (fünf Jahre alt) hatten beim Spazieren in Begleitung einer Freundin der Familie in einem nahegelegenen Waldstück einen toten Mann gefunden. Der Mann hatte sich an einem Baum erhängt. Die Begleitperson erkannte die Situation sofort, drehte mit den Kindern um und verständigte die Einsatzkräfte. Aber auch die Kinder hatten bemerkt, dass der Mann nicht einfach im Wald stand, sondern an einem Baum hing. Nach und nach wurde ihnen klar, dass er tot war. Die Polizei wurde informiert und in kurzer Zeit waren die üblichen Einsatzkräfte vor Ort: Notarzt, Kriminalpolizei, Polizeiarzt, Sprengelarzt und am Ende natürlich die Bestatter. Die Eltern holten die Kinder ab und brachten sie nach Hause. »Wie sollen wir jetzt mit den beiden Mädchen umgehen, was können wir tun? Können Kinder so etwas überhaupt bewältigen? Und wenn ja, wie?« Das waren die Fragen der Eltern, die vor Sorge außer sich waren. Meine erste Antwort war eine Gegenfrage: »Was machen die beiden denn jetzt gerade? Wie geht es ihnen im Moment?« Sie haben im Wohnzimmer gespielt und wollten nicht über den Vorfall reden. »Dann lasst sie einfach mal spielen, das brauchen sie jetzt, um sich zu erholen. Behaltet sie im Auge und wir telefonieren später wieder. Wenn sie signalisieren, dass sie über das sprechen wollen, was sie erlebt haben, dann redet mit ihnen darüber, lasst sie einfach mal erzählen, was sie gesehen haben, und fragt sie, ob sie mit mir telefonieren wollen«, habe ich angeboten. Ein persönliches Gespräch war leider nicht möglich, da ich nicht schnell von Tirol nach Kärnten fahren konnte. Die Eltern warteten also, die Kinder spielten. Auch wir lassen die Kinder ein bisschen spielen und kommen später wieder auf die beiden Mädchen zurück.

Bewältigungsstrategien

Was Romana und Johanna erlebt haben, ist eine traumatische Situation. Ein Trauma ist ein Ereignis, das jäh in unser Leben einbricht, das uns in Angst und Schrecken versetzt und dem wir zunächst hilflos gegenüberstehen, weil wir im Moment nicht wissen, was wir tun können, um das traumatische Erlebnis zu bewältigen. Weder Handeln noch Rückzug, weder Flucht noch Angriff scheinen uns weiterzubringen. Man ist wie gelähmt, im Schock, wie im falschen Film – nur dass es kein Film ist, sondern die Realität. Wie wird man damit fertig?

Stellen Sie sich ihr bisheriges Leben als einen Raum oder ein Zimmer vor, in dem Sie alles, was sich darin befindet, gut kennen. Plötzlich geht die Tür auf und ein Monster stürmt herein. Es schließt hinter sich ab und verschluckt den Schlüssel. Sie sind jetzt mit diesem Monster allein. Der Raum hat keine zweite Tür und auch keine Fenster. Flucht ist unmöglich. Da stehen Sie nun starr vor Schreck, ein Angriff wäre sinnlos, denn das Monster ist viel größer und stärker. Es gibt jetzt zwei Möglichkeiten: Sie können sich mit dem Rücken zum Monster in einer Ecke verkriechen oder irgendwo in Deckung gehen, wegschauen und so tun, als wäre das Monster nicht da. Oder Sie sagen zu dem Monster: »Ich habe dich zwar nicht eingeladen, aber wenn du schon mal da bist, dann möchte ich dich kennenlernen.« Auch wenn beides nicht prickelnd klingt, ist die zweite Option die bessere. Wenn Sie versuchen, das Monster zu ignorieren, in der Hoffnung, dass es Sie ignoriert, wird es sich früher oder später anschleichen und Sie unkontrolliert von hinten anfallen. Sie wären dem Monster ausgeliefert. Wenn Sie die zweite Option wählen, haben Sie die Möglichkeit, das Monster kennenzulernen. Damit besteht auch die Chance, es zu kontrollieren. Im besten Fall werden Sie sogar Freunde.

Die Monsterparabel schildert die zwei Formen der Bewältigungsstrategien in einer Krisensituation. Das Wegschauen und Ignorieren steht für jegliches Vermeidungsverhalten – die sogenannten passiven Bewältigungsstrategien. Das Hinschauen und Kennenlernen steht für die aktiven Bewältigungsstrategien, bei denen Betroffene Möglichkeiten suchen, sich mit dem zu konfrontieren, was geschehen ist, um es zu verstehen, daraus zu lernen und in ihr Leben zu integrieren. Grundsätzlich fördern aktive Bewältigungsstrategien die Verarbeitung des Erlebten. Passive Bewältigungsstrategien führen auf Dauer dazu, dass keine Verarbeitung stattfindet und das Erlebte nicht in das Leben »integriert«, sondern verdrängt wird. Verdrängen und Vermeiden kostet einerseits viel Energie. Die Jugendbuchautorin Maria Farm vergleicht das Verdrängen mit einem mit Luft gefüllten Ball, den man unter Wasser halten will. Andererseits drängt es immer an die Oberfläche und kommt dann unkontrolliert in Form von Flashbacks oder Albträumen hervor. Weitere Symptome können Schreckhaftigkeit, Dünnhäutigkeit und Schlafstörungen sein. Auch körperliche Symptome wie

Schmerzen oder häufiges Kranksein treten auf, da der Traumastress das Immunsystem schwächt. Ein Flashback, auch Intrusion genannt, ist von einer Erinnerung zu unterscheiden. Er wird durch einen Sinneseindruck, der an das traumatische Ereignis erinnert, ausgelöst. Ein Geräusch, ein Geruch, ein Bild oder ein Gegenstand kann den Flashback auslösen und dazu führen, dass das Ereignis noch mal so erlebt wird, als würde es im Hier und Jetzt stattfinden. Man erlebt das Trauma noch einmal und kann es in diesem Moment nicht steuern. Das verursacht Angst und kann das Trauma noch verschlimmern.

Die Krux an der Sache ist, dass unser Organismus in einer traumatischen Situation in den Fluchtmodus schaltet, und in diesem Modus wollen wir alles tun, um nicht mehr an das erinnert zu werden, was wir gerade durchgemacht haben. Zunächst ist das eine gesunde Reaktion, denn nach so einem Ereignis brauchen wir Distanzierung und Erholung, um Kraft für die Verarbeitung zu schöpfen. Nach einer ersten Erholungspause sollte man langsam aus dem Vermeidungsverhalten herausfinden und sich konfrontieren. Das ist für manche Menschen schwierig, denn die passiven Strategien scheinen zunächst angenehmer und bequemer zu sein. Bei Kindern sieht das Schalten in den Flucht- oder Distanzierungsmodus meist so aus, dass sie von einem Augenblick auf den anderen vergessen, was sie gerade erlebt haben und einfach miteinander spielen.

Kehren wir zurück zu Romana und Johanna. Sie haben eine ganze Weile im Wohnzimmer gespielt und waren im zunächst gesunden Distanzierungs- und Erholungsmodus. Die Eltern waren angespannt in Hörweite, griffen jedoch nicht ein.

Der, dessen Name nicht genannt werden darf

Ich weiß nicht mehr, was die beiden gespielt haben, aber plötzlich haben sie während des Spiels begonnen, miteinander über das Ereignis zu sprechen. Auffällig war, dass sie nicht vom »toten Mann« oder vom »Toten im Baum« gesprochen haben, sondern vom »Hm, hm«. Die Mädchen kamen langsam aus ihrem ersten Vermeidungsverhalten heraus, um sich ihrem Monster vorsichtig zu nähern, allerdings blieben sie noch in der schützenden Distanz, indem sie das Monster nicht beim Namen nannten. Wir kennen diese Form der Vermeidung zum Beispiel aus der Buchreihe um die Abenteuer von Harry Potter: Der Name des gefürchteten Widersachers – Lord Voldemort – darf nicht ausgesprochen werden. Alle nennen ihn nur »Der, dessen Name nicht genannt werden darf« (»He who must not be named«). Einen Namen nicht auszusprechen, ist eine magische Strategie aus der Welt der Märchen, der Sagen und des Aberglaubens. In für uns beängstigenden Situationen gehen wir automatisch in Deckung. Aus dem Märchen »Rumpelstilzchen« wissen und lernen wir jedoch, dass die Kraft des Bösen erst dann gebrochen werden kann, wenn wir seinen Namen kennen und ihn aussprechen. Und auch Lord Voldemort kann nur von dem besiegt werden, der den Mut hat, ihn bei seinem Namen zu nennen. Das ist Harry Potter, wie wir wissen.

Auch die beiden Mädchen wussten das – unbewusst. Sie sprachen zuerst nur miteinander über den »Hm«, später beim Abendessen machte Romana einen weiteren Schritt in Richtung Konfrontation und erzählte ihren Eltern schließlich doch, was sie und ihre kleine Schwester am Nachmittag erlebt hatten. Dabei fing sie stark zu zittern an, und die Eltern fanden den Zeitpunkt gekommen, die Mädchen zu fragen, ob sie mit mir telefonieren möchten. Und so fand am Abend desselben Tages nach Auffinden des Erhängten die Telefonkonferenz mit den Kindern statt: Die Sprechanlage der Familie wurde auf laut gestellt und Romana erzählte mir ihre Version. Sie war sehr aufgeregt, und dass sie zitterte, war deutlich an ihrer Stimme zu hören. Als sie ihre Geschichte beendet hatte, fragte ich sie, ob sie denn wüsste, woher das Zittern käme. »Das kommt, weil ich Angst habe«, meinte sie prompt. Auf meine Frage, wovor sie denn Angst hätte, antwortete sie: »Vor allen Ecken und Winkeln im Haus, weil da könnte überall ein toter Mann sein.« Das sei zwar unwahrscheinlich, meinte ich darauf, allerdings ließe sich das leicht überprüfen. Und so bekam die Familie die Aufgabe, sich gegenseitig an den Händen zu nehmen und gemeinsam das ganze Haus zu durchsuchen, hinter alle Türen, Vorhänge, in alle Winkel zu schauen, ob da irgendwo ein toter Mann versteckt ist. Sie begannen im Keller, durchsuchten das Erdgeschoss, und als sie im ersten Stock ankamen, fiel der kleinen Johanna ein, dass sie ihren Wasti – ihr liebstes Kuscheltier – vermisste, und so wurde aus der Suche nach einem toten Mann die Suche nach dem Kuscheltier, das glücklicherweise rechtzeitig vor dem Zubettgehen gefunden wurde. Der tote Mann war vorerst vergessen. Und das war auch gut so. Die Kinder waren müde und erschöpft und schliefen jene Nacht im Elternbett sofort ein.

Kinder können belastende Situationen und Emotionen nicht so lange aushalten, weswegen sie automatisch, wenn es ihnen zu viel wird, in ein anderes Thema switchen. Das Erzählen, was passiert war, das Suchen nach dem toten Mann im Haus, waren wichtige Schritte der Annäherung und der Bearbeitung, aber als es genug war, lenkte die jüngere der Mädchen die Aufmerksamkeit auf ein anderes Thema. Die Nacht verlief ruhig. So ruhig es für Eltern mit zwei Kindern im Bett eben sein kann.

Johanna malt

Der folgende Tag begann mit Frühstück, Kindergarten und Schule. Die Lehrerinnen und die Kindergärtnerinnen wurden über den Vorfall informiert, sie sollten die Kinder nicht drängen, über das Erlebte zu sprechen, aber natürlich gesprächsbereit sein, für den Fall, dass die Mädchen Bedarf signalisierten. Ich riet den Eltern, sich an den zuständigen Polizeibeamten zu wenden, um den Namen und vielleicht sogar ein Foto des Verstorbenen zu bekommen. Einerseits gibt es den Datenschutz, andererseits war es für die Mädchen, aber auch für die Eltern wichtig, den anonymen toten Mann, ihr »Monster im Baum«, zu einem Menschen werden zu lassen. Und das gelingt nur, wenn der Tote mit einem Namen, einem Gesicht und einer Geschichte verknüpft werden kann. Während die Eltern das Polizeirevier aufsuchten, um mit dem zuständigen Polizeibeamten zu sprechen, verbrachten die Kinder einen ganz normalen Vormittag. Für die fünfjährige Johanna war es nur ein beinahe normaler Vormittag, denn sie begann, plötzlich den toten Mann zu malen.

Was wir aus der Psychotraumatologie des Kindes wissen, ist, dass Kleinkinder Erlebtes in der Regel bildlich genau erfassen und abspeichern. Auch wenn sie (noch) nicht darüber sprechen können, weil sie kognitiv und sprachlich nicht so weit entwickelt sind, haben sie meist klare bildliche Erinnerungen an das Erlebte. Auch typisch für Kinder ist, dass sie das Erlebte zur Verarbeitung zeichnen oder nachspielen. Das sogenannte »posttraumatische Nachspielen« bricht plötzlich in das normale, alltägliche Spiel ein. Es ist ein kindliches Flashback, das durch das Nachspielen zum Ausdruck gebracht wird und so den Verarbeitungsprozess startet. Oft wird das Erlebte mehrere Male nachgespielt. Erwachsene können die Verarbeitung unterstützen, indem sie Kinder dazu anregen, die Episode auch zu Ende zu spielen, sodass nicht nur das Trauma selbst, sondern auch die Rettungsaktion und der Abschluss des Traumas nachgespielt werden.

In der Zwischenzeit waren die Eltern im Polizeirevier und hatten das große Glück, einen verständnisvollen und hilfsbereiten Beamten anzutreffen, der über wichtige Maßnahmen der Krisenintervention Bescheid wusste. Mit dem Einverständnis der Mutter des verstorbenen jungen Mannes bekamen die Eltern den Namen, die Geschichte des Mannes und ein Foto: das Foto des Verstorbenen hängend im Wald.

So wie ich diese Geschichte hier erzähle, erzählte ich sie jahrelang in meinem Seminar »Pflege in Krisensituationen« im Rahmen der Ausbildung zur Kinder- und Jugendlichenpflege. An der Stelle gab es immer ungläubiges Staunen: »Ist das überhaupt gut? Ist so ein Foto nicht vielmehr traumatisierend?« Die Gegenfrage lautet: Was wäre passiert, wenn die Eltern dieses Foto nicht bekommen hätten? Es wäre viel belastender, denn dann hätten sie kein konkretes Bild. Wenn Menschen kein konkretes Bild haben, dann bleibt ein weißer Fleck übrig, der automatisch zu einer Projektionsfläche für Fantasien wird.

Ein Bilderbuchtoter

Auch die Eltern der beiden Mädchen hatten die schlimmsten Fantasien den Toten betreffend, aber als sie das Tatortfoto sahen, waren sie einfach nur erleichtert. Manuel, so hieß der junge Mann, hing friedlich im Baum, die Augen und der Mund waren geschlossen, er hatte die Hände in seinen Hosentaschen, was einen entspannten Eindruck vermittelte. Es waren auch keine sonstigen Veränderungen sichtbar, die der Tod mit sich bringen kann. »Ein Bilderbuchtoter«, kamen wir gemeinsam zum Schluss, wäre da nicht die traurige Lebensgeschichte gewesen, denn der junge Mann hatte schon lange mit Depressionen zu kämpfen.

Johanna hat Manuel detailliert gemalt, wie wir feststellen konnten, als wir das Foto und ihre Zeichnung nebeneinanderlegten: das blaue Seil, der geneigte Kopf, der friedliche Gesichtsausdruck und die Hände in den Hosentaschen. Sie hatte ihn sich genauso eingeprägt und wiedergegeben, wie er tatsächlich ausgesehen hatte.

Die Eltern nahmen auch Kontakt mit Manuels Mutter auf. Diese besuchte die Familie, brachte ein Foto von Manuel zu Lebzeiten, auf dem er lächelte, erzählte von ihm und seiner Krankheit, und es tat ihr leid, dass die Kinder das erleben mussten. Sie entschuldigte sich sogar dafür. Der tote Mann im Baum war inzwischen längst kein Monster mehr, und mit der Zeit wurde er nach und nach fast so etwas wie ein Freund. Ein Freund, der die ganze Familie etwas Wichtiges gelehrt hat, nämlich dass man vor einem Toten keine Angst haben muss, auch wenn man zuerst einmal heftig erschrocken ist.

Jahre später hat Romana sich im Maturajahr im Rahmen eines Referates im Fach Psychologie noch einmal intensiv mit dem Ereignis auseinandergesetzt. Und heute noch – mehr als zwölf Jahre später – erinnern wir uns regelmäßig an die aufregende Zeit und lassen alles Revue passieren. Es ist fast eine schöne Erinnerung.

Dass Tote nicht nur keine Monster, sondern nette, ruhige Nachbarn sind, davon will ich Sie im nächsten Kapitel überzeugen.

Tote sind nette, ruhige Nachbarn

Wie es dazu kam, dass es zwar viele Leichen in unseren Wohnzimmern gibt, aber der Umgang mit ihnen uns fremd geworden ist. Wir reisen gemeinsam an verschiedene Orte, um zu zeigen, dass man mit den Toten gut leben kann und dass auch wir ihnen ruhig wieder mehr Platz in unserem Leben geben können. Außerdem lernen Sie meinen Mann, unseren Sohn und meinen toten Schwiegervater kennen.

Es gibt einen wunderschönen viel zitierten Text des französischen Schriftstellers Charles Péguy, der mit dem Vers »Der Tod ist nichts, ich bin nur in das Zimmer nebenan gegangen« beginnt und mit dem Satz »Ich bin nicht weg, ich bin nur auf der anderen Seite des Weges« endet. Ich habe an anderer Stelle geschrieben, dass wir die Toten nicht fürchten müssen, wenn wir sie wieder besser kennenlernen und als das wahrnehmen, was sie wirklich sind – keine Monster, sondern sehr angenehme, ruhige Nachbarn.

Bräuche aus aller Welt

Tatsächlich leben wir unser Leben in direkter Nachbarschaft zum Tod und zu den Toten. Sie sind immer da, manchmal ist uns das bewusst, manchmal weniger, aber der Tod und unsere Toten sind immer Teil unseres Lebens. Die Kulturen der westlichen Welt neigen dazu, Wohnungen und Häuser von denen der lebenden Nachbarn durch Vorhänge, Fensterbalken, Hecken und Zäune gut abzugrenzen. Ähnlich, nur viel restriktiver gehen wir auch mit unseren toten Nachbarn um: »There is a land of the living and a land of the dead«, schrieb der US-amerikanische Schriftsteller Thornton Wilder. Wir umzäunen oder ummauern Friedhöfe und ziehen eine strikte Grenze zwischen dem Reich der Lebenden und dem Reich der Toten, ein Überschreiten ist mit Tabus verbunden. Nicht in allen Kulturen ist das so. Die Torajas etwa – ein Volk auf der Insel Sulawesi in Indonesien – gehen mit dem Tod ganz anders um. Sie kennen diese klare Grenze zwischen Tod und Leben nicht, ihre Grenze ist durchlässig.

Tot ist man bei den Torajas erst dann, wenn die Begräbnisfeierlichkeiten und die Totenriten abgehalten wurden. Da ein Begräbnis eine aufwendige und teure Veranstaltung ist, kann es Jahre dauern, bis sie stattfinden kann. In der Zwischenzeit bleiben die Toten in den Häusern der Familien. Sie gelten nicht als tot, sondern nur als krank oder schwach, sie werden umgekleidet, bekommen Besuch und Zuspruch, nehmen an den Familienfeierlichkeiten teil, und niemand käme auch nur auf die Idee, sie als tot wahrzunehmen. Nach den Begräbnisfeierlichkeiten werden sie in ihre Gräber gelegt, um dann Jahr für Jahr zum Fest Ma'Nene hervorgeholt und neu gekleidet zu werden. An Ma'Nene wird die Grenze zum Reich der Toten aufgelöst, sie werden wieder in die Gesellschaft der Lebenden integriert. Die Familien freuen sich, ihre Toten wiederzusehen, sie erzählen ihnen, was im vergangenen Jahr geschehen ist, neue Familienmitglieder werden ihnen vorgestellt, man feiert und isst gemeinsam. Ich glaube, mir würde es auf Sulawesi gut gefallen, zumindest der Umgang mit dem Tod scheint wesentlich normaler und ungehemmter zu sein als bei uns. Wir können viel von ihnen lernen.

Wer die Vorgehensweisen in Sulawesi unmöglich findet, sei daran erinnert, dass es in Palermo über 300 Jahre ähnliche Bräuche gab. 136 Jahre lang wurden in den »Catacombe dei Cappuccini« ausschließlich Kapuzinermönche beigesetzt. Als sich herausstellte, dass der vulkanische Tuffstein der Kellergewölbe die Flüssigkeit aus den Leichen saugt, sodass sie nach einigen Monaten ausgetrocknet und gut erhalten bleiben, eröffnete der Orden die Gruft ab 1670 auch als Begräbnisstätte für die Oberschicht Palermos. Viele Förderer des Klosters forderten, in der Nähe der frommen Mönche beigesetzt zu werden. Der Andrang war dermaßen groß, dass die Mönche die Austrocknung für die große Anzahl von Körpern systematisieren und technisch verbessern mussten. Sie errichteten daher sogenannte »Colatoi«, das sind Trocknungskammern, die in die Tuffsteingewölbe gehauen wurden. In diesen Colatoi wurden die Toten unter Luftabschluss auf Wannen über Terrakottaröhren gelegt und eingemauert. Nach circa zehn Monaten holte man die Toten aus den Kammern, wusch sie mit Essig und legte sie noch zwei Wochen zum Nachtrocknen an die Sonne. Erst dann wurden sie eingekleidet und bekamen einen Platz in einem der fünf Korridore der Katakomben. Die Zuweisung der Plätze erfolgte nach dem Korridorsystem der Männer, Frauen, Priester, Mönche und der Professionisti. Das waren Ärztinnen und Ärzte, Rechtsanwälte, Lehrerinnen und Lehrer, Künstler, Politiker sowie Offiziere des bourbonischen und italienischen Heeres. Außerdem gab es zwei Nischen für Jungfrauen und Kinder. Die Toten wurden von der Familie und von Freunden regelmäßig besucht und auch immer wieder frisch angekleidet. Der älteste noch erhaltene Leichnam ist der von Frate Silvestro da Gubbio, der 1599 verstarb. Das war in jenem Jahr, als die besondere austrocknende Wirkung des Tuffgewölbes entdeckt wurde. Erst 1837 wurden die offenen Beisetzungen in den Kapuziner-Katakomben von der Regierung verboten. Bestattungen von Mumien in Särgen fanden aber noch bis 1881 statt. Der berühmteste und am besten erhaltene Körper ist der von Rosalia Lombardo. Sie starb im Alter von zwei Jahren 1920 an der Spanischen Grippe. Der Vater des Mädchens, der sizilianische General Mario Lombardo, konnte sich nicht von seiner Tochter trennen. Obwohl in den Katakomben bereits seit dreißig Jahren keine Beisetzungen mehr stattfanden, setzte er durch, dass Rosalia dort einen Platz bekam, wo er sie regelmäßig besuchen konnte. Er beauftragte den damals bereits in aller Welt berühmten Einbalsamierer Alfredo Salafia mit der Konservierung seiner Tochter, um ihre Schönheit zu bewahren. Das Ergebnis kann sich bis heute sehen lassen, denn Rosalia sieht nach hundert Jahren immer noch wie ein kleines, schlafendes Mädchen aus. Besuch bekommen Rosalia und die über 2.000 toten Kolleginnen und Kollegen übrigens bis heute täglich. Es mag sein, dass der ein oder andere Angehörige dabei ist, in der Mehrzahl handelt es sich bei den Besuchern aber um Touristen – ganz ähnlich wie in Hallstatt.

Kurz nach dem ersten Lockdown in der Coronakrise nutzten mein Mann und ich die Chance, Hallstatt zu besuchen. Der internationale Reiseverkehr lag lahm, und so war Hallstatt nicht so stark frequentiert wie bisher gewohnt. Ziel in Hallstatt waren der Friedhof und das berühmte Beinhaus mit den bemalten Schädeln. Dort angekommen, erwartete uns eine beträchtlich lange Warteschlange. Die Sonne stach ungnädig, aber da musste ich durch, denn wer weiß, ob dieser Ort jemals wieder für mich erreichbar sein würde, dachte ich. Kurz vor dem Eingang beeindruckte mich ein großes Banner, auf dem ein Hallstätter zu sehen ist, der gerade den Schädel seines Vaters bemalt. Das fand ich unglaublich berührend. Das ist Trauerarbeit pur.

Die Michaelskapelle aus dem 12. Jahrhundert auf dem Friedhof mit Seeblick neben der katholischen Kirche dient den Hallstättern seit 1720 als »Karner« (lat. Carnis = Fleisch) und wird auch Beinhaus genannt. Da der Friedhof damals zu klein wurde und bis heute nicht erweitert werden kann, wurden die großen Knochenteile der Verstorbenen – Schädel und Röhrenknochen – nach zehn bis fünfzehn Jahren exhumiert, von Geweberesten gereinigt, einige Wochen im Sonnen- und Mondlicht gebleicht und von Künstlern bemalt. Die Künstler waren meist die Totengräber selbst. Im Hallstätter Karner lagern etwa 1.200 Schädel, 610 davon sind bemalt, mit dem Sterbedatum versehen und nach Familien geordnet. Symbole auf den Schädeln sind Eichenlaub (»Ruhm«), Lorbeer (»Sieg«), Efeu (»Leben«), Rosen (»Liebe«), aber auch die Schlange (»Tod« und »Sünde«) ist zu finden. Der jüngste Schädel stammt aus dem Jahr 1995, besitzt einen Goldzahn und gehört einer Frau, die 1983 verstorben ist. Auch wenn es jedem Hallstätter heute noch zusteht, seine Gebeine nach zehn bis fünfzehn Jahren exhumieren zu lassen und im Beinhaus seine letzte Ruhestätte zu finden, nimmt dieses Recht fast niemand mehr in Anspruch. Die Feuerbestattung hat stark zugenommen und damit reicht der Platz für die wenigen Hallstätter, die noch erdbestattet werden, aus und macht eine Exhumierung und Verlagerung der Gebeine ins Beinhaus nicht mehr notwendig.

Leichen im Wohnzimmer

Die Toraja haben ihre Toten im Wohnzimmer, das erscheint uns grotesk und makaber. Wir aber haben unsere toten Familienmitglieder aus unserem Leben verbannt und holen uns stattdessen fremde Leichen in unsere Wohnzimmer. Wie? Durch Krimis und Thriller, die täglich auf den unterschiedlichsten Programmen zu finden sind. Ist das nicht noch viel grotesker? Zwar gab es schon immer eine gewisse Faszination für das Verbrechen und frühe Literatur, die sich diesem Thema widmete – die Bibel ist voll von Verbrechen aller Art –, aber auch in der Antike mit dem »König Ödipus« und in den späteren Epochen gab es Kriminalberichte, Erzählungen und mörderische Balladen. Im 19. Jahrhundert gab es dann einen Aufschwung durch Autorinnen und Autoren wie Mary Shelley, Edgar Allen Poe und Arthur Conan Doyle. Die bahnbrechende Erfolgsgeschichte des Kriminalromans und auch des Kriminalfilms begann erst in den 1950er-Jahren, der Krimi wurde zur Massenware und wir haben uns völlig von unseren Toten entfremdet.

Das Berufsbild des Bestatters gibt es noch nicht so lange. In größeren Städten entwickelte sich die Branche Ende des 19. Jahrhunderts und auf dem Land erst in der 1950er-Jahren. Früher war es die Aufgabe der Familie, der Nachbarn, manchmal mit Hilfestellung von Totenfrauen oder Hebammen, sich um die Verstorbenen zu kümmern. Sie wurden gereinigt, eingekleidet, auf Totenbrettern oder später in Särgen zu Hause offen aufgebahrt. Familie und Freunde konnten sich verabschieden. Die Grenze zwischen Leben und Tod war in unserer Kultur zwar schon immer klar und scharf gezogen, mit Tabus behaftet und daher auch mit Ängsten vor den Toten verknüpft, aber er war nicht so fremd, wie er von 1950 an noch werden sollte. Man wusste die Toten zu versorgen, zu verabschieden, und bis zu ihrer Beerdigung waren sie durch die Hausaufbahrungen einigermaßen integriert. Auf manchen Friedhöfen mussten Verstorbene aus Platzgründen nach einiger Zeit wieder ausgegraben werden. Die Knochen fanden in Beinhäusern ihre letzte Ruhestätte, in Hallstatt sind sie sogar sichtbar und besuchbar. In der zweiten Hälfte des 20. Jahrhunderts sorgten im Wesentlichen zwei Entwicklungen dafür, dass uns die Toten immer fremder wurden: der Wiederaufbau nach den Weltkriegen und die Institutionalisierung von Sterben und Tod.

Zwei Weltkriege und eine Grippeepidemie sorgten

dafür, dass europäische Familien oft mehrere oder viele traumatische Todesfälle zu beklagen hatten. Als all das vorbei war, begann man mit dem Wiederaufbau, dem Nach-vorne-Schauen und dem Versuch, die Retraumatisierungen durch Erinnerungen zu vermeiden. Es war aus damaliger Sicht nachvollziehbar, dass die Särge von da an geschlossen blieben. Jeder neue Tote war ein Trigger, der alte, unverarbeitete Traumata wieder aufbrechen ließ. Man wusste es nicht besser: Kollektive Trauer und Traumabewältigung hätte die Bevölkerung vielleicht in einen unwiederbringlichen Schockzustand geführt. Das Ausblenden war ein guter Weg, um Europa wieder auf die Beine zu stellen. Nachhaltig gesund war diese Strategie jedoch nicht.

Die zweite Entwicklung, die uns nach und nach von den Verstorbenen entfernt hat, ist die Institutionalisierung des Sterbens und des Begrabens. Krankenhäuser, Wohnheime, aber auch Hospize sind Errungenschaften, die sicher niemand missen möchte, in ihnen wird Großes geleistet, aber die meisten Menschen sterben dadurch nicht mehr zu Hause. Das ist oft sogar gut so, da etwa Schmerzen oder Atemnot im Krankenhaus oder im Hospiz besser behandelbar sind. Die Pflege zu Hause wäre in vielen Fällen zu belastend für die Angehörigen. Aber mit dem Sterben und den Toten sind nunmehr Fachkräfte betraut, Sterben und Tod werden professionalisiert. Das hat seine guten Seiten, aber auch den Nachteil, dass der Laie den Kontakt mit Verstorbenen nicht mehr gewohnt ist und nicht weiß, wie man mit Verstorbenen umgeht. Über die Jahrzehnte ist viel Know-how verloren gegangen. Das macht denen, die keine Profis sind – und das sind inzwischen die meisten Menschen – Angst. Und Angst verleitet dazu, den Tod weiter zu vermeiden, wo es möglich ist.

Gleichzeitig gibt es ein natürliches Bedürfnis nach Konfrontation mit dem Tod, weil er unwiederbringlich mit dem Leben verbunden ist. Der Krimi gaukelt uns seit Jahrzehnten vor, dieses Dilemma zu lösen: Wir holen uns mit seiner Hilfe die Toten durch die Hintertür in unsere Wohnzimmer: Das Abendprogramm, die Bücherschränke oder E-Reader der Nation sind voller Leichen. Je reißerischer die Story, je verstümmelter die Verstorbenen und je skurriler die Bestatterinnen und Bestatter, Pathologen und Gerichtsmedizinerinnen, desto erfolgreicher sind namhafte Bestatterserien, Krimis und Thriller. Gute Krimis und Thriller sind zugegeben spannend, allerdings sind die Toten darin immer gewaltsam ums Leben gekommen, oft grotesk entstellt, und mit entsprechend dramatischem Soundtrack werden Angst und Spannung verstärkt. Wenn Krimis die alleinige Auseinandersetzung mit dem Thema Tod bilden, dann steigern sie die Angst. Sie unterhalten zwar, sind aber nicht hilfreich für unseren Umgang mit dem Thema. Mitunter sind sie schlecht recherchiert, Krimiautoren oder Regisseure, die noch nie eine Leiche gesehen haben, sind eher die Regel als die Ausnahme. Tote, Untersuchungs- und Ermittlungsverfahren werden dadurch falsch oder verzerrt dargestellt. Alte Mythen und Fehlinformationen werden weitertransportiert. Wenn die Konfrontation mit dem Tod hilfreich sein soll, dann müssen wir die Fiktion verlassen und uns unseren realen Nachbarn zuwenden.

Echte Leichen: No sensation at all

Ich kann mich noch gut an meine ersten Begegnungen mit realen Verstorbenen erinnern, als ich im Jahr 2004 ins Bestattungsgewerbe schlitterte. Das war nicht mehr mein toter Opa, den ich kannte und mochte, das waren fremde Verstorbene in den verschiedensten Zuständen: erst kürzlich verstorben, alt, jung, schon länger tot, an schweren Krankheiten verstorben, obduziert. Ich wurde schnell auch mit Bildern des gewaltsamen Todes konfrontiert, denn es war Frühsommer und es gab eine Reihe tödlicher Motorradunfälle und Bergabstürze in Tirol. Vor all dem hatte ich große Angst, da ich keine konkreten Bilder kannte. Umso erstaunter war ich bei meiner Begegnung mit meinen ersten »echten Toten«: Von ihnen ging Ruhe aus, selbst wenn das Verletzungsbild schwer war. Der Tod bedeutet absolute Ruhe. Das Erlöschen der Vitalfunktionen heißt, dass alles, was wir mit dem Eindruck von Lebendigkeit verbinden, wegfällt: kein Puls, keine Atmung, kein Blickkontakt, keine Bewegung, keine Reaktion, keine Regung – no sensation at all. Alles, was vorher war, ist vorbei, der Mensch hat im wahrsten Sinne des Wortes seinen Frieden gefunden. Ich empfand es überraschend erleichternd und schön und konnte in diesem Moment mit dem Tod ein kleines Stück weit meinen Frieden schließen.

Es war der Beginn meiner Zusammenarbeit mit meinem jetzigen Geschäftspartner Markus. Nachdem ich ihn kontaktiert hatte und wir uns über unsere beiden Dissertationsthemen ausgetauscht hatten, lud er mich ein, im Rahmen eines Seminars für Verstorbenenversorgung, das erstmals in einem Tiroler Bestattungsinstitut stattfand, einen Vortrag über den Umgang mit Ekel in der Arbeit mit Körpern zu halten. Als Gegenleistung durfte ich kostenlos am Seminar teilnehmen – und zwar auch am praktischen Teil. Ich willigte sofort ein, muss aber zugeben, dass ich wahnsinnige Angst davor hatte. Es war ein heißer Sommertag und am liebsten hätte ich das Handtuch geworfen, hätte ein Badetuch genommen und wäre an einen See geflüchtet. Mein Mann Peter machte sich deshalb ein wenig über mich lustig. Als schließlich Markus vor der Tür stand, um mich abzuholen, tat er es Peter gleich, und so nahm ich die Herausforderung schließlich doch an. Zuerst kam der theoretische Teil, bei dem ich meinen Ekel-Beitrag halten durfte. Danach ging es zur Praxis in den Raum, in dem wir zwei Tote versorgen sollten. Was bei einer Versorgung geschieht, erzähle ich später noch genauer. Und da lag er dann auf einem Stahltisch, mein erster Toter nach meinem Opa: Er war nackt, man sah die Obduktionsnähte auf Brust, Bauch und am Schädel. Angst und Anspannung wurden mit jedem Schritt der Versorgung des Verstorbenen kleiner. Nachdem er angekleidet und in seinen Sarg gebettet war, waren wir alle zufrieden mit unserer Arbeit. Der Verstorbene roch gut, hatte Mund und Augen geschlossen, war somit bereit für den Besuch seiner Angehörigen und konnte sich wirklich sehen lassen. An den Verstorbenen, der danach an die Reihe kam, kann ich mich nicht mehr erinnern.

Mein Sohn ist mit den Toten in direkter Nachbarschaft aufgewachsen. Mit fünf Jahren wollte er seinen ersten Toten sehen. Ich nahm ihn mit ins Bestattungsinstitut und zeigte ihm einen »Bilderbuchtoten« – einen alten, friedlichen Mann, schön eingebettet in seinem Sarg. Leon ging beeindruckt um den Sarg, betrachtete den Mann interessiert, berührte ihn, um zu spüren, wie kalt ein Toter ist, und wollte dann mit kindlich wissensdurstiger Neugier wissen, wie ein totes Auge aussieht. Er zog das Augenlid des Mannes hoch und inspizierte es, als wäre es keine große Sache. Für Kinder in diesem Alter ist das typisch, für sie ist der Tod vor allem interessant. Er ist entweder noch weit weg oder sie haben noch nicht realisiert, dass er irreversibel, endgültig und das Schicksal aller Lebewesen inklusive der eigenen Familienmitglieder und ihrer selbst ist. Deshalb können sich Kinder Toten unerschrocken nähern und wollen alles genau wissen. Das bewundere ich sehr an Kindern.

Die neutral neugierige Haltung dem Tod und den Toten gegenüber verschwand in dem Moment, als unser Sohn erkannte, dass alle Lebewesen sterben müssen, dass auch wir – seine Eltern – und er selbst in Gefahr sind. Das macht Angst, das darf Angst machen und wir führten viele Gespräche.

Darüber, ob es ein Leben nach dem Tod geben könnte oder nicht und bei wem er denn leben und aufwachsen könnte, für den Fall, dass wir plötzlich sterben sollten. (Er entschied sich für die Familie seines damaligen besten Freundes Vincent. Danke, Thea und Gerhard, dass ihr euch bereit erklärt habt, unseren Rabenbraten für den Notfall bei euch aufzunehmen.) Nach seinem Zivildienst, den er hauptsächlich mit Kinderbetreuung verbrachte, entschied Leon sich, doch in meinem Bestattungsunternehmen mitzuarbeiten. Kinder waren ihm zu laut und auf Dauer zu anstrengend. Nachdem er einige Jahre kaum mit Toten zu tun hatte und auch den direkten Kontakt zu ihnen eher mied als suchte, musste er sich erneut konfrontieren.

Kurz vor seinem Dienstantritt starb sein Großvater – mein Schwiegervater –, der Tierarzt in Kärnten war. Wir fuhren los und es war klar, dass ich im Institut des Kärtner Kollegen die Versorgung meines Schwiegervaters persönlich vornehmen würde. Auf der Fahrt fragte ich Leon, ob er mir helfen wolle. Ich war mir nicht sicher, denn es war seine erste Versorgung und noch dazu bei seinem eigenen Großvater. Er stimmte sofort zu und zu meiner großen Überraschung wollte auch mein Mann bei der Versorgung dabei sein. Einerseits freute ich mich, weil ich wusste, dass das gut für uns alle wäre, andererseits war ich gespannt, wie die Versorgung ablaufen würde. Mein Schwiegervater war seit meinem Berufseinstieg ins Bestattungsgewerbe das erste nahe Familienmitglied, das verstorben war. Ich war das erste Mal selbst Angehörige und stand somit auf zwei Seiten. Martin, der Kärtner Kollege, führte mich zuerst allein zu meinem Schwiegervater, zog ihn vor mir aus der Kühlung und legte ihn mit mir auf den Versorgungstisch. In diesem Moment ging es mir so wie allen Angehörigen: Obwohl ich telefonisch die Nachricht des Todes bereits am Vortag erfahren hatte, wurde es erst in diesem Augenblick real, erst jetzt konnte ich es tatsächlich glauben. Es war eigenartig, den alten Unruhegeist, den drahtigen Tierarzt, tot zu sehen. Er war nackt, aber friedlich.

Ich deckte ihn zu und holte meinen Mann und meinen Sohn in den Raum. Nach einigen Minuten des Staunens und Realisierens machten wir uns an die Arbeit. Ich desinfizierte meinen Schwiegervater, wir wuschen ihn, soweit es nötig war. Er war in einem guten Pflegezustand, hatte nichts mehr ausgeschieden. Ich erklärte meinen Männern, dass die Totenstarre (Rigor Mortis) entsteht, weil sich Adenosintriphosphat – das ist ein Energieträger in unseren Zellen – im Körper abbaut, nachdem ein Mensch verstorben ist und sich demzufolge Myosin an die Aktinfasern bindet. Myosin und Aktin sind fadenförmige Proteinmoleküle, sie machen es möglich, dass sich unsere Muskeln verkürzen und wir uns bewegen können. Diese kleinsten Muskelfasern »verkleben« durch den Abbau von Adenosintriphosphat und dadurch entsteht die Starre, die man durch physiologisch natürliche Bewegung leicht lösen kann. Wir cremten meinen Schwiegervater mit Massagecreme ein und führten die Bewegungen durch, die zur Lösung des Rigors nötig sind: Ich machte es auf einer Körperseite vor, meine Männer machten es auf der anderen Körperseite nach. Die Technik wurde in dieser Situation zu einem Ritual. Die Stimmung war konzentriert und geradezu feierlich.

Gut erinnere ich mich daran, wie eigenartig sich die Totenstarre und die Kälte für mich bei meinen ersten Verstorbenen anfühlten, es lässt sich schwer beschreiben. Wenn man diese Merkmale des Todes bei einem verstorbenen Familienmitglied spürt, ist es noch eindrucksvoller, man sieht nicht nur, dass der Mensch tot ist, man spürt es auch – und das hilft ungemein beim Realisieren. Mein Mann und unser Sohn machten immer wieder Pausen, weinten ein wenig, umarmten sich zwischendurch und bemerkten, wie schön es war, dass wir das zusammen machen konnten. Sei es, weil ich kein so enges Verhältnis zu meinem Schwiegervater hatte wie mein Mann, sei es, weil ich mich sehr auf die Versorgungstechniken konzentrierte – was eine gute Strategie in meinem Job ist, um Gefühle in Schach zu halten. Ich war nicht traurig, ich musste nicht weinen, aber ich war unglaublich stolz auf meinen Mann und meinen Sohn, die auch bei den schwierigen Versorgungstechniken dabeiblieben. Wir tamponierten die Körperöffnungen des Leichnams wie Nasen-Rachen-Raum und Anus, um das Austreten von Verwesungsgerüchen und Fäulnisflüssigkeit zu verhindern. Das bedeutet, wir setzten Watte oder andere saugfähige Materialien an die betroffenen Stellen. Danach kamen sogenannte Eye-Caps an die Reihe. Diese Kontaktlinsen mit Widerhaken sorgen dafür, dass die Augen geschlossen bleiben. Als wir fertig waren, kamen Schwager und Schwägerin mit der Kleidung und freuten sich, dass sie beim Ankleiden und Einbetten in den Sarg mit dabei sein konnten. Auch für sie war es das erste Mal und eine besondere und wichtige Begegnung. Fertig angekleidet in seinen Knickerbockerhosen, langen Wollstrümpfen, kariertem Hemd und brauner Strickjacke sah der alte Landtierarzt beinahe aus wie immer und war bereit für die himmlischen Kuh- und Schweineställe. Zufrieden betrachteten wir unser gemeinsames Werk, machten letzte Fotos und gingen mit dem Kärtner Kollegen in den Pausenraum auf ein Bier. Das hatten wir uns alle verdient.

Von Sulawesi über Palermo und Hallstatt in die Versorgungsräume von Tiroler und Kärtner Bestattungsinstituten und erste Einblicke in Versorgungstechniken, das sind große Sprünge. Aber ein Blick über den Tellerrand schadet bekanntlich nie. Wenn man dabei erfährt, dass man gar nicht nach Indonesien reisen muss, um festzustellen, dass man mit Toten auch anders umgehen kann wie bei uns mittlerweile üblich, dann verstehen Sie vielleicht, dass der Umgang mit dem Tod und den Toten in unserer heutigen Gesellschaft eine junge Entwicklung ist, die sich erst in den 1950er-Jahren zuspitzte und eigentlich nicht hilfreich ist. Lassen wir die Toten aber vorerst einmal links liegen – sie laufen uns ja nicht davon – und wenden wir uns im nächsten Kapitel einem weiteren Phänomen zu, das wir ebenso lieber vermeiden oder verdrängen: die Trauer.

Trauer ist keine Krankheit

Wie wir mit der Trauer und all ihren Anstrengungen und Berg- und Talfahrten umgehen können, weil sie keinem von uns erspart bleibt, erfahren Sie in diesem Kapitel. Ich versuche, Ihnen das Surfen im Wellengang der Trauer beizubringen – zumindest theoretisch. Praktisch werden Sie trotzdem ins kalte Wasser geworfen, wenn ein Todesfall eintritt. Aber Sie wissen wenigstens, dass Sie surfen müssen, um nicht unterzugehen.

Als mein Schwiegervater starb, war er 89 Jahre alt. Er war dement und wir hätten ihn in ein Pflegeheim geben müssen, da die Pflege zu Hause nicht mehr möglich war. Bis auf seine Demenz war er fit und fühlte sich nach wie vor als Tierarzt, was dazu führte, dass er mit dem Auto immer noch in halb Kärnten unterwegs war und seine Bauern besuchte, mitunter aber den Weg zurück nicht mehr fand. Und auch sonst war es schwierig mit ihm geworden, denn er kam auf allerhand verrückte Ideen. Als er dann eines Morgens meine Schwiegermutter in die Küche schickte, um das Frühstück vorzubereiten, sich in der Zwischenzeit noch mal im Bett umdrehte, um noch ein wenig zu schlafen, und dann einfach nicht mehr aufwachte, war das ein Geschenk – ein Geschenk für alle, auch für ihn selbst. Ein Pflegeheim wäre schlimm für ihn gewesen, zumal er sein Leben lang nicht von zu Hause wegwollte, nicht einmal, um auf Urlaub zu fahren. Es war einer der wenigen Todesfälle, bei denen alles stimmte: das Alter, der Zeitpunkt, und es ging schmerzlos und schnell.

Die meisten Familien, die ich nach einem Todesfall begleite, haben dieses Glück nicht. Oft ist der Zeitpunkt unpassend, und nicht immer ist der Tod friedlich und schmerzfrei. Die einen müssen zu früh gehen, manche nach längerer schwerer Krankheit oder durch ein plötzliches Geschehen, andere können nicht sterben, obwohl es eine Erlösung wäre. Auch wenn der Tod eine Notwendigkeit ist, weil Entwicklung und Veränderung auf dieser Welt nur möglich sind, wenn Leben vergeht und für neues Platz gemacht wird, ist der Tod für das Individuum in der Regel eine Bedrohung. Der Zeitpunkt, zu dem er eintritt, ist selten richtig. Und selbst wenn der Zeitpunkt stimmt, ist da trotzdem Trauer, wenn man als Hinterbliebener eine Bindung zur verstorbenen Person hatte. Jemanden zu verlieren, den man gernhatte oder sogar geliebt hat, tut furchtbar weh. Den Tod als Freund wahrzunehmen, ist in diesem Fall schwer möglich.

Wir können noch so sehr um unsere Lieben kämpfen, früher oder später wird immer der Tod der Gewinner sein. Die Frage ist nur, ob wir dadurch automatisch Verlierer sein müssen. Trauer ist kein Kinderspiel, sie ist kein Gefühl oder Zustand, sondern ein Prozess, in dem wir es mit einem Gemisch aus Gefühlen und Zuständen zu tun bekommen, die uns gerade in der ersten Zeit zu überwältigen scheinen. Wer um einen geliebten Menschen trauert, leistet Schwerstarbeit. Das ist anstrengend, und deshalb fühlen sich Trauernde energielos und schwach, sie haben Konzentrationsschwierigkeiten, sind dünnhäutig und leichter verletzbar. Viele haben in den ersten Wochen Schwierigkeiten, nachts zu schlafen, und mitunter gibt es Zustände oder Erlebnisse, die beängstigend sind. Manch einer glaubt sogar, verrückt zu werden. Die gute Nachricht ist: Trauer ist keine Krankheit, sie ist eine *angeborene* Reaktion auf Verlustereignisse und hat den Sinn, den erlittenen Verlust zu verarbeiten und in unser Leben zu integrieren. Der Trauerforscher Jorgos Canacakis sagt: »Wir alle unterliegen dem Urgesetz von Werden, Sein und Vergehen, aus dem immer wieder Neues entstehen kann. Da unser Leben ein ›abschiedliches‹ ist, bleibt die Trauer niemandem erspart. Es wäre daher in der Tat ein unverzeihlicher Fehler, eine grobe Lücke in unserer Evolution, wenn uns die Fähigkeit, mit Trauergefühlen umzugehen, fehlen würde. Aber die Weisheit der Natur hat gut vorgesorgt und uns mit dieser Fähigkeit ausgestattet, die aber entwickelt werden muss, damit wir ein Leben lang fähig sein können, Verluste, Trennungen und Abschiede aller Art unter allen möglichen Umständen und Bedingungen mit der entsprechenden Gefühlsantwort gesund zu überstehen.«

Trauer ist ein anstrengender, aber gesunder Prozess, ein Bewältigungs- und Heilungsprozess. Und: Die allerwenigsten werden dabei verrückt, auch wenn es sich so anfühlt. Natürlich kann Trauer in einen krankhaften Prozess entgleisen, wenn man falsch mit ihr umgeht oder wenn man eine grundlegende Disposition für psychische Erkrankungen mitbringt. Wenn man Trauerarbeit aber richtig angeht, gelingt sie auch. Manche haben das Talent, es gleich richtig zu machen, andere tun sich schwerer. Deshalb ist es wichtig, den Trauerprozess näher zu beleuchten.

Grundsätzlich ist Trauer nicht nur eine Reaktion, die auf den Tod eines nahestehenden Menschen folgt, sie wird auch durch eine Reaktion auf Krankheit, Trennung, Veränderung oder andere Verlustereignisse ausgelöst. Es ist wichtig zu wissen, dass Trauer Ausdruck und Bewältigung zugleich ist. Das heißt, wenn wir Trauer nicht zulassen, indem wir sie vermeiden oder verdrängen, blockieren wir ihre Bewältigung. Lassen wir Trauer hingegen zu und verhelfen ihr zum Ausdruck, findet zugleich Bewältigung statt. Jeder kennt das: Wenn wir traurig sind und weinen dürfen, geht es uns danach besser. Das gilt für Erwachsene und für Kinder gleichermaßen. Deshalb ist es wichtig, allen Familienmitgliedern Trauer zuzugestehen und offen mit Gefühlen umzugehen. Oft werde ich mit der Frage konfrontiert, ab welchem Alter man Kinder zu einem Abschied oder einer Trauerfeier mitnehmen darf und ob es gut ist, wenn Erwachsene vor Kindern weinen. Dieselbe Frage stellt sich bei Familienmitgliedern mit Behinderung.

Die Antwort ist einfach: Jeder Mensch, egal wie alt oder eingeschränkt er ist, hat das Recht zu trauern und dadurch heil aus der Trauer hervorzugehen. Alle Menschen haben das Recht, an Trauerritualen und Trauerfeiern teilzunehmen und ihre Gefühle zum Ausdruck zu bringen. Es ist sogar wichtig, dass Erwachsene sich ihrer Vorbildfunktion bewusst sind und ihre Gefühle offen vor Kindern zeigen. Wichtig dabei ist, Kindern zu erklären, dass diese Gefühle normal und gesund sind. Nur so können Kinder, aber auch Menschen mit Behinderung lernen und erfahren, dass Trauer zum Leben dazugehört. Sie vor fremder und eigener Trauer schützen zu wollen, geht immer in die falsche Richtung und hat fatale langfristige Auswirkungen: Man sollte eine Grippe nicht verschleppen, Trauer auch nicht.

Es gibt verschiedene Modelle, die den Trauerprozess beschreiben. Grundsätzlich kann man zwei Modelltypen unterscheiden: das Phasenmodell und das Aufgabenmodell. Phasenmodelle geben uns Orientierung, sie sind hilfreich, um einordnen zu können, welchen Aspekt oder welches Thema der Trauer wir gerade bearbeiten. Der Nachteil ist, dass sie uns vermitteln, dass Trauer etwas ist, das in Phasen über uns hinwegrollt, und wir nicht viel dazu beitragen können, außer abzuwarten, bis es vorbei ist. Phasenmodelle können uns dazu verleiten, dass wir im Lehnsessel unseres Leidens versinken und tatenlos abwarten – ein Jahr, zwei Jahre, drei Jahre, vielleicht unser Leben lang. Deshalb kombiniere ich gerne das Phasenmodell der Trauerforscherin Verena Kast mit dem Aufgabenmodell des Trauerforschers William Worden. Dieses zeigt, dass wir nicht nur passiv warten sollen, sondern aktiv etwas beitragen können, damit der gesunde Trauerprozess in die richtige Richtung geht und auch gesund bleibt. Im folgenden Kapitel beschreibe ich deshalb Themen und Muster, die häufig im Trauerprozess beobachtet werden können. Angelehnt sind die Ausführungen an die Modelle von Verena Kast und William Worden.

Phasen und Aufgaben, Wellen und Wehen

Trauer verläuft bei jedem Menschen anders. Die beiden Modelle, die ich hier beschreibe und miteinander verknüpfe, dürfen nicht so verstanden werden, dass diese Phasen in genau dieser Reihenfolge verlaufen und Aufgaben in genau dieser Reihenfolge gelöst werden müssen. Vielmehr sind die Phasen als unterschiedliche Themen, die bei Trauernden beobachtet werden können, zu verstehen.

Nicht-wahrhaben-Wollen und Realisieren

Der Trauerprozess beginnt in dem Moment, in dem Angehörige vom Verlust eines geliebten Menschen erfahren. Manchmal beginnt er auch schon früher, etwa wenn nach der Diagnose einer Krankheit klar wird, dass es keine Heilung geben wird. Allerding beginnt der Prozess der Trauer nicht unbedingt mit dem Gefühl von Traurigkeit und auch nicht damit, dass man in Tränen ausbricht. Am Beginn steht meist der Schock. Der Schockzustand ist in erster Linie ein Schutzmechanismus, ein Zustand der gefühlsmäßigen Taubheit und auch ein Zustand, in dem wir nicht klar denken können. In diesem Zustand versuchen wir das Monster, das plötzlich in unser Leben eingebrochen ist, zu ignorieren oder vor ihm zu flüchten.

Die britisch-deutsche TV-Moderatorin und Autorin Charlotte Roche beschreibt in ihrem Roman »Schoßgebete« den Schockzustand einer Mutter nach einem Verkehrsunfall, bei dem ihre drei Söhne ums Leben gekommen sind. Charlotte Roches Familie verunglückte tatsächlich auf dem Weg zu ihrer Hochzeit, der Unfall der Ich-Erzählerin im Roman ist autobiografisch und beschreibt den Schockzustand äußerst treffend: »Irgendwann erwacht meine Mutter aus ihrer

Ohnmacht. Und sitzt einfach nur so da. So ist das wohl in einem schweren Schockzustand. Man macht eigentlich gar nichts mehr. Ist nur noch zurückgeworfen auf die minimalsten Dinge. Das Gehirn funktioniert nicht mehr richtig. Das Herz schlägt, mehr aber auch nicht. Sie sitzt und sitzt und sitzt. … Sie ist wie ein schwer verwundetes Tier.«

Auch das Nicht-wahrhaben-Wollen in der folgenden Krankenhausszene unmittelbar nach dem Unfall übertrifft jede Beschreibung in Lehrbüchern: »Ich laufe im Krankenhaus herum und suche meine Verwandten. Es werden immer mehr, bald ist die Familie komplett. Fehlen nur noch meine Brüder. Dann können wir doch heiraten. Sie erzählen mir, dass sie Pizza für uns alle bestellt haben, dass sie das jetzt in Mutters Zimmer essen wollen. Und sie haben plastikbeutelweise Bier dabei. Von der Tanke um die Ecke. Schön. Betäubung, endlich. Wir tanzen mit Pizza und Bier auf den Gräbern meiner Brüder. Endlich essen. Ich hab ja Hunger! Ja. Jetzt merk ich das. Ich bin auch noch da, wenigstens ein bisschen, ich spüre Hunger. Es geht auch schön lustig zu mit den allen. Weil wir alle zusammen sind und uns so selten sehen und heute doch der Tag der Hochzeit gewesen wäre, kommt mir das fast vor wie ein Hochzeitsfest, nur Planänderung: im Krankenhaus. Als wäre nur eine Lappalie passiert und wir hätten hier im Krankenhaus die Hochzeit nachgeholt. Wir lachen und singen. Da laufen wir noch, wie Hühner, denen man den Kopf abgehackt hat, ein paar Meter ohne Kopf weiter, bis der Unfall im Kopf bei jedem als Gewissheit angekommen ist.«

Zu Beginn wird der Verlust für nicht real gehalten, deshalb wirken Betroffene oft emotionslos und starr oder sie machen »wie Hühner, denen man den Kopf abgehackt hat«, weiter, als wäre nichts gewesen – bis der Tod »im Kopf bei jedem als Gewissheit angekommen ist«. Man ist auf der Flucht vor dem Monster und gleichzeitig gefühlstaub, man steht gleichzeitig auf dem Gas und auf der Bremse. Zunächst hat diese Reaktion den Sinn, uns zu schützen: Würden Betroffene vom ersten Augenblick an in vollem Umfang realisieren, was der Verlust für sie bedeutet, wäre das weder psychisch noch physisch auszuhalten. Diese erste Schockphase dauert Stunden bis Tage, manchmal auch länger. Nach einem ersten Realisieren wechseln Trauernde in den darauffolgenden Tagen oder Wochen stetig zwischen Betäubung (Verleugnung und Vermeidung) und Realisieren (emotionaler Überwältigung) hin und her. Durch diesen Wechsel reguliert der Organismus die Bewältigungsarbeit, Überforderung wird verhindert, da in kleinen Schritten realisiert wird. Angenehm ist dieser Zustand nicht: Im Schutz- und Erholungsmodus klagen Betroffene häufig über Gefühlstaubheit und dass sie nicht weinen können, sie haben Angst, dass sie nicht normal reagieren, und sie haben mitunter Schuldgefühle, weil sie zu wenig spüren und trauern. Nicht trauern zu können ist auf Dauer bedrückend und ungesund. Trauer braucht Ausdruck, Trauer muss raus.

Damit Trauergefühle aufbrechen können, um die gesunde Bewältigungsarbeit anzutreiben, ist es nötig, den Verlust verstandes- und gefühlsmäßig zu realisieren. Betroffene müssen begreifen, dass es eben doch wahr ist, so schlimm es auch ist, so weh es auch tut. Das Realisieren ist die Aufgabe in dieser ersten Phase und erfolgt nicht von einem Moment auf den anderen, sondern in vielen kleineren und größeren Schritten. Oft dauert es auch Monate oder länger, bis alle Aspekte des Verlustes realisiert wurden. Typisch ist es zum Beispiel, dass Angehörige immer wieder kurz vergessen, dass der Verstorbene tot ist. Sie greifen zum Handy, um ihn anzurufen, sie haben das Gefühl, der Verstorbene kommt wieder zur Tür herein, müssen überprüfen, ob er nicht doch noch in seinem Bett liegt und einfach nur verschlafen hat. All das ist normal, unser Verstand braucht Zeit, um zu begreifen. Um das Begreifen zu fördern, ist es wichtig, dass Angehörige langsam aus dem schützenden Vermeidungsverhalten herauskommen und sich der Realität stellen. Hilfreich in dieser ersten Zeit sind der persönliche Abschied vom Verstorbenen an seinem Sterbebett oder am offenen Sarg, das Teilnehmen an den Trauerfeierlichkeiten und das aktive Mitgestalten sowie Abschieds- und Erinnerungsrituale, die man unabhängig von den öffentlichen Trauerfeiern in der Familie, im Freundeskreis oder für sich selbst entwickelt. Das kann eine Gedenkecke sein, die man selbst einrichtet, das können Übergangsobjekte sein, die eine Verbindung zum Verstorbenen herstellen – Schmuckstücke, Kleidungsstücke oder persönliche Gegenstände des Verstorbenen – und die man bei sich hat. Und natürlich Gespräche in der Familie und im Freundeskreis oder mit professionellen Trauerbegleiterinnen. Mit jedem Realisierungsschritt kommen Trauernde ein Stück weiter – in die nächste Phase und zur nächsten Aufgabe.

Aufbrechende Emotionen aushalten

Eine Frau – sie war um die 60 Jahre alt – bekam die Nachricht vom plötzlichen Tod ihres Mannes. Er starb an einem Herzinfarkt in seinem Büro. Sie beschrieb die Schritte des Begreifens anschaulich: »Als mir die Polizei und das Kriseninterventionsteam die Todesnachricht überbrachten, hab ich es sofort verstanden. Mein Mann war ein Risikopatient, ich musste damit rechnen, dass einmal so etwas passiert. Aber diese Nachricht ist mir bis daher gegangen.« Bei »bis daher« machte sie eine Bewegung mit ihrer Hand vor ihrem Gesicht bis hinunter auf Brusthöhe, als wäre da eine Glasscheibe. »Ich konnte meine Kinder anrufen und ihnen mitteilen, dass ihr Vater gestorben ist, ich konnte zur befreundeten Nachbarin gehen und es ihr erzählen, aber ich war wie in einem Film, es war da und doch auch unwirklich. Richtig begriffen habe ich es aber erst, als ich ihn dann gesehen habe, wie ich gespürt habe, dass er kalt ist, und bemerkt habe, dass da kein Leben mehr in ihm ist. Erst da hab ich es richtig verstanden und erst da konnte ich weinen.«

Wenn der Verlust sowohl verstanden als auch gefühlt wird, brechen Gefühle auf, die besonders am Beginn stark und chaotisch, oft widersprüchlich, vor allem auch unkontrollierbar erlebt werden: Schmerz, Wut, Angst, Verzweiflung, Schuld, aber auch Dankbarkeit und Erleichterung erleben Trauernde als wildes Wechselbad der Emotionen. Der Verstorbene und die Zeit mit ihm werden in dieser Phase oft idealisiert. Die Aufgabe in dieser Phase ist es, die unterschiedlichen Gefühle, den Schmerz und alle Aspekte der Trauer zuzulassen und auch auszuhalten, denn nur so kann der Verlust verarbeitet werden. Wer diese Gefühle verleugnet, indem er sie mit Alkohol, Medikamenten, einem Übermaß an Sport oder Arbeit dämpft, blockiert die Verarbeitung. Sucht und Chronifizierung von Belastungsreaktionen (zum Beispiel Schlafstörungen) können die Folge sein. Wichtig ist es, aktive Bewältigungsstrategien zu finden, um Trauer ausdrücken und mit der Zeit besser regulieren zu können. Damit mildert man das chaotische Überrolltwerden von Emotionen. Der persönliche Abschied vom Verstorbenen und die Gestaltung der Trauerfeier sind wichtige Maßnahmen für den Anfang, um den Prozess zu initialisieren und ihm eine gesunde Richtung zu geben. Es ist auch wichtig, danach weiter am Ball zu bleiben, hilfreiche Gespräche und andere Ausdrucks- und Bewältigungsstrategien nicht wieder abflauen zu lassen. Kreative Menschen finden Ausdruck im Zeichnen oder Malen, es gibt aber auch den »Seelensport«, ein Trainingskonzept, das extra für Trauernde entwickelt wurde. Dabei geht es darum, Emotionen über Körperübungen zum Ausdruck zu bringen und damit gleichzeitig die Verarbeitung zu fördern. Gerade für Menschen, die nicht gerne reden, ist der Seelensport eine gute Alternative. Es gibt ihn in Gruppen oder als Einzeltraining für Trauernde. Interessierte können die Website www.seelensport.at besuchen. Jede Aktivität kann in Trauerarbeit umgewandelt werden, wenn die Aktivität mit dem Verlust in Verbindung gebracht wird: Ich kann eine Radtour machen, um mich auszupowern und abzulenken, ich kann aber auch eine Radtour machen und die Strecke fahren, die ich mit meinem verstorbenen Freund gefahren bin. Ich kann ein Eis essen gehen, weil ich Lust auf Süßes habe, ich kann aber auch das Lieblingseis des Verstorbenen essen und dabei an ihn denken. So können Aktivitäten mit dem Verlust verknüpft werden und damit findet automatisch Verarbeitung statt.

Es ist eine wichtige und anstrengende Phase, in der viel geleistet und ausgehalten werden muss. Essenziell ist auch, dass sich Trauernde in dieser Zeit immer wieder von den Anstrengungen der Bearbeitung und der emotionalen Überwältigung erholen. Für Angehörige ist es hilfreich, wenn sie die ausdrückliche Erlaubnis bekommen, sich zwischendurch Ablenkung, Erholung vom Schmerz und Entspannung zu suchen. Das heißt, auch die Radtour zur Ablenkung ist erlaubt, und auch das Eis, das ich einfach zum Genuss esse und weil es mir schmeckt, ohne, dass ich dabei an die verstorbene Person denke. Beide Aspekte dürfen ihren Platz haben: sowohl der Arbeits- als auch der Erholungsmodus. Wer nämlich im Arbeitsmodus und der gefühlsmäßigen Überwältigung fixiert bleibt, läuft Gefahr, dass der Trauerprozess in eine Depression oder in eine andere psychische Erkrankung entgleist. Wer in der Ablenkung und im Erholungsmodus hängen bleibt, verarbeitet nicht und gibt der Trauer die Möglichkeit, mit voller Wucht auf einen einzuwirken. Häufig suchen blockierte Gefühle ihren Weg über körperliche Symptome, die allein mit Medikamenten nicht in den Griff zu bekommen sind. Das Ziel ist, eine gute Balance zwischen den beiden Zuständen zu finden.

Sich trennen und mit der Lücke leben lernen

Das Chaos von wechselnden Gefühlen flaut mit der Zeit ab. Erinnerungen und Gedanken kreisen um den Verlust, das Grundgefühl ähnelt einer depressiven Verstimmung. Jetzt ist der Zustand erreicht, der gemeinhin als Trauer verstanden wird. Die Grundstimmung ist traurig, Angehörige schaffen die Bewältigung des Alltags aber immer besser, denn sie können ihre Gefühle wieder regulieren und werden immer seltener von ihnen überrollt. Trauernde wissen inzwischen, welche Situationen oder Trigger Schmerzwellen auslösen und was ihnen Erholung verschafft. Die verstorbene Person beziehungsweise die Erinnerung an diese wird bewusst und aktiv gesucht. Damit findet immer wieder ein kleines Stück »Trennung und Abschied« statt. Das tut nach wie vor weh, aber den Schmerz bewusster steuern zu können, gibt das für den Menschen enorm wichtige Kontrollgefühl über das eigene Leben wieder zurück. Fotos werden hervorgeholt, Filme angesehen, um zu trauern, weil der regelmäßige Platz für die Trauer und deren Ausdruck gesucht wird, um sich Erleichterung zu verschaffen. Danach wird das Fotoalbum oder die Facebookseite bewusst geschlossen.

In dieser Phase wird oft intensiv geträumt. Viele Angehörige berichten, dass der Verstorbene im Traum erscheint, mitteilt, dass es ihm gut geht und sich dann verabschiedet. Diese Träume werden meistens als schön und beruhigend beschrieben, es fällt aber schwer, nach dem Aufwachen festzustellen, dass es nur ein Traum war. Einige Trauernde sind fest davon überzeugt, dass die Begegnung zwar im Traum, aber dennoch real war und die verstorbene Person auf diesem Weg Kontakt aufgenommen hat. Ich überlasse die Deutung dieser Träume – wenn sie als beruhigend wahrgenommen werden – den Angehörigen: Sie können als tiefe Sehnsucht gesehen werden, den Verstorbenen noch einmal zu sehen. Gleichzeitig findet hier noch einmal ein Stück Abschied statt, und ich habe die Erfahrung gemacht, dass es nach diesen Erlebnissen aufwärtsgeht. Sind die Begegnungen in den Träumen bedrückend oder beängstigend, arbeite ich mit den Angehörigen daran, sie in einen Deutungsrahmen zu stellen, der für die Angehörigen annehmbar und erträglich ist. Hier ist es wichtig, dabei zu bleiben, dass es ein Traum war und keine echte Begegnung. Schwierig ist es, wenn sich Angehörige Träume herbeiwünschen – sie aber nicht kommen. Man kann sie nicht erzwingen und nicht jeder Angehörige träumt. Das heißt aber nicht, dass deshalb die Trauerverarbeitung nicht funktioniert. Auch wenn wir heute sagen können, was Trauer ist und welche Themen und Aspekte im Trauerprozess auftauchen, welche Strategien förderlich und welche für den Prozess hinderlich sind, so trauert jeder Mensch individuell. Die Praxis ist komplizierter und differenzierter als die Theorie.

In dieser Phase versucht man, mit dem alten Leben abzuschließen. Der Verlust wird schweren Herzens akzeptiert und das Bild des Verstorbenen wird allmählich wieder differenzierter und nicht nur idealisiert wahrgenommen. Es wird bewusst, welche Rollen und Funktionen der Verstorbene im Leben der Hinterbliebenen innehatte. Diese müssen nun Wege finden, die entstandenen Lücken zu füllen oder das Aufgabengebiet des Verstorbenen zu übernehmen. Das können praktische Dinge sein: Wenn mein Mann plötzlich sterben würde, hätte ich zum Beispiel ein Problem mit dem Rasenmäher, denn ich habe in meinem Leben noch nie Rasen gemäht. Ich müsste eine Lösung finden. Ich könnte jemanden holen und für das Rasenmähen bezahlen oder ich könnte es selbst versuchen und lernen. Die 60-jährige Dame, von der ich berichtet habe, hatte dieses Problem auch. Sie hat sich einen ladyliken, einfach zu bedienenden Mäher gekauft und den Rasen selbst gemäht. Sie erzählte, dass sie sich bei Tisch auf den Platz ihres Mannes setzte, weil sie es nicht aushielt, den leeren Platz sehen zu müssen. Im selben Atemzug berichtete sie lachend, dass es auch Vorteile gab: Ihr Mann war nämlich ein unverbesserlicher Stehpinkler gewesen und seit seinem Tod musste sie das Klo weniger oft putzen. Ja, Verluste haben durchaus auch ihre komischen Seiten und Trauernde verlieren ihren Humor niemals ganz. (Voraussetzung ist natürlich, dass sie schon vorher Humor hatten.)

Die Rollenverteilung in der Familie muss neu vergeben werden, das Familiengleichgewicht muss hergestellt werden. Das ist oft mit Konflikten verbunden. Hier gilt es zunächst einmal anzuerkennen und zu akzeptieren, dass Konflikte normal sind, dass es kein menschliches Zusammenleben ohne sie gibt. Wer sie leugnet oder glaubt, sie in der eigenen Familie oder im Freundeskreis verhindern zu können, irrt. Wer Konflikte immer wieder unter den Teppich kehrt, um die vordergründige Familienharmonie aufrechtzuerhalten, wird damit rechnen müssen, dass der Teppich einmal so große Wellen schlägt, dass man zwangsläufig darüber stolpert und die Verletzungen umso größer werden. Das Gespräch miteinander immer wieder zu suchen, über Verletzungen zu sprechen und gemeinsam Lösungen und Kompromisse zu erarbeiten, ist der einzig sinnvolle Weg.

Neuorientierung und in Verbindung bleiben

Der Tod eines Menschen kann dann als bewältigt angesehen werden, wenn er akzeptiert und ins Leben integriert wurde, und wenn sich der Trauernde allmählich wieder der Welt zuwendet. Es ist wieder Energie für positive und zukunftsorientierte Aktivitäten da, Trauernde werden arbeits- und beziehungsfähig, sie können endlich unbeschwert lachen. Die drei Ls sind wieder möglich: Lieben, Lachen und Leistung – und zwar auf unbeschwerte Art und Weise. Trotzdem ist das Leben nicht mehr so wie vorher und zu bestimmten Zeiten, an sensiblen Tagen wie Geburtstagen, Weihnachten oder Hochzeitstagen sind Rückfälle in die früheren Phasen und Schmerzwellen normal. Die Aufgabe in dieser Phase ist es, für die verstorbene Person in der Erinnerung einen neuen Platz zu finden und auf diese Art und Weise in einer emotionalen Verbindung mit ihr zu bleiben. Um dieses In-Verbindung-Bleiben in der Phase der Neuorientierung anschaulicher zu machen, habe ich in meiner Trauergruppe für trauernde Eltern das Drachengleichnis entwickelt.

Trauerbewältigung hat nichts mit Loslassen zu tun, schon gar nicht, wenn ein Kind stirbt. Die Bindung zu einem Kind, die für Eltern durch die Schwangerschaft und Geburt entsteht und immer stärker wird, kann der Tod gar nicht lösen. Mein Bild dazu: Wir tragen unsere Kinder wie einen Drachen an der Schnur. Bei manchen Eltern und Kindern ist die Schnur sehr kurz: Das kann schön sein. Das kann aber auch anstrengend sein – vor allem für die Kinder, denn durch die kurze Schnur ist es schwerer, ein eigenes Leben zu leben. Bei manchen ist die Schnur so lang, dass man sich gerade noch im Blick hat. Wenn es mal sehr stürmisch wird, kann man die Schnur verkürzen und sich näher als sonst sein. Wenn ein Kind stirbt, ist die Schnur so lang, dass man es nicht mehr sehen kann, aber über den Faden dennoch spürt. Trauerbewältigung nach dem Tod eines Kindes heißt nicht, dass wir den Faden loslassen oder die Bindung gar abreißen lassen sollen. Loslassen heißt hier vielleicht, dass man irgendwann einmal akzeptieren kann, dass die Schnur einfach viel, viel länger ist, als das je gewollt war.

Das Drachengleichnis gilt nicht nur als Bild für die Eltern-Kind-Bindung über den Tod hinaus, sondern für jede Bindung zwischen Trauernden und Verstorbenen. Gut bewältigte Trauerarbeit bedeutet nicht, dass der Verstorbene »vergessen« wird, es geht vielmehr darum, die Beziehung zum Verstorbenen in eine Erinnerungsbeziehung umzuwandeln. Die Erinnerungen können auch schmerzen, ohne dass man von pathologischer – krankhafter – Trauer sprechen muss. In dieser Phase wird es jedoch wieder möglich, sich an Schönes zu erinnern und den Schmerz in Dankbarkeit umzuwandeln.

Can't stop the waves but learn to surf

Die Dauer des Trauerprozesses kann unterschiedlich lang sein und das Aufeinanderfolgen der einzelnen Phasen darf nicht als streng angesehen werden. Man sollte die einzelnen Phasen nicht als chronologische Abfolge verstehen, sondern viel eher als Zustände und Themen betrachten, die gerade am Beginn der Trauer schnell wechseln können. Zum Beispiel wechseln Trauernde am Anfang rasch zwischen der Distanzierung und dem Realisieren hin und her, weil die Bewältigungsarbeit nur auf diese Weise und Stück für Stück zu schaffen ist. Alles auf einmal zu realisieren, wäre viel zu belastend und nicht gesund. Oftmals wechseln Trauernde zurück in frühere Phasen, weil dort eine Aufgabe erst ein Stück weit erledigt wurde. Und wenn der Trauernde in der letzten Phase angekommen ist und wieder lachen kann, wird es im Jahr trotzdem sensible Zeiten geben, an denen ihn die Trauer wieder einholt.

Ich vergleiche den Trauerprozess gerne mit dem Wellengang im Meer. Die Wellen sind mal hoch und mal flach und es geht auf und ab, aber allmählich werden die Wellen flacher. Wir können den Wellengang nicht verhindern, aber wir können das Surfen lernen. Wenn es zwischendurch ein Unwetter gibt – an Weihnachten oder an Geburtstagen zum Beispiel –, dann heißt das nicht, dass man wieder von vorne anfangen muss. Es ist nur ein Zwischentief und gehört zum Trauerklima dazu.

Frauen können den Vergleich mit Geburtswehen gut nachvollziehen. Im gesamten Trauerprozess kommen die Schmerzwellen wie Wehen auf sie zu, und die Pausen dazwischen sind dazu da, dass sie sich erholen können, bis es Zeit für die nächste Wehe ist, um die Geburt voranzutreiben. Auch die Trauer bringt eine Geburt mit sich: die Geburt in ein neues Leben, das anders ist. Trauer oder andere Krisen zu bewältigen, bedeutet viel Neues zu lernen. Betroffene beschreiben, dass sie durch den Bewältigungsprozess gewachsen sind und sich vieles zum Positiven geändert hat.

Mythos Trauerjahr

Dass Trauer nach einem Jahr bewältigt und alles darüber hinaus pathologisch sein soll, ist ein Gerücht. Dennoch ist auch heute der Druck der Gesellschaft noch groß, dass nach dem ersten Jahr auch die Trauer vorbei sein sollte. Trauernde sollten es dann plötzlich gut sein lassen. Das funktioniert allerdings oft nur nach außen hin.

Das »Trauerjahr« hat mit dem Prozess der Trauer wenig zu tun. Der Begriff ist auf die römische Rechtsprechung zurückzuführen und war die Frist, innerhalb derer eine Witwe nicht wieder heiraten durfte. In Deutschland war das nach dem alten Bürgerlichen Gesetzbuch eine Frist von zehn Monaten. Ausnahmen waren möglich, wenn die Witwe durch die Untersuchung einer Hebamme nachweisen konnte, dass sie vom verstorbenen Ehemann nicht schwanger war. Das österreichische allgemeine Bürgerliche Gesetzbuch beschränkte die Frist auf sechs Monate für die nicht schwangere Witwe. Diese Frist konnte sogar auf drei Monate gekürzt werden, allerdings musste die Witwe dann auf einen eventuellen »Ehegewinn« aus der früheren Ehe verzichten. Witwen erhielten nämlich nach dem Ableben ihres sich im Staatsdienst befundenen Gatten noch ein weiteres Jahr dessen Bezüge.

Die Gesellschaft übernahm den Begriff des Trauerjahres in den Moralkodex mit strengen konventionellen Vorschriften – vor allem für Frauen. Auch wenn das Trauerjahr aus rechtlicher Sicht stark gekürzt werden konnte, blieb die Einhaltung der strengen sittlichen Regeln eine moralische Pflicht. Besonders Frauen wurden durch dieses Jahr nicht geschützt, sondern stigmatisiert. Von Frauen wurde erwartet, dass sie sich an die Vorschrift hielten, schwarze Kleidung zu tragen. Sie sollten ihr Verhalten an das anpassen, was man gemeinhin von Trauernden erwartete, unabhängig davon, ob das ihren Bedürfnissen und Emotionen wirklich entsprach. Das Trauerjahr galt für Männer zwar auch, sie trugen jedoch nach den Trauerfeierlichkeiten wieder normale Alltagskleidung – als Zeichen reichte die schwarze Armbinde beziehungsweise der »Trauerflor«. Männer gingen selbstverständlich weiter zur Arbeit und ihr Verhalten wurde nicht so streng beobachtet und bewertet. Auch stand es ihnen zu, sich rasch eine neue Ehefrau zu suchen, die sich um den Haushalt und um eventuell bereits vorhandene Kinder kümmern sollte. Frauen wurden durch diesen Moralkodex in eine Inaktivität gezwungen, die für einen gesunden Trauerprozess nicht förderlich war: Sie sollten nicht arbeiten, sich nicht amüsieren, an keinen Veranstaltungen teilnehmen, dunkle Kleidung tragen und ernst sein. Im Gegensatz zum verwitweten Mann sollte die Frau ihr Treuegelöbnis über den Tod des Mannes hinaus aufrechterhalten und bis zu ihrem eigenen Tod allein bleiben. Durch diese Stigmatisierung war die Gefahr der Isolierung, Vereinsamung und Verarmung groß.

Tatsache ist, dass trauernde Menschen Schutz brauchen und auch, dass sie im Berufsleben nicht sofort wieder alles geben können, da Trauerarbeit viel Energie fordert. Wir wissen heute, dass es gut ist, wenn Trauernde durch eine möglichst baldige Wiedereingliederung in den Arbeitsprozess Struktur und Halt finden. Die Ablenkung durch Arbeit oder Schule heißt auch, sich zumindest stundenweise distanzieren zu können. Durch die Arbeit gewinnen Trauernde wieder Boden unter den Füßen, weil sie selbst etwas tun können.

Das fördert das Kontrollgefühl und das Sicherheitsgefühl. Der Betroffene kann auch leichter seine sozialen Kontakte aufrechterhalten. Wie schnell man wieder mit der Arbeit beginnen soll oder kann, ist aber von Mensch zu Mensch und von Trauerfall zu Trauerfall verschieden: Bei schweren Schicksalsschlägen brauchen Hinterbliebene zusätzlich zu den vom Gesetzgeber ermöglichten drei freien Tagen oft eine längere Auszeit. Nach drei Wochen sollte man aber allmählich wieder zurück in den Alltag und in das Berufsleben finden. Das heißt jedoch nicht, dass man »darüber hinweg« ist, und das heißt auch nicht, dass man wieder zur Gänze fit und belastbar ist. Hier ist das Verständnis des Arbeitgebers und der Kolleginnen wichtig, die den Mitarbeiter unterstützen sollten. Hilfreich kann sein, wenn der Trauernde für die erste Zeit in Teilzeit gehen kann.

Der Trauerprozess ist in den wenigsten Fällen nach einem Jahr abgeschlossen: Wenn das erste Jahr vorüber ist, haben Hinterbliebene einen Jahreszyklus mit vier Jahreszeiten und den damit verbundenen sensiblen Tagen und Festen das erste Mal gemeistert. Im zweiten Jahr können sie auf diese Erfahrungen und neu gewonnenen Strategien zurückgreifen. Das gibt mehr Sicherheit, aber die Trauer ist deswegen nicht vorüber. Der gesamte Prozess dauert in den meisten Fällen länger, meiner Erfahrung nach drei bis fünf Jahre. Doch Trauer bedeutet nicht durchgängige Traurigkeit. Die Länge und Intensität des Trauerprozesses sind abhängig von der Art des Verlustes: Der plötzliche und unerwartete Tod eines nahestehenden Menschen wird schwerer verarbeitet als der Tod von alten Menschen, aber nicht immer. Trauer kann auch chronisch werden und in Krankheit übergehen. Besonders Eltern brauchen nach dem Verlust eines Kindes in der Regel lange. Die Eltern-Kind-Bindung reißt durch den Tod nicht ab, die Liebe zu dem Kind bleibt über den Tod hinaus, und wo Liebe ist, ist auch Trauer. Oft bleibt die Trauer um einen Menschen auch Bestandteil des Lebens. Wenn trotzdem genug Platz für die drei Ls – Lieben, Lachen und Leistung – bleibt, ist die Trauer nicht krankhaft. Sie ist ein Teil, aber nicht das ganze Leben. Über die unterschiedlichen Gefühle, die in der Trauer auftauchen können, geht es in den folgenden Kapiteln.

Ohrfeigen statt Abschiedskuss

Nachdem Klaus mit Mitte vierzig mit dem Motorrad tödlich verunglückt war, trug sich Folgendes zu: Die Ehefrau des Verstorbenen kam, um sich noch einmal am offenen Sarg zu verabschieden. Sie wollte ausdrücklich zuerst allein mit ihrem Mann sein, bevor die restliche Familie dazustoßen sollte. Nachdem ich sie auf die Begegnung vorbereitet hatte, ging sie geradewegs in den Abschiednahmeraum, trat, ohne zu zögern, zum Sarg und gab dem Verstorbenen zwei schallende Ohrfeigen – eine links und eine rechts. Erst dann begann sie bitterlich zu weinen. Den ganzen Abschied hindurch beklagte die Frau den Tod ihres Mannes und schimpfte gleichzeitig mit ihm. Sein Tod war gegen ihre Vereinbarung gewesen. Er hatte ihr immer wieder versprochen, nach ihr zu sterben. Außerdem hatten die beiden noch große Pläne gehabt, die jetzt nicht mehr umgesetzt werden konnten.

Maki hatte ihre Tochter Abi durch einen Unfall verloren. Abi starb, nachdem ein Lkw-Fahrer sie angefahren hatte. Im Trauerforum auf www.aspetos.com schrieb Maki über ihre Wut: »Ich spüre Wut, kann es aber nicht herauskristallisieren, ob die Wut in Richtung Abi (verzeih mir!) geht oder ob es Gott (verzeih mir!) ist!!! Ich trau mich nicht darüber nachzudenken, aber irgendwas ist da!!! Bin ich die Einzige? Ist das normal?«

Trauernde sind immer auch mit Wut konfrontiert, trauen sich darüber aber oft nicht zu sprechen. Wut scheint unangemessen zu sein, sie wird im Rahmen der Trauer viel mehr tabuisiert als das, was man gemeinhin unter »Trauer« versteht. Der Irrtum, dass Trauer ein durchgängiges Gefühl von Traurigkeit oder depressiver Verstimmung ist, ist weit verbreitet. Dass Wut eine große Rolle spielt, überrascht Trauernde deshalb, wenn sie plötzlich auftaucht.

Ela, ein betroffener Vater, antwortet Maki: »Oh Maki, da bist du mit Garantie nicht allein. Ich bin ein Pulverfass. Natürlich fahren auch bei mir die Gefühle Achterbahn. Aber das, was ich am wenigsten einigermaßen unter Kontrolle halten kann, ist die Wut. Ich bin wie eine tickende Zeitbombe. Ich ticke die ganze Zeit. Und es benötigt nur ein komisches Wort und ich ticke aus. Ich bin dann nicht auf 180, sondern eher auf 3750 oder so. Ich sag nur Supernova. Peinlich, aber wahr. Ich denke, es ist ganz normal, dass du wütend bist. Sicherlich »schämt« man sich in gewisser Weise manchmal, dass man 1. sooo wütend ist, 2. auf gewisse Menschen wütend ist, 3. auf den verlorenen Menschen wütend ist und 4. auf Gott wütend ist. Ich denke, dass es ein Ventil ist. So wie das Weinen ein Ventil für den Körper ist, diese Emotionen herauszuschwemmen, so ist die Wut ein Ventil, um den Druck abzulassen. Wie ein Teekessel. Der würde wohl sonst in die Luft gehen. Wir sind wie kleine Kinder, denen man etwas wegnimmt. Wir können uns nicht wehren, wir können es nicht verstehen und wir können es nicht ändern. Wir müssen doch irgendwie damit leben. Und der Schmerz richtet uns auf Dauer zugrunde. Daher muss er auf welche Art und Weise auch immer irgendwie raus.«

Ela bringt die Sache auf den Punkt: Wenn uns ein Mensch genommen wird oder wenn jemand uns verlässt, dann reagieren wir mit Trauer, aber auch mit Aggression, Wut und Zorn. Das sind angeborene und natürliche Reaktionen. Wenn wir etwas verlieren oder etwas wieder hergeben müssen, was uns viel bedeutet hat, dann reagieren wir mit Aggression, weil es uns frustriert – und wir reagieren mit Trauer. Diese beiden Gefühle sind wie zwei Seiten einer Medaille. So wie wir immer nur eine Seite einer Medaille ansehen können, können wir die Gefühle Wut und Trauer nicht gleichzeitig erleben. Beide gehören aber zusammen wie zwei Schwestern. Die Trauer ist dabei die passivere der beiden, sie will, dass man sich zurückzieht und den Verlust wahrnimmt, den Schmerz spürt und zulässt. Die Wut ist die aktive der beiden Schwestern. Sie ist diejenige, die uns zeigt, dass etwas Wichtiges fehlt, die uns auch Energie gibt, antreibt und weiterkämpfen lässt. Wichtig ist, dass man beiden einen Platz gibt, denn sie haben beide ihre Berechtigung und führen letztlich zur Bewältigung und Neuorientierung.

Wie umgehen mit der Wut?

Aggressionen sind nichts Böses oder Unmoralisches. Im Gegenteil: Sie sind angeborene psychische Kräfte und haben die wichtige Funktion, uns darüber zu informieren, dass wir ein bestimmtes Bedürfnis haben. Kommen wir diesem Bedürfnis nicht nach und »frustrieren« es, dann spüren wir das, indem wir aggressiv werden. Wenn wir beispielsweise Hunger haben, kennt das jeder von uns: Die Aggression treibt uns an, etwas gegen den Hunger zu tun. Aggressionen sind demnach lebenswichtig. Wir reagieren aggressiv, wenn wir etwas tun müssen, was wir nicht tun wollen, wenn wir etwas nicht bekommen, was wir dringend haben wollen, wenn uns etwas genommen wird, wenn wir etwas verlieren und wenn etwas kaputtgeht, das uns wichtig ist.

All das macht uns unzufrieden, unglücklich, frustriert, aggressiv und natürlich auch traurig. Aggression ist eine Information darüber, dass wir etwas tun sollen, damit es uns besser geht. Daher ist es der falsche Weg, Aggressionen zu verbieten. Gesünder ist es, sich aggressive Gefühle wie Wut und Zorn bewusst zu machen und zu fragen: Was frustriert mich gerade, und was kann ich tun, damit es mir besser geht? Sobald sich meine Bedürfnislage verbessert, wird auch die Aggression verschwinden und das Kippen von Aggression in Gewalt wird verhindert.

Im Trauerfall lässt sich der Grund der Frustration meist nicht so einfach beheben, denn der Wunsch ist, den Verstorbenen wieder lebendig zu machen – und das ist nicht möglich. Wut in der Trauer muss dennoch bearbeitet werden. Folgende Überlegungen und Strategien können helfen, Ohrfeigen zu verhindern.

Machen Sie sich Wut, Zorn, Hass und Aggressionen bewusst und lassen Sie sie ruhig zu. Haben Sie keine Schuldgefühle, denn das Zulassen von Wut gehört zur Trauer dazu. Halten Sie sich vor Augen, dass die Wut wichtig ist, weil sie Ihnen Kraft und Ansporn gibt, Ihre Trauerarbeit aktiv voranzutreiben. Fragen Sie sich, gegen wen sich diese Wut richtet. Schreiben Sie demjenigen einen Brief, in dem Sie Ihre Gefühle und die Ursachen dafür beschreiben. Der Empfänger kann der Verstorbene sein, der Verursacher des Trauerfalles oder auch der liebe Gott. Wenn der Empfänger der Verstorbene ist, können Sie den Brief damit abschließen, indem Sie ihm erklären, dass Sie wütend sind, weil Sie den Verstorbenen lieben. Wäre der Verstorbene Ihnen egal, gäbe es keine Trauer, aber auch keine Wut. Gott können Sie um Verständnis bitten. Sie können ihm danken für die gemeinsame Zeit, die Sie mit dem Verstorbenen haben durften. Sie können ihm aber auch sagen, dass Sie eine enorme Wut haben, dass er Ihnen genommen wurde. Wenn der liebe Gott das nicht aushält, wer dann? Und dem Unfallverursacher können Sie sagen: Ich weiß, dass du das nicht wolltest und dich jetzt schuldig fühlst. Dein Leben hat sich auch geändert, ich muss das jetzt aber loswerden, dass meine Wut auf dich kein Hass wird. Meine Wut richtet sich eigentlich gar nicht gegen dich als Person, sondern gegen das, was passiert ist. Und das war einfach nur ein großes Unglück. Und bei Mord? Schleudern Sie dem Mörder Ihre Wut entgegen, das ist Ihr gutes Recht. Nichts davon wird Ihnen den Verstorbenen wieder zurückbringen, aber Sie haben Ihre Wut bewusst wahrgenommen und zum Ausdruck gebracht. Das allein ist oft schon enorm erleichternd.

Wenn Wut, Aggression oder Zorn auftauchen, dann stellen Sie sich die Frage, welche Ursache diese Gefühle haben und was sie Ihnen sagen wollen. Gibt es irgendetwas, das Sie tun können, damit es Ihnen besser geht? Sie können den Verstorbenen zwar nicht wieder lebendig machen, aber vielleicht tun Sie in Ihrer Trauer etwas, was Ihnen gegen den Strich geht. Vielleicht geben Sie sich zu wenig Erholungsphasen – das erschöpft und frustriert. Vielleicht achten Sie zu sehr darauf, was andere von Ihnen erwarten, und zu wenig auf sich selbst und Ihre wahren Bedürfnisse.

Sprechen Sie offen über Ihre Wut, denn das hilft, Aggressionen abzubauen. Hilfreich ist der körperliche Ausdruck durch Aktivität. Dadurch wird ein Ventil geöffnet und es kann »Dampf abgelassen« werden. Boxen oder andere kämpferische Sportarten werden als Therapie empfohlen. Aber auch Trommeln, Stampfen, Schreien – alles, was Lautsein provoziert – kann ein Ventil sein.

Wenn da viel Wut ist, sodass die Trauer keinen Platz hat, dann sollte man sich die Zeit nehmen, um der Trauer Raum zu geben, und bewusst Aktionen setzen, die die Trauer aktivieren: Fotos ansehen, die Lieblingsmusik des Verstorbenen anhören oder seine Lieblingsspeise kochen und essen.

Stabilisierende Schuldgefühle

Schuldgefühle tauchen bei Hinterbliebenen fast immer auf, auch wenn dazu überhaupt kein Grund besteht. Schuldgefühle sind dazu da, dass wir aus Fehlern lernen. Sie sollen verhindern, dass wir Fehler wiederholen und uns dabei helfen, uns selbst zu optimieren. Das ist grundsätzlich nichts Schlechtes, aber dadurch neigen wir dazu, uns auf das zu konzentrieren, was schiefgelaufen ist, und nicht auf das, was wir gut gemacht haben. Den Tod kann man aber nicht optimieren, er kommt in jedem Fall, auch wenn wir uns noch so bemühen, ihn zu verhindern: Es ist vergeblich. Uns bewusst zu machen, dass wir ihm gegenüber machtlos sind, kann Angst machen. Gleichzeitig ist die Bewusstwerdung eine Chance, die uns die Last der Schuld wegnehmen kann, schreibt die Trauerbegleiterin Eva Terhorst in ihrem Ratgeber »Das erste Trauerjahr«.

Grundlose Schuldgefühle bei Trauernden scheinen auf den ersten Blick fehlgeleitete Emotionen zu sein, die den Trauerprozess zusätzlich erschweren. Martin Prein weist jedoch darauf hin, dass Schuldgefühle, auch wenn sie fehl am Platz wirken, weil es keinen Grund für sie gibt, sehr wohl eine Funktion haben können – und zwar eine stabilisierende Funktion. Kontrollverlust und Hilflosigkeit sind für den Menschen beängstigend und schwer zu ertragen. Schuldgefühle lassen uns glauben, dass wir die Situation ändern hätten können, wenn wir uns anders verhalten hätten, noch mehr getan hätten oder zu einem bestimmten Zeitpunkt an einem anderen Ort gewesen wären. Das ist gerade nach einem Todesfall eine Illusion, die uns psychisch stabilisieren kann, weil sie uns hilft, das Gefühl der Hilflosigkeit und des Kontrollverlusts in Schach zu halten. Selbst wenn Angehörige für den Verstorbenen aufopferungsvoll bis zuletzt da waren und über ihre eigenen Grenzen gegangen sind, haben sie mitunter den Eindruck, zu wenig getan zu haben. Zunächst kann es Angehörigen helfen zu wissen, dass die meisten Hinterbliebenen nach einem Sterbefall mit Schuldgefühlen zu kämpfen haben, dass diese negativen Emotionen normale Phänomene im Trauerprozess sind und dass das Auftauchen von Schuldgefühlen nicht automatisch heißt, auch schuldig zu sein. Sie tauchen nicht nur auf, wenn wir tatsachlich schuldig sind, sondern auch dann, wenn etwas nicht so gelaufen ist, wie wir es gerne gehabt hätten. Das passiert deshalb, »weil wir wünschen, dass wir durch unser Verhalten etwas ändern hätten können, statt dem Schicksal ausgeliefert zu sein«, bringt es Eva Terhorst auf den Punkt. Schuldgefühle vergehen in der Regel, sobald Trauernde den Tod begreifen und annehmen können. Hilfreich ist, wenn sie sich liebevoll verabschieden können und Zeit und Raum hatten, dem Verstorbenen am Sterbebett oder am offenen Sarg zu sagen, was noch ungesagt war, sich zu entschuldigen für das, was eventuell nicht so gut gelaufen ist. Sobald wir akzeptieren, was geschehen ist, brauchen wir keine Schuldgefühle mehr. Mit der Zeit bekommt das, was gut gelaufen ist und schön war, immer mehr Gewicht und Raum in unseren Gedanken und Erinnerungen.

Trauer tut furchtbar weh und man möchte sie lieber nicht spüren. Sie bleibt aber keinem von uns erspart. Ich hoffe, ich konnte Ihnen ein wenig Orientierung und einen Überblick über das geben, was Sie im Prozess der Trauer erwartet, und zeigen, dass es allmählich leichter wird und Ihre Lebensfreude wieder zurückkehren wird, weil Trauer ein heilsamer Prozess ist. Trauer bedeutet nicht, dass man durchgängig nur traurig ist, man erlebt einen Mix aus vielen Gefühlen und es gibt leichtere Phasen dazwischen, in denen Sie Kraft schöpfen können.

Im nächsten Kapitel wenden wir uns wieder den Toten zu. Wir gehen noch mal an den Anfang des Trauerprozesses, wenn es heißt, sich vom Verstorbenen am offenen Sarg zu verabschieden, um aus dem Zustand des Nicht-wahrhaben-Wollens und dem Schock herauszufinden.

Sag zum Abschied leise Servus

Von Weinen und Klagen, wilden Frisuren, letzten Spaziergängen, Matchboxautos, schrägen Kinderspielen, erfrischenden Begegnungen mit Menschen mit Behinderung und demenziell veränderten Menschen. Warum ein Gläschen am Sarg der Stimmung helfen kann. Und von schwierigen Abschieden und krassen Situationen.

»Sag zum Abschied leise Servus« sang Peter Alexander, und er selbst hat sich tatsächlich daran gehalten. Nach dem Tod seiner Ehefrau im Jahr 2004, mit der er mehr als 50 Jahre zusammen war, und dem Unfalltod seiner Tochter nur fünf Jahre später, zog sich der Sänger aus dem öffentlichen Leben zurück. Peter Alexander verstarb 2011 nach einem erfolgreichen Leben ohne Skandale und wurde, ganz wie es zu ihm und seinem Leben passte, still und leise im engsten Familienkreis beigesetzt. So kann es sein, so muss es aber nicht sein. Abschied nehmen kann man auf vielfältige Art und Weise; im großen oder im kleinen Rahmen, laut oder leise, in schwarzer oder bunter Kleidung, in der Lieblingsfarbe des Verstorbenen, mit viel Text oder gar keinen Reden. Neulich hatte ich eine Trauerfeier, da war sogar jede Form von Ansprache verboten. Der Sarg wurde zu Schuberts Notturno versenkt. Das wars. Das wollte der Verstorbene so und es war wunderschön. Es fehlte nichts! Wichtig für einen gelungenen Abschied ist, dass er zum Leben des verstorbenen Menschen passt und den Bedürfnissen der engsten Angehörigen entspricht. Was ich jedoch jeder Familie empfehlen möchte, ist, sich persönlich zu verabschieden – am Sterbebett oder am offenen Sarg, denn es hilft zu begreifen, was geschehen ist. Und das ist der erste wichtige Schritt auf dem Weg gesunder Trauer.

Am offenen Sarg

Abschiede am offenen Sarg dauern unterschiedlich lange. Da gibt es einmal den »Quicky«: Dieser findet meist dann statt, wenn ein Todesfall schon lange erwartet wurde und im Krankenhaus, im Hospiz oder zu Hause schon genügend Zeit war, um sich zu verabschieden. Angehörige brauchen bei uns nur mehr einen kurzen Moment, um sich ein Bild zu machen, dass die verstorbene Person friedlich und sorgfältig im Sarg eingebettet liegt. Viele bringen dazu noch persönliche Gegenstände mit, die in den Sarg gelegt werden.

Wenn kein entsprechender Abschied am Sterbebett stattfinden konnte oder es nicht für alle Familienmitglieder und Freunde möglich war, wenn der Abschied im Krankenhaus kein guter war oder wenn überhaupt kein Abschied stattfinden konnte, weil der Tod durch ein plötzliches Geschehen – wie zum Beispiel Unfall, Suizid oder eine Gewalttat – verursacht wurde, dann dauern Abschiede länger. In der Regel brauchen Angehörige zwischen zwei und drei Stunden Zeit. Diese Abschiede bereiten wir sorgfältig vor, begleiten sie und machen Angehörigen Angebote der Gestaltung dieser Abschiedsstunden. Abschiede laufen dadurch nach einem ungefähren Plan, aber immer auch individualisiert ab. Es kommt auf die Umstände des Todes, auf die Bedürfnislage der einzelnen Familienmitglieder, den Mut, sich auf untypische Rituale einzulassen, und auf die Humorfähigkeit an.

Zwei Räume

Abschiede am offenen Sarg laufen in unserem Institut nach dem »Zwei-Raum-Konzept« ab. Ich richte mich dabei nach dem Modell zur Bewältigung von traumatischen Krisen nach Mardi Horowitz, einem bedeutenden amerikanischen Psychiater und Experten für Psychotraumatologie. Horowitz beschreibt darin, dass gesunde Bewältigung im Wechsel von gefühlsmäßiger Überwältigung und Distanzierung erfolgt. In den Kapiteln »Toter Mann im Baum – das Monster kennenlernen« und »Trauer ist keine Krankheit« habe ich schon über die beiden Zustände Arbeits- und Erholungsmodus – wie ich sie nenne – gesprochen. Um den Wechsel zwischen diesen beiden psychischen Positionen zu unterstützen und besser steuern zu können, haben wir zwei Räume eingerichtet: Im Abschiednahmeraum ist der Verstorbene vorbereitet, meist bereits in seinem Sarg. Hier finden die Konfrontation mit der Realität und die emotionale Überwältigung statt. Ein zweiter, größerer Raum dient zunächst dem Ankommen der Angehörigen, ihrer Begrüßung und der Vorbereitung auf die Begegnung mit dem Verstorbenen. Nach dem ersten Kontakt mit dem Verstorbenen wird dieser zweite Raum zum Distanzierungsraum, in den Angehörige sich zurückziehen können, wenn sie eine Verschnaufpause brauchen. Zu Beginn brauchen Angehörige oft ein wenig Anleitung und Unterstützung: Der Schockzustand verhindert, dass Angehörige etwas fühlen, sie spüren zu Beginn oft noch nicht, ob sie noch länger beim Verstorbenen bleiben oder schon eine Pause einlegen sollen. Daher bleiben wir Begleitpersonen zu Beginn in engem Kontakt mit den Angehörigen, behalten sie gut im Auge und unterstützen sie dabei, eine Pause einzulegen, wenn wir den Eindruck haben, dass es im Abschiednahmeraum zu viel wird. Zeichen dafür sind zum Beispiel, wenn jemand zu schwanken beginnt, keine Luft mehr bekommt, zu hyperventilieren beginnt oder kataton wird. Das heißt, er erstarrt dermaßen, dass er sich nicht mehr oder nur mehr sehr eingeschränkt bewegen kann und keine Antwort mehr geben kann. Oder wir greifen ein, wenn starke emotionale Ausbrüche nicht wieder von selbst abflachen – wie beispielsweise anhaltendes lautes Schreien.

Der persönliche Abschied vom Verstorbenen ist deshalb wichtig, damit Angehörige den Tod begreifen und ihn realisieren, dadurch löst sich der erste schwere Schockzustand. Betroffene kommen vom Nicht-wahrhaben-Wollen ins Realisieren und dadurch können und sollen Emotionen aufbrechen. Gerade bei der ersten Begegnung mit dem Verstorbenen können diese heftig sein. Das heißt aber auch, dass Angehörige sich im Laufe des Abschiedes wieder selbst spüren können und in der Regel rasch ein Gefühl für ihren eigenen Rhythmus zwischen den Besuchen beim Verstorbenen im Abschiednahmeraum und der Verschnaufpause im Distanzierungsraum entwickeln. Am Ende sind sie oft so gut darin, dass sie zum Wechsel der beiden psychischen Positionen den Abschiednahmeraum gar nicht mehr verlassen müssen. Das ist dann der Fall, wenn alle Angehörigen oder einzelne Gruppen gemeinsam um den Sarg herumstehen, abwechselnd weinen und auch schon wieder lachen, weil Anekdoten erzählt werden. Die Trauer hellt sich sichtbar auf. Sie ist nicht überwunden, aber sie hat eine andere Qualität. Der Abschied wird als »schön« empfunden, Erleichterung und Entspannung machen sich breit, der Umgang mit dem Verstorbenen normalisiert sich und es findet langsam Akzeptanz statt.

Der Besen

Eine Familie musste von der an Krebs verstorbenen Mutter und Oma Abschied nehmen. Ich hatte bei der Versorgung der Frau ein Problem mit ihrer Frisur. Auf dem Foto hatte sie die Haare wild toupiert, und als ich sie nach dem Waschen föhnte und ihr die Haare richten wollte, stellte ich fest, dass ich mir unsicher war: Soll ich ihr wirklich die Haare derart auftoupieren wie auf dem Foto? Wie sieht das aus, wenn sie so im Sarg liegt? Die Familie kam und ich bereitete sie auf die Verstorbene im Sarg vor. Ich sagte, sie sähe sehr friedlich aus, aber die Frisur sei eventuell etwas zu brav. Ich schlug der Familie vor, dass wir die Frisur gemeinsam noch richten konnten. Wir gingen zur Verstorbenen in den Abschiednahmeraum und die Familie beteuerte mir zunächst, dass alles wunderbar sei. Es wurde geweint, und nach einer Kaffeepause gingen die Kinder wieder hinein und meinten, dass die Verstorbene selbst mit ihrer Frisur nicht zufrieden wäre. Ein Sohn begann zu lachen und meinte, die Enkelkinder hätten sie immer wieder damit aufgezogen, dass ihre Frisur einem Besen gleiche. »Gut«, sagte ich, »dann müssen wir ihr natürlich ihre Besenfrisur machen, sonst findet sie womöglich keine Ruhe.« Gesagt, getan. Ich holte zwei Kämme und es ging los: Kinder und Enkelkinder standen abwechselnd über der im Sarg liegenden Verstorbenen gebeugt und toupierten die brave Omafrisur zum gewohnten Haarbesen auf. Dabei wurde ein klein wenig geweint und ganz viel gelacht. Es war ein wunderschöner Abschied.

Exzellenter Rotwein

Christian und Kurt waren verpartnert, seit 25 Jahren ein Liebespaar und mit einer gemeinsamen Firma auch beruflich ein inniges Team. Plötzlich starb Kurt infolge einer Lungenembolie mit knapp 65 Jahren. Christian kam zu mir und war richtig durch den Wind. Er hatte keine Ahnung, was zu tun sei, welche Möglichkeiten es überhaupt gäbe, und vor allem hatte er in diesem Schockzustand kein Gespür dafür, was er jetzt brauchen würde. Ich machte ihm den Vorschlag, dass er sich im Freundeskreis bei uns am offenen Sarg verabschieden könne. Sein erster rationaler Impuls war: Nein, unmöglich. Aber gleichzeitig war da etwas, das ihm sagte, dass dieser Abschied wichtig war. Vielleicht war es die Sehnsucht, Kurt noch einmal sehen und berühren zu dürfen, vielleicht waren es meine Argumente, vielleicht beides. Besonders bei traumatischen Todesfällen lade ich die Angehörigen ein, das Lieblingsgetränk des Verstorbenen mitzubringen, um im Laufe des Abschiedes noch einmal auf das Leben des Verstorbenen anzustoßen. Sobald Angehörige ein Getränk in der Hand haben, werden sie nämlich lockerer – das funktioniert mit alkoholischen Getränken besonders gut, aber wir hatten auch schon schöne Abschiede mit Kakao und Melissentee. Wenn über das Lieblingsgetränk eine symbolische Verbindung zum Verstorbenen hergestellt wird, dann fällt der Abschied leichter. Christian hat die Idee gut gefallen und er meinte, er würde Kurts Lieblingswein mitbringen, der wirklich ausgezeichnet war.

Christian kam mit zehn Flaschen Wein, der Freundeskreis fand sich ein, alle waren zu Beginn wie üblich angespannt. Nach dem ersten emotionalen Besuch im Abschiednahmeraum bei Kurt schenkten Christian und ich den Wein aus. Es ist unglaublich, wie rasch sich die Stimmung ändert, sobald Menschen Gläser in der Hand halten. Auch wenn sie noch keinen Schluck daraus getrunken haben, werden sie locker und beginnen sich zu unterhalten. Das Förmliche, unsichere Steife verschwindet. Das Glas in der Hand signalisiert unbewusst: Das hier ist ein nettes Zusammensein, vielleicht sogar eine Party. Wenn alle mit einem Glas in der Hand versorgt sind, bitte ich in den Abschiednahmeraum, um dort auf den Verstorbenen anzustoßen. Damit rechnet zunächst keiner und dieses Überraschungsmoment genieße ich immer sehr. Auch wenn vereinzelt Zweifel aufkommen, ob sich das so gehört, kann ich doch die meisten davon überzeugen, dass der Verstorbene ein Recht darauf hat, dabei zu sein, wenn auf ihn angestoßen wird. Selten sind Leute dabei, die nicht zum Verstorbenen gehen, weil die Angst zu groß ist. Es gelingt nicht immer, sie davon zu überzeugen, dass der persönliche Abschied am Ende Erleichterung bringt. Das ist zu akzeptieren, auch wenn sich diese Personen etwas Wichtiges nehmen.

Im Abschiednahmeraum bitte ich die Trauergäste, einen Kreis um den Sarg zu bilden, um den Verstorbenen noch einmal in die Mitte zu nehmen. Dann fordere ich dazu auf, dass alle ganz nah an den Sarg treten, um direkt über dem Verstorbenen anzustoßen, sodass es möglichst laut klirrt. Spätestens an dieser Stelle fällt auch der letzte Rest Anspannung weg, es wird geschmunzelt, es wird laut »Prost« oder »Cin Cin« oder »Auf dich« gerufen. So war es auch bei Kurt mit seinem exzellenten Wein. Nach einem Toast auf sein Leben standen wir noch lange im Kreis und tauschten viele schöne Geschichten und Worte des Dankes aus. Wir verbrachten eine schöne letzte Besuchszeit bei Kurt.

Ronjas letzter Spaziergang

Nicht immer spielen sich Abschiede nur in unseren Räumlichkeiten ab. Wir orientieren uns in erster Linie an den Bedürfnissen der Angehörigen und versuchen einen Weg zu finden, ihre Wünsche umzusetzen. Eines der schönsten Erlebnisse hatte ich mit einer jungen Familie, nachdem die sieben Monate alte Ronja während ihres Mittagsschlafes am plötzlichen Kindstod verstorben war.

Nach dem ersten Tag im schweren Schockzustand kamen die Eltern am Folgetag zu mir und wir besprachen die nächsten Schritte. Unmittelbar nach dem traumatischen Ereignis sind Betroffene in der Regel nicht dazu in der Lage, einen klaren Gedanken zu fassen, weitreichende Entscheidungen zu treffen oder über die anstehenden Trauerfeierlichkeiten zu sprechen. Deshalb finden Gespräche, in denen es ums Verabschieden und die Bestattungsart gehen soll, erst zwei oder drei Tage später statt. Wichtig ist, dass die Gespräche überhaupt stattfinden, denn sie sind ein wichtiger Schritt in Richtung Realisierung. In den meisten Fällen sind Angehörige nach einem traumatischen Todesfall am zweiten Tag schon so weit, dass sie sogar wissen wollen, wie es weitergeht. Ronja war zur Untersuchung der Todesursache ans Institut für Gerichtsmedizin gebracht worden, der plötzliche Säuglingstod war zu diesem Zeitpunkt noch nicht eindeutig festgestellt worden. Wenn ein Kind ohne Vorerkrankung plötzlich stirbt, muss jedes Fremdverschulden ausgeschlossen werden. Für die Eltern heißt das, dass durch die Obduktion nicht nur die Ursache geklärt wird, sondern auch der Verdacht eines Tötungsdelikts ausgeschlossen wird. Eltern stehen prinzipiell unter Verdacht, zumindest fühlt es sich so an. Das ist für sie zusätzlich zu diesem traumatischen Ereignis äußerst belastend.

Nachdem Ronjas Eltern mir bei unserem Gespräch schilderten, was sich am Vortag zu Hause zugetragen hatte, wie sie Ronja tot im Bettchen aufgefunden hatten und sich im Nu die ganzen Rettungs- und Einsatzkräfte vor Ort einfanden, fragte ich schließlich, was für sie als Eltern, für die Geschwisterkinder und die Omas und Opas jetzt wichtig sei. Es war klar, dass die ganze Familie Ronja noch einmal bei mir besuchen und in Ruhe verabschieden wollte. Fest stand auch, dass Ronja eingeäschert und die Urne zu Hause beigesetzt werden sollte. Wie allen Eltern von Babys und Kleinkindern bot ich auch dieser Familie an, den Sarg selbst zu zimmern. Viele Väter machen das, und es entstehen kleine Kunstwerke. Ronjas Vater war unsicher, ob er das nötige handwerkliche Geschick hatte, und so entschieden sich die Eltern, den Sarg bei uns zu kaufen. Da viele Eltern die Särge selbst bauen, habe ich kein großes Sargsortiment für Kinder. Es sind schlichte weiße Särge, die sich gut zur Gestaltung eignen, indem sie bemalt oder beklebt werden. Wir wickelten ihn in eine Decke und steckten ihn in den Kofferraum ihres Autos. Bis Ronja von der Gerichtsmedizin freigegeben wurde, hatte die Familie eine Aufgabe. Der Sarg sollte innen kuschelig und außen kindgerecht gestaltet werden. Aufgaben sind in solchen Situationen wichtig, denn nur warten und nichts tun zu können sind Zustände, die schwer auszuhalten sind. Aufgaben strukturieren Menschen und geben ihnen ein Stück Kontrollgefühl über das Leben wieder, Kontrolle, die ihnen das Trauma genommen hat. Wenn die Aufgabe zusätzlich eine Aktivität ist, die Betroffene nicht ablenkt, sondern mit dem Schmerz verbindet, dann findet Verarbeitung statt. Und dazu ist das Sargzimmern oder Sargbemalen eine wunderbare Gelegenheit, vor allem auch, weil man Kinder jeden Alters einbinden kann. Wir vereinbarten, am nächsten Tag einen Termin für den Abschied zu fixieren. Als die beiden ins Auto stiegen, sagte ich: »Und überlegt euch, was ihr beim Abschied noch für Ronja tun möchtet.« Ein Standardsatz. Die meisten möchten als Erinnerung noch Hand- oder Fußabdrücke, eine Haarlocke, ihr Kind noch mal halten oder ein letztes Familienfoto machen. Das alles wollte diese Familie auch. Doch da war noch etwas. Der Vater startete das Auto, die Mutter ließ das Wagenfenster hinunter und sagte: »Ich würde mit Ronja gerne noch mal spazieren gehen!« Damit hatte ich nicht gerechnet, aber ich sagte, dass wir das natürlich machen würden.

Ich blieb ein wenig planlos auf dem Parkplatz unseres Innenhofes zurück und dachte nach. Klar war mir sofort: Bloß nicht das Gesundheitsamt anrufen und fragen, ob das erlaubt sei. Dezidiert verboten war es jedenfalls nicht, denn an so ein Szenario hatte der Gesetzgeber wohl ebenso wenig gedacht wie ich selbst. Das war ein gesetzlicher Graubereich, der Kreativität erforderte – eine meiner liebsten Aufgaben. Wo sollten wir diesen Spaziergang machen? Im Garten bei uns mit dem Kinderwagen auf und ab zu gehen, ist kein Spaziergang, und der Stadtteil, in dem unser Institut liegt, bietet sich nicht an, da es keinen Park oder Spazierweg in unmittelbarer Nähe gibt. Bei der Vorstellung, mit Kinderwagen und totem Kind darin durch die Häuserzeilen von Wilten zu gehen, verlor die Idee für mich zunehmend an Reiz. Mir musste etwas Besseres einfallen.

Privatpersonen dürfen keine Leiche transportieren, das ist dem Bestatter vorbehalten. Der Transport erfolgt für gewöhnlich mit einem dafür zugelassenen Bestattungsfahrzeug, einem Leichenwagen. Was allerdings erlaubt ist, ist ein Trauerzug. Dabei steht nirgends geschrieben, dass ein Trauerzug zwingend einen Sarg erfordert, der auf einem Bahrwagen gezogen wird. Somit sprach für mich nichts dagegen, den Spaziergang in Form eines kleinen Trauerzugs zu veranstalten – mit Kinderwagen statt Bahrwagen. Und so machten wir das auch, nur nicht im Stadtteil Wilten, sondern im Stadtteil Amras. Dort liegt das Institut meines Kollegen Martin Müller. Es ist zufällig in der Nähe des Innsbrucker Krematoriums und Martin stellte mir seine Räumlichkeiten ohne Probleme zur Verfügung. Wir holten Ronja vom Institut für Gerichtsmedizin ab und nach einer entsprechenden Versorgung – mit einem Body bekleidet, einer Babyhaube über dem Verband am Kopf und einem Schnuller – sah die kleine Ronja aus, als würde sie schlafen. Die Eltern, Geschwister und Großeltern trafen gemeinsam ein, brachten die restliche Kleidung mit, den Kinderwagen und auch den wundervoll bemalten Sarg, den mein Kollege und ich bewunderten. Jedes Familienmitglied hatte einen Beitrag geleistet: Da waren schöne und kunstfertige Malereien von der Oma, sie hatte eine Zierleiste aus Fröschen rund um den Sarg gemalt. Da waren Wünsche von einem der älteren Kinder in Glitzerschrift auf den Sarg gemalt. Da klebten Sand und Strandschühchen von einem Familienurlaub am Meer an einer Seite des Sarges. Da waren Kritzeleien und aufgeklebte Moosgummis von der zweijährigen Schwester und da waren Texte und Malereien der Eltern. Ein schönes Gesamtkunstwerk, das der Familie große Freude gemacht hat. Ja, sie empfanden Freude dabei, sie hatten sogar Spaß. Sie hatten den ganzen Abend und die halbe Nacht gearbeitet und es hat ihnen spürbar gutgetan. Und so waren sie jetzt alle da, ganz anders als noch vor drei Tagen.

Wenn Familien ihr verstorbenes Kind wiedersehen, nachdem es einige Tage zur Untersuchung in der Universitätsklinik war, dann sind nicht Angst und Trauer vordergründig, es ist vor allem Wiedersehensfreude, die aufkommt. So war es auch hier. Alle freuten sich, die Trauer war zu Beginn nur ein Beigeschmack. Die Eltern hielten Ronja, die Kinder streichelten sie, ihre Gesichter strahlten. Dann wurden gemeinsam Hand- und Fußabdrücke gemacht und wir kleideten Ronja an. Es war recht kühl draußen und deshalb zogen wir ihr auch noch ihren Skianzug an. Den hätte sie im Winter zum ersten Mal tragen sollen, er war ein Geschenk der Großeltern. Als der Vater Ronja in den Kinderwagen bettete, wurde allen von einem Moment auf den anderen die Endgültigkeit bewusst. Die ersten Tränen flossen. Und als sich alle wieder gefasst hatten, verließen wir das Institut und spazierten die Amraser Straße entlang Richtung Krematorium. Dort wartete schon der Sarg, den mein Mitarbeiter in der Zwischenzeit vorbereitet hatte.

Was aber konnten Passanten auf der Amraser Straße beobachten? Überhaupt nichts Verdächtiges oder Außergewöhnliches. Eine Familie, die einen Kinderwagen schob, darin ein schlafendes Kind von circa sieben Monaten mit einigen Kuscheltieren. Die Gruppe schien gut gelaunt und lachte immer wieder. Ein Junge im Volksschulalter trug eine rote Rose. Eine Familie, die vielleicht auf dem Weg zum Geburtstagsfest der Tante war.

Tatsächlich lachten wir auf diesem Weg immer wieder, vor allem, als an einer Kreuzung die Ampel auf Rot schaltete, wir warten mussten und eine alte Dame meinte, dass

Kinder in diesem Alter noch brav im Kinderwagen schlafen würden. Die ganze Situation war bizarr und wunderschön gleichzeitig. Als wir den Weg zum Krematorium einschlugen, spürte man die Endgültigkeit in jedem Schritt. Im Krematorium hoben wir Ronja aus dem Kinderwagen, jeder durfte sie noch einmal halten und umarmen. Als es für alle stimmig war, betteten wir Ronja unter Tränen in ihren kleinen bunten Sarg.

Eltern lernen von ihren Kindern

Wenn Kinder beim Abschied am offenen Sarg dabei sind, dann läuft der Abschied automatisch gut. Das liegt daran, dass Kinder mit Neugier und Unvoreingenommenheit an neue Situationen herangehen. Außerdem sind Kinder von Natur aus dynamisch, sie sind gerne in Bewegung, sie lassen sich schwer »fixieren«, sie wechseln dauernd Räume, und auch der oben beschriebene Wechsel der beiden psychischen Positionen erfolgt rascher als bei Erwachsenen: Kinder können Schmerz weniger gut und lang aushalten als Erwachsene und switchen daher schneller in den Erholungszustand und ins Spielen.

Es ist natürlich, wenn Eltern ihre Kinder vor allem, was schmerzhaft ist, schützen wollen. Aus diesem Impuls heraus sind sie oft der Meinung, dass man Kindern den Anblick und den Abschied von Verstorbenen nicht zumuten könne. Das ist ein Irrtum. Kinder verstehen so viel, wie es ihr kognitiver Entwicklungsstand zulässt, und können das, was sie wahrnehmen, gut aushalten und verarbeiten. Voraussetzung ist, dass man sie auf den Moment vorbereitet, gut begleitet und ihnen im Wesentlichen das Steuer überlässt, denn sie wissen gut – oft besser als Erwachsene –, was sie gerade brauchen und wann es genug ist.

Ich erinnere mich an eine Familie mit zwei Mädchen im Alter von fünf und sieben Jahren. Für die Mutter stand fest, dass es wichtig für ihren Mann war, sich von seiner Mutter noch einmal verabschieden zu können. Sie starb plötzlich, wurde zur Abklärung der Todesursache zur Obduktion ins Institut für Gerichtsmedizin gebracht und es gab keine Gelegenheit, sich am Sterbeort zu verabschieden. Unsicher waren beide Elternteile aber, was die Kinder betraf. Ich ermutige ängstliche Eltern immer, die Kinder mitzubringen, und erkläre, dass Kinder ein Recht haben, an den Trauerfeierlichkeiten der Familie teilzunehmen. Sie müssen aber nicht zum Verstorbenen hineingehen, sondern können im Distanzierungsraum etwas malen oder schreiben, das wir Erwachsenen für sie in den Sarg legen. Die Entscheidung, ob ein Kind zum Verstorbenen geht oder nicht, darf das Kind selbst treffen. Und das kann es auch. Allerdings muss man auf die ängstlichen Einflüsterungen der Erwachsenen vorbereitet sein, die oft noch in der Situation versuchen, ihre Kinder subtil davon abzuhalten: »Du weißt, du musst da nicht reingehen, wenn du das nicht willst. Willst du das wirklich?« Das Kind ist sich zunächst sicher, die Erwachsenen wiederholen diese Frage aber so oft, bis das Kind unsicher wird. Da muss man dann vorsichtig lenkend eingreifen.

Die beiden Mädchen hatten keine Angst, wollten unbedingt zur Oma. Sie hatten ihr auch etwas gebastelt, das sie ihr selbst bringen wollten. Angst hatten Vater und Mutter, obwohl ich versicherte, dass die Oma bis auf ein violettes Ohr und einen kleinen Bluterguss über der linken Augenbraue friedlich aussieht. Der ursprüngliche Plan der Eltern war, zuerst mit mir zur Oma zu gehen, sich ein Bild zu machen, um dann die Kinder auf den Anblick vorzubereiten. In diesem Fall machte ich spontan den Vorschlag, den Spieß umzudrehen. Die Kinder sollten mit mir zur Oma gehen und anschließend die Eltern darauf vorbereiten. Die beiden Mädchen waren sofort dabei. Die Eltern haben sich auf diesen Deal eingelassen, weil sie mir vertrauten und auch von Freunden darauf vorbereitet wurden, dass ich manchmal unkonventionell arbeite.

Was soll ich sagen? Die beiden Mädchen machten ihren Job hervorragend. Um Kindern Verunsicherung zu nehmen und Angst gar nicht erst aufkommen zu lassen, gibt man ihnen etwas zu tun. Sie fokussieren sich dann auf ihre To-do-Liste und haben das Gefühl, Kontrolle über die Situation zu behalten – das kann die Frisur sein, die man beim Verstorbenen noch richten muss, das können Socken sein, die man dem Verstorbenen noch anziehen muss. In diesem Fall war es die Aufgabe, die Verstorbene möglichst gut anzuschauen, um die Eltern darauf vorzubereiten. Die Mädchen gingen nah an den Sarg heran, kletterten auf die Stühle, die ich dort hingestellt hatte, um ihre Oma besser sehen zu können. Nach einer kurzen andächtigen Stille besprachen wir zu dritt sachlich, wie die Oma aussieht, was sich verändert hat, was auffällt, wenn man sie ansieht, warum das linke Ohr lila ist, warum solche Totenflecken entstehen, wie sich die tote Oma anfühlt und dass man sie ganz normal angreifen und sogar küssen kann, wenn man das möchte. Kurze Zeit später hüpften zwei sehr beflissene Mädchen aus dem Abschiednahmeraum, sprudelten nur so vor Informationen und Eifer und nahmen den Eltern die Angst. Es war beeindruckend, wie gut sie all die Informationen aufgenommen hatten und wie detailliert sie diese den Erwachsenen weitergaben. Die Eltern waren hin und weg. Welcher Erwachsene rechnet schon damit, dass eine Sechsjährige ihm erklärt, wie Totenflecken entstehen, und eine Fünfjährige präzisiert, dass deshalb auch die Fingerspitzen ein »bissi blau« sind?

König der Krieger

Oma Grete kam abends nach Hause, stürzte rückwärts über die Treppe beim Hauseingang und lag dann die ganze Nacht tot dort, bis sie ein Nachbar fand. Sie hatte eine schwere Kopfverletzung erlitten. Die Familie wollte sich verabschieden. Es kamen insgesamt acht Erwachsene und fünf Kinder, denen es nach einiger Zeit im Abschiednahmeraum zu langweilig wurde. Aus einer Box mit Spielsachen wurden alle Matchboxautos geholt und aus Kopierpapier wurde auf dem Boden eine Rennstrecke gebaut. Zuerst beschränkte sich diese Strecke auf den Vorraum und den Distanzierungsbereich. Als die Erwachsenen dort schließlich bei Kaffee und Kuchen saßen, wie es sonntags bei Oma Tradition gewesen war, wurde das Bauvorhaben auf den Abschiednahmeraum rund um den Sarg erweitert. Vier Kinder im Alter zwischen zwei und zwölf Jahren und eine Jugendliche krochen also auf allen vieren durch die Räume und lieferten sich ein Autorennen. Als auch das zu eintönig wurde, erfanden sie spontan ein neues Spiel. Anstelle von imitierten Motorgeräuschen waren die Geräusche eines heftigen »Schusswechsels« getreten. Es war Zeit nachzusehen, was da vor sich ging: Die Kinder standen im Abschiednahmeraum und lieferten sich eine Schlacht über den Sarg der toten Oma hinweg. Zwei gegen drei war zwar nicht fair, es schien ihnen aber nichts auszumachen. Oma lag dabei unverändert und friedlich da. Beim Trauern um ihre Oma hatten die Kinder ein neues Spiel erfunden: König der Krieger. Wenn Erwachsene in ihrer Trauer vom Verarbeitungsmodus in den Erholungsmodus wechseln, dann gehen sie aus der Situation heraus, indem sie in einen anderen Raum wechseln, sie wechseln das Gesprächsthema oder wirken weniger traurig. Wenn Kinder in den Erholungsmodus wechseln, dann beginnen sie zu spielen und scheinen den Verlust vergessen zu haben. Das ist ihre unbewusste und angeborene Strategie der gesunden Verarbeitung. Also lassen wir sie ruhig, ermahnen wir sie nicht, denn die Toten stört das nicht und für die Erwachsenen ist Lebhaftigkeit in dieser Situation oft etwas, was guttut.

Sie verstehen es sowieso nicht!

Eine weitere Gruppe von Menschen, die gerne außen vorgelassen wird, wenn es um Verabschiedungen und Trauerfeiern geht, sind Menschen mit geistiger Behinderung. Sie fristen in unserer Kultur immer schon ein Schattendasein, waren Außenseiter, wurden versteckt und in der dunklen Zeit des Nationalsozialismus ermordet. In den vergangenen zwanzig Jahren hat sich vieles verändert und verbessert, aber gerade im Zusammenhang mit den Themen Tod und Trauer gibt es immer noch dieselben Unsicherheiten wie im Umgang mit Kindern: Man will sie nicht belasten, oder man spricht ihnen im Falle einer schweren Behinderung ein Todesverständnis gänzlich ab. Familien »vergessen« ihre behinderten Mitglieder häufig, und so werden Menschen mit Behinderung aus den Trauerritualen und den Trauerfeierlichkeiten ausgeschlossen. Mitunter wird ihnen gar nicht mitgeteilt, wenn jemand gestorben ist. Ich habe schon oft gehört, dass sie es nicht verstehen würden und dass man sie nicht belasten möchte. Egal, wie eingeschränkt Menschen mit geistiger Behinderung sind, sie haben kognitive Fähigkeiten. Wir sollten immer davon ausgehen, dass sie etwas verstehen, und vor allem, dass sie etwas empfinden, denn sie leben in keinem Vakuum. Wenn eine wichtige Bezugsperson stirbt, dann ändert sich etwas in ihrem Leben. Und damit erfährt der Mensch einen Verlust, den er nicht versteht. Beeinträchtigte Menschen versuchen dann, sich selbst zu erklären, was passiert ist. Sie kommen leicht zu dem Schluss, dass sich die Bezugsperson, die sich nicht meldet, sie nicht mehr liebt.

Der Ausschluss von den Trauerfeierlichkeiten der Familie unterstreicht das Gefühl von Menschen mit Behinderung, anders zu sein und nicht dazuzugehören. Sie erleben außerdem, dass der Tod ein Tabuthema ist und nicht darüber gesprochen werden darf. Damit bleiben sie mit ihren Ängsten und ihrer Trauer allein. Gefühle werden blockiert und damit wird pathologische Trauer begünstigt. Da beeinträchtigte

Menschen oft ein kleineres soziales Umfeld haben, ist ihre Bindung zu Familienmitgliedern und Bezugspersonen sehr eng und die Trauer intensiv. Aus Berichten von Betreuerinnen wissen wir, dass Trauer von Menschen mit Behinderung in der Regel äußerst stark empfunden wird. Das deckt sich mit den Erzählungen von Teilnehmerinnen in meinen Workshops und Seminaren für Behindertenbetreuerinnen.

Letztes Jahr durfte ich im Elisabethinum in Axams drei Workshops zum Thema Trauer und Tod mit behinderten Kindern und Jugendlichen leiten. Die Gruppen waren bunt gemischt – da waren Kinder unterschiedlichen Alters mit unterschiedlichen körperlichen und geistigen Einschränkungen. Sie alle hatten eine Vorstellung von dem, was der Tod ist, hatten Ideen, was nach dem Tod kommt – und alle kannten Trauer und Traurigkeit. Ich stellte mich vor und fragte, ob sie wüssten, was eine Bestatterin sei. Ein Mädchen mit schwerer geistiger Behinderung sagte: »Schöne schwarze Autos!« Ein junger Mann von siebzehn Jahren, er war Spastiker und konnte sich nur schwer artikulieren, beeindruckte mich, als er ganz offen vom Trauerschmerz erzählte, den er immer noch spürt, wenn er an den Tod seines geliebten Opas denkt, obwohl dieser schon einige Jahre zurücklag. Die anderen hörten ihm ruhig und geduldig zu und nickten ernst. Verlust und Trauer waren ihnen vertraut. Ein kleinwüchsiger Junge arbeitete intensiv mit, konnte sich aber nicht gut verbal ausdrücken. Er stellte sein Wissen von »tot« dar, indem er sich verrenkt und steif mit aufgerissenen Augen und seitlich heraushängender Zunge in die Mitte auf den Boden legte, woraufhin es ihm gleich zwei weitere Kinder mit Trisomie 21 nachmachten. Daraufhin brachen alle in herzhaftes Lachen aus. Die Ärztin und Ratgeberautorin Mary C. Howell ist der Meinung, dass wir nie annehmen dürfen, dass beeinträchtigte Menschen nichts vom Verlust oder der Trauer wissen. Stattdessen sollten wir davon ausgehen, dass sie den Verlust sowohl körperlich als auch geistig empfinden. Trauerfeiern und Verabschiedungen in Einrichtungen für Menschen mit Behinderung sind stets berührend und beeindruckend. Zum Glück gibt es in diesen Einrichtungen inzwischen ein Bewusstsein für die Wichtigkeit von Trauerritualen für Mitbewohnerinnen, Tagesstättengäste und natürlich auch für die Betreuer, wenn ein Teil der Gemeinschaft stirbt.

Ähnlich gelagert ist die Problematik, wenn es darum geht, ob ein Mensch mit Demenzerkrankung sich von einem Familienmitglied verabschieden soll. Ich habe schon oft gehört, dass ein Abschied schaden könnte oder die demenzkranken Menschen noch mehr verwirren könnte. Man kann vorher nie sagen, was demente Patienten mitbekommen und was nicht oder wie sie reagieren. Oft tut sich zwischendurch durch ein altes, vertrautes Ritual oder durch ein altbekanntes Gebet ein Fenster auf und sie begreifen plötzlich, was vor sich geht.

Hi und He

Ein schönes Erlebnis hatte ich mit den hochbetagten eineiigen Zwillingsschwestern Hilde und Herta, die »Hi« und »He« gerufen wurden. Beide waren dement und teilten sich ein Zimmer im Altersheim. Als Herta starb, fuhr ich zur Abholung ins Heim. Hilde saß am Gang vor der Tür, ich ging auf sie zu, begrüßte sie und stellte mich als Christine, die Bestatterin, vor. Hilde strahlte mich zuerst an, als ich dann aber sagte, ich sei hier, um ihre Schwester abzuholen, riss sie erstaunt die Augen auf. Sie fragte mich, was He denn schon wieder angestellt hatte. Sie hielt mich wohl für eine Polizistin. Ich erklärte ihr, dass Herta gar nichts angestellt hätte, sie sei verstorben. Hilde glaubte mir nicht, doch ich betonte, dass ich die Wahrheit sagte. Ich machte den Vorschlag, gemeinsam ins Zimmer zu gehen, damit sie sich verabschieden konnte. Hilde nickte, stand auf und folgte mir. Wir setzten uns neben das Bett, in dem die Verstorbene lag, sie sah friedlich aus, der Mund leicht geöffnet, die Augen geschlossen. Hi meinte, dass He schlafen würde. Ich erklärte ihr, dass He nicht schlafe, sondern tot sei. Da erschrak sie, weinte, wandte irgendwann den Blick ab und hatte es schon wieder vergessen. So ging es eine Weile, immer wieder griff sie nach der Hand der Schwester, erkannte, dass diese kalt war, fragte mich, was denn passiert sei, und ich erklärte ihr immer wieder aufs Neue, dass die Schwester verstorben sei, dass sie tot sei. Staunen, Fragen, Erschrecken, Weinen und Vergessen wiederholten sich immer wieder.

Irgendwann entdeckte Hilde die Schüssel mit den Glassternen, die ich in der Hand hielt, und war begeistert von den bunten Glitzersteinen. Glassterne oder -herzen spielen bei meinen Verabschiedungen immer eine Rolle. Angehörige dürfen sich zwei Steine nehmen, einen dem Verstorbenen mitgeben und den zweiten als Verbindung zu ihm behalten. Da ich davon ausging, dass Hilde sich im Heim von ihrer Zwillingsschwester verabschieden würde, hatte ich die Schüssel diesmal schon zur Abholung der Verstorbenen mitgenommen. Ich ließ Hilde zwei Sterne aussuchen und sie legte einen Glasstern auf die Tote, war aber von nun an völlig auf ihren eigenen Glasstern fixiert und hatte große Freude daran. Mit dem Stern in der Hand brachten wir Hi schließlich zum Abendessen hinaus, wo sie glücklich ihren Pudding löffelte, als wäre nichts geschehen.

Die Tage bis zur Urnenbeisetzung verbrachte die alte Dame in »seliger Umnachtung«, hatte ihre Freude an den Spazierfahrten im Rollstuhl mit den Pflegerinnen und war bei gutem Appetit. Jeden Abend, wenn sie ins Bett gebracht wurde, merkte sie aber, dass das Bett ihrer Zwillingsschwester leer war. Auf die Frage, wo die Schwester denn sei, erklärte man ihr aufs Neue, dass die Schwester verstorben sei. Sie reagierte immer mit Fassungslosigkeit, Tränen und jähem Vergessen. Warum hat man der alten Frau nicht einfach erzählt, ihre Schwester sei kurz aus dem Zimmer gegangen? Weil auch demente Menschen ein Recht auf die Wahrheit und ein Recht auf Trauer haben. Die Johanniter brachten Hilde zur Trauerfeier auf den Friedhof, es war eine Urnenbeisetzung mit katholischem Ritus. Zunächst hatte die Dame keine Ahnung, wo sie war. Aber als sie die Urne und das Foto ihrer Schwester erblickte, realisierte sie augenblicklich, was geschehen war, weinte bitterlich und sprenkelte Weihwasser auf die Urne ihrer Schwester. Bei der Feier selbst stellte sich der Priester vor die Urne und nahm Hilde die Sicht. Augenblicklich vergaß diese wieder, wo sie war, strahlte während des Vaterunsers über das ganze Gesicht und betete inbrünstig mit. Als der Pfarrer einen Schritt zur Seite machte und Hilde die Urne und das Foto ihrer Schwester sehen konnte, erkannte sie wiederum, was los war und begann erneut zu weinen. Demente Menschen kennen die vertrauten Trauerrituale und Gebetsformeln von Kindheit an. Dadurch können sich Fenster des Erkennens und des Realisierens auftun und es entsteht genau so viel Raum für den Ausdruck von Trauer, wie es für sie hilfreich, gut und entlastend ist. Und selbst wenn ein alter und dementer Mensch gar nichts mitbekommen sollte, dann haben wir ihm wenigstens die Chance gegeben, sich zu verabschieden. Wir haben ihn in eine familiäre Feier eingebunden und als Teil der Familie behandelt.

Der größte Blödsinn überhaupt

Nachdem Marianne verstorben war, kam die Großfamilie zum Abschied am offenen Sarg zu mir und brachte auch Hermann, Mariannes an Demenz erkrankten Ehemann mit. Die beiden waren seit 60 Jahren ein Paar und Hermann war immer schon das resolute und strenge Oberhaupt der Familie. Die Demenz hatte daran wenig geändert. Drahtig wie er war, stieg er erhobenen Hauptes aus dem Auto seines Sohnes aus und betrat sicheren Schrittes unser Trauerzentrum, obwohl er sichtlich keinen Plan hatte, wo er war und warum er hier war. Sein Sohn stellte uns vor, die ganze Familie nahm im Distanzierungsraum Platz. Ich begrüßte noch einmal alle, fasste zusammen, was passiert war, und erklärte, warum die Familie heute hier bei mir war. Dabei behielt ich vor allem Hermann im Auge, der aufmerksam zuhörte und mit Erstaunen und einem ungläubigen Gesichtsausdruck reagierte, als er erfuhr, dass seine Marianne tot war und im Nebenraum in ihrem Sarg lag. Natürlich hatte man es ihm schon mehrfach gesagt, es war ihm auch aufgefallen, dass sie nicht mehr da war, aber er hatte es immer wieder vergessen. Ich fragte ihn, ob er gemeinsam mit mir zu Marianne gehen wollte, um sie zu besuchen. Er reagierte erfreut, erhob sich von seinem Sessel und folgte mir und seinem Sohn in den Abschiednahmeraum. Dort brauchte er einen Moment, bis er verstand, was er vor sich sah. Als er die Situation zu erfassen begann, wurde er zornig. Zunächst fragte er, was das hier sollte. Dann sagte er aufgebracht zu Marianne, sie solle doch bitte aufstehen und aufhören, so zu tun, als würde sie schlafen. Ich erklärte ihm ruhig, dass Marianne tot sei und nicht aufstehen könne. Daraufhin verließ er wütend den Abschiednahmeraum und setzte sich mit bockiger Miene in den Distanzierungsraum. Inzwischen verabschiedeten sich die anderen Familienmitglieder. Danach aßen alle Kuchen – bis auf Hermann. Er saß weiterhin wütend da und verweigerte Kommunikation, Kaffee und Kuchen.

Als alle anderen sich locker dem Kaffeeklatsch hingaben, erhob sich Hermann plötzlich ruckartig, machte auf sich aufmerksam, indem er mit einem Löffel mehrfach laut gegen ein Wasserglas schlug, und setzte zu einer Rede an. Und er hatte einiges zu sagen. Die Familie schwieg artig, als er wortgewaltig erklärte, Marianne sei gar nicht tot, das sei der größte Blödsinn überhaupt, sie sei nur etwas schwach und müsse sich erholen, dann aber käme sie zurück. Dabei schaute er immer wieder wütend in meine Richtung. Ich ließ mich davon nicht weiter irritieren, die Familie nahm die Rede ebenfalls einfach hin. Offenbar wollte Hermann Mariannes Tod noch nicht wahrhaben und tat sich leichter, Wut zu zeigen als Trauer. Er war in seiner Rolle als Familienoberhaupt, in der er keine Schwäche zeigen wollte. Wie für seine Generation üblich, war er ein Mensch, der sich emotional unter Kontrolle hatte. Wir ließen ihn reden und setzten den Abschied fort: Die Enkel und Urenkel brachten der Verstorbenen Zeichnungen, gingen dann in den Garten, um einen Schneemann zu bauen. Die Erwachsenen tranken Kaffee, schrieben Abschiedsbriefe und am Ende gingen wir alle gemeinsam in den Abschiednahmeraum und nahmen Hermann im Schlepptau mit. Der Sohn wünschte sich ein gemeinsames Vaterunser. Hermann stand neben dem Sarg, seine Wut verflog, er betete inbrünstig mit, hatte Wasser in den Augen und offensichtlich letztendlich doch begriffen, dass Marianne nicht simulierte.

Als wir einige Tage später das Requiem mit dem Sarg in der Kirche feierten, war Hermann ganz ernst bei der Sache. Ich stellte Mariannes Bild direkt neben den Sarg und gut sichtbar vor seinen Sitzplatz in der ersten Reihe. Hermann verhielt sich den ganzen Gottesdienst über unauffällig, anschließend folgte er aufrecht dem Sarg zum Grab und nahm gefasst alle Beileidsbekundungen an. Ob er durchgängig wusste, wo er war, kann ich nicht sagen. Aber er kannte den Ablauf eines Requiems und eines Begräbnisses und wusste, wie man sich in dieser Situation zu verhalten hat. Natürlich hätte es sein können, dass Hermann während des Gottesdienstes aufgestanden wäre und eine Rede gehalten hätte, dann hätten wir eine Lösung gefunden und das Beste aus der Situation gemacht. Lediglich ganz am Ende des Begräbnisses, als ich zu ihm ging, um ihm mein Beileid zu wünschen und mich zu verabschieden, nahm er fest meine Hand, zischte mich zornig an und sagte: »So ein Blödsinn!«

Schwierige Abschiede

Meistens laufen Abschiede und Trauerfeiern problemlos ab. Schwierig kann es werden, wenn Angehörige psychisch krank sind oder durch den Ausnahmezustand ungewöhnliche Verhaltensweisen an den Tag legen. Manchmal sind auch die Umstände des Todes besondere, wie im Falle eines plötzlichen und gewaltsamen Todes; dann kann es sein, dass Angehörige besonders stark reagieren. Und manchmal geschehen Dinge, die eigentlich nicht passieren dürften.

Wie im schlechten Film

Vor einigen Jahren erwürgte ein Mann seine Ehefrau, ließ die Frau in der Wohnung liegen und fuhr zu seinem nichts ahnenden Bruder, bei dem er drei Tage verbrachte. Am dritten Tag gestand er dem Bruder die Tat, die Polizei wurde alarmiert, die Wohnung geöffnet, das Mordopfer gefunden, und wir brachten den Leichnam zur Innsbrucker Gerichtsmedizin für die anstehenden Untersuchungen. Während sich der Ehemann in Untersuchungshaft befand, wollte die Familie einen Abschied von der Verstorbenen. Nicht nur die Veränderungen der Leiche durch die Liegezeit in der Wohnung bei hochsommerlichen Temperaturen, vor allem der Hintergrund der Gewalttat ist für Angehörige besonders belastend, mit unermesslichem Schmerz und auch mit viel Wut verbunden. Ein solcher Abschied ist immer eine große Herausforderung für uns, weil mit extremen Reaktionen gerechnet werden muss.

Der Abschied der ermordeten Frau fand fünf Tage nach ihrem Tod und nach der gerichtsmedizinischen Obduktion statt. Eine recht aufwendige Versorgung war nötig, um das Opfer der Familie überhaupt zumutbar zu machen. Das war in diesem Fall eine Besonderheit, da das Opfer und die Familie einen muslimischen Hintergrund hatten und Muslime ihre Verstorbenen für gewöhnlich nicht durch nicht muslimische Personen waschen oder gar versorgen lassen. Muslime wenden sich in Tirol an uns, weil es keinen muslimischen Bestatter gibt. Wir holen die Verstorbenen dann vom Sterbeort ab, die Waschung und die Sarglegung des Verstorbenen übernehmen Muslime aber selbst. Wir dürfen für gewöhnlich nicht dabei sein. Die Entscheidung, uns mit der Versorgung der ermordeten Frau zu beauftragen, lag am besonderen Hintergrund ihres Todes und war eine Ausnahme.

Am späten Nachmittag kamen die Angehörigen – fünf Ehepaare. Die fünf Männer durchschritten in einer Reihe unseren Innenhof, hinter ihnen folgten im gebührenden Abstand – ebenfalls in einer Reihe – die Ehefrauen. Niemand aus der Familie sprach Deutsch oder Englisch, wir verständigten uns notdürftig hauptsächlich in Einwortsätzen und nonverbal, so gut es eben ging. Ich bedeutete ins Trauerzentrum einzutreten, wobei die Männer eine Gruppe in der einen Ecke des Distanzierungsraumes bildeten und die Frauen in der anderen Ecke im kleinen Kreis zusammenstanden. Die Frauen begannen sogleich mit lautem Wehklagen. An eine Vorbereitung der Angehörigen auf die Verstorbene war nicht zu denken, die Frauen hörten nicht auf, ihre Trauer in die Welt hinauszusingen und hinauszuschreien. Die Sprachbarriere kam noch dazu und erschwerte die Vorbereitung ungemein.

Das Wehklagen der Frauen nahm kein Ende und sie steigerten sich so hinein, dass ich ernste Sorge hatte, die ein oder andere könnte zu hyperventilieren beginnen. Da die Frauen sich einander zuwandten, einen nach innen gerichteten, engen Kreis bildeten und sich gegenseitig umarmend an den Schultern fassten, gelang die Kontaktaufnahme zu ihnen nicht. Ich hätte eine Frau an der Schulter berühren müssen, um die Aufmerksamkeit auf mich zu lenken, aber das ist in einer so emotional aufgeladenen Situation und in der Begegnung zweier Kulturen immer ein gefährliches Unterfangen. Die Gefahr, dadurch Aggressionen und Abwehr auszulösen, ist groß. Also deutete ich den Männern, dass es jetzt an der Zeit wäre, zur Verstorbenen zu gehen, in der Hoffnung, dass die Frauen ihren Männern folgten. Der Trick gelang, die Frauen registrierten die Bewegungen der Männer, erwachten aus ihrer Trance und folgten in den Abschiednahmeraum. Alle waren jetzt im Raum, eine Frau ging um den Sarg, ließ sich fallen und begann laut schreiend auf den Boden einzuhämmern, die andere lehnte an der Wand und ging halb ohnmächtig zu Boden. Ich stabilisierte sie, indem ich sie hinlegte und die Beine hochlagerte, sie kam schnell wieder zu sich. Die andere Frau ließ ich schreien, es war ihr gutes Recht, in dieser furchtbaren Situation Wut zu zeigen und auszudrücken. Solange jemand nicht sich oder andere verletzt, ist die Wut als natürliche Reaktion auszuhalten. Solche Schreiattacken sind meist kurz, weil sie die Betroffenen selbst nicht dauerhaft aushalten. Die Männer standen stumm und tatenlos daneben.

Das eigentlich Überraschende an der Situation war aber, dass eine der anderen Frauen beim Betreten des Abschiednahmeraums ihr Handy zückte und alles filmte: Sie filmte nicht nur die Verstorbene (was übrigens gar nicht so selten vorkommt), sondern ging im Raum umher und filmte in Nahaufnahme die schreiend am Boden liegende Frau und die halb ohnmächtig an der Wand lehnende Frau. Auch ich war auf dem Video zu sehen, wie ich die ohnmächtige Frau zu stabilisieren versuchte. Es war zwar schräg für mich, aber ich dachte mir, dass ich nicht immer alles verstehen muss, und offensichtlich hatte auch keine der anderen Personen im Raum ein Problem damit. Mein großes Glück ist, dass ich umso ruhiger werde, je mehr die Leute eskalieren. Ich habe mich langsam und ohne Hektik durch die zu Betreuenden gearbeitet, schließlich hat sich die schreiende Frau beruhigt und ist wieder aufgestanden. Als dann gegen Ende ein muslimischer Bestatter kam, um die Verstorbene abzuholen und nach Deutschland zu überführen, weil alles weitere dort stattfinden sollte, war ich dennoch erleichtert. Er zeigte mir auch etwas, das ich bisher nicht wusste: Die Beine einer muslimischen Verstorbenen werden geschlossen, indem man die großen Zehen vorne mit einem Band zusammenknotet. Soweit ich es verstanden habe, gilt es als unschicklich, wenn die Beine nicht eng beieinanderliegen. Ein Grund ist möglicherweise auch, dass durch das Zusammenbinden der Zehen auch der Austritt von Ausscheidungen verhindert werden kann. Das war mir neu, aber man lernt immer wieder etwas dazu, wenn man mit Menschen aus anderen Kulturen zu tun hat.

Muslimische Abschiede sind meist eine Herausforderung: Alles muss möglichst schnell gehen, weil Muslime eine zeitnahe Erdbestattung wünschen, was natürlich großen Druck erzeugt. Wenn sie um eine Beisetzung oder Überführung ins Heimatland binnen 24 Stunden bitten, dann kommt man ordentlich ins Schwitzen. Ich muss dann klarmachen, dass es bei uns meist nicht möglich ist, einen Menschen innerhalb eines Tages beizusetzen und schon gar nicht, ihn in dieser kurzen Zeit zu überführen. Verstorbene müssen von Ärzten beschaut und vom Gesundheitsamt oder Sprengelarzt zur Beisetzung freigegeben werden. Mitunter muss man eine Obduktion abwarten, denn wenn ein Mensch am Freitag in der Klinik in Innsbruck stirbt, können wir ihn frühestens am Montag darauf dort abholen, da am Institut für Pathologie oder auch an der Gerichtsmedizin am Wochenende nicht gearbeitet wird. Bei Überführungen in das Heimatland muss ein Leichenpass vom Gesundheitsamt angefordert werden, andere Papiere wie die Sterbeurkunde und eine amtliche Beglaubigung der Dokumente brauchen ebenso Zeit, vor allem, wenn keine Standesdokumente in Übersetzung vorliegen und erst vom zertifizierten Dolmetscher angefertigt werden müssen. Der Flug muss gebucht werden, die Papiere müssen oft zum Konsulat nach Salzburg oder Wien gebracht und der Verstorbene muss nach München oder gar nach Wien überführt werden. Von Innsbruck aus gibt es seit einiger Zeit keine Flüge mehr, die Verstorbene mitnehmen. Es gibt keine eigenen Flugzeuge, die speziell nur Verstorbene transportieren. Verstorbene werden entweder in speziellen Flugtransporttruhen überführt oder Särge müssen so verpackt werden, dass sie nicht als Särge erkennbar sind. Dann werden sie wie jedes andere Frachtgut im Flugverkehr mittransportiert.

Spannend sind auch die Waschungen und Verabschiedungen. Eine kleine Gruppe Muslime, die dafür bestimmt ist, führt bei uns im Versorgungsraum die Waschung und die Gebete durch. Oft kommt noch eine große Gruppe Männer mit, die dann vor dem Trauerzentrum steht, raucht und wartet, bis die Waschung vollzogen ist. Die Frauen sind in der Regel nicht dabei, sie bleiben zu Hause. Wenn Frauen mitkommen, muss man damit rechnen, dass laut gewehklagt wird, was immer eine Herausforderung ist, wenn gerade andere trauernde Familien bei uns sind. Für die meisten ist das etwas Neues und Fremdes, für manche ist es interessant, für andere wiederum verstörend und aufwühlend.

Auch wenn die Trauer um den Verstorbenen sicher »echt« ist, hat das Wehklagen oft etwas Inszeniertes an sich. Ich habe in einem früheren Kapitel schon geschrieben, dass jeder Mensch nach seinem eigenen Rhythmus trauert und dass der Schmerz und die intensiven Trauergefühle in Wellen kommen. Beim Wehklagen wird geklagt, auch wenn man selbst vielleicht gar nicht in einer Schmerzwelle ist. Der individuelle Rhythmus wird durch das Kollektiv durcheinandergebracht und zumindest für die Zeit des Wehklagens werden alle auf ein Niveau fixiert. Das hat mir auch eine Muslima bestätigt, die diese Form des Trauerausdruckes in der Gruppe schwer aushalten kann, weil sie es als unnatürlich empfindet.

Flashback
Eine Bekannte litt schon seit Jahren an schweren Depressionen und alle therapeutischen Maßnahmen blieben erfolglos. Eines Tages fanden ihre erwachsene Tochter und ihr Ehemann sie im Keller ihres Wohnhauses. Sie hatte sich erhängt. Als ich mit meinen Mitarbeitern vor Ort eintraf, nachdem wir von der Polizei alarmiert wurden, befanden sich der Ehemann und die Eltern der Verstorbenen in der Wohnung und das Kriseninterventionsteam war anwesend. Der Tochter wurde, nachdem sie sich nicht beruhigen konnte, vom Notarzt ein Beruhigungsmittel verabreicht. Sie wurde zur psychologischen Abklärung in das Krankenhaus mitgenommen. Der Sohn war Skifahren und wusste von nichts. Da ich die Verstorbene und ihre Familie kannte, löste ich das Kriseninterventionsteam ab, blieb bei der Familie, wartete auf die Rückkehr der Tochter aus der Ambulanz und auf die Rückkehr des Sohnes von seinem Skiausflug. Beide kamen am späten Nachmittag, zuerst die Tochter, sie war ruhig und man konnte gut mit ihr reden. Dann kam der Sohn. Ihm die Nachricht vom Suizid der Mutter zu überbringen, war fast nicht nötig. Schon als er mich sah und wir ihn baten, er solle sich bitte hinsetzen, wusste er sofort, was geschehen war. Die Familie lebte seit Längerem mit der Angst, dass sich Vera etwas antun könnte. Ihr Leiden dauerte schon zu lange und sie hatte nach all den erfolglosen Medikamenten und therapeutischen Behandlungen jegliche Hoffnung auf Besserung verloren. Ich blieb noch eine ganze Weile, ließ die einzelnen Familienmitglieder erzählen, schwieg abwechselnd mit ihnen und beantwortete die Fragen des Sohnes, die allmählich aufkamen: Wann ist es passiert? Wie hat sie es gemacht? Wer hat sie gefunden? Und dann war da die große Frage der Familie: Wie geht es jetzt weiter?

Natürlich riet ich der Familie, sich noch einmal in Ruhe bei mir im Institut zu verabschieden. Tochter und Ehemann haben die Verstorbene erhängt im Keller gefunden, das war äußerst traumatisch und der Sohn hatte kein Bild, dafür aber jede Menge Fantasien. Sie kamen an einem Abend der Folgetage. Die Verstorbene lag im Sarg und sah friedlich aus. Ich bereitete die Familie in üblicher Weise vor und rechnete überhaupt nicht mit dem, was nun kommen sollte: Ich öffnete die Tür zum Abschiednahmeraum, direkt hinter mir ging der Vater und hinter ihm Tochter und Sohn. Kaum war die Tür offen, ich hatte erst einen Schritt in den Raum getan, begann die Tochter zu schreien, drehte sich um, lief in den Distanzierungsraum und ich ihr hinterher. Sie zitterte am ganzen Körper, war völlig außer sich und verängstigt. Ich setzte mich zu ihr und fragte sie, was denn geschehen sei. »Die Mama schaut so bös drein!«, war ihre Antwort. Sie könne nicht zur Verstorbenen reingehen, es sei ein großer Fehler, überhaupt zu diesem Abschied zu kommen, erklärte sie. Ich war irritiert, denn Judith konnte ihre Mutter gar nicht gesehen haben, sie ging hinter mir und ihrem Vater und wir verdeckten ganz sicher den Blick auf den Sarg. Der Sarg stand im Raum auch so, dass man das Gesicht der Verstorbenen von der Tür aus nicht genau sehen konnte. Vater und Sohn waren verstört, dass Judith so heftig reagiert hatte. Ihnen war jedoch klar, dass nicht sein konnte, was sie behauptete. Judith hatte einen Flashback. Sie hat die Auffindungssituation noch einmal erlebt und das Bild der Mutter im Keller kam in ihr Bewusstsein.

Jetzt war es an mir, diese kritische Situation zu entschärfen. Ich ermutigte Vater und Sohn, mit mir in den Abschiednahmeraum zu gehen, sich ein Bild von der Verstorbenen zu machen und Judith zu berichten, wie die Mutter wirklich aussah. Zum Glück spielten die beiden mit und beide bestätigten, dass Vera friedlich aussah und sicher nicht »böse«. Judith war dennoch schwer zu überzeugen, es noch einmal zu versuchen, der Schrecken saß zu tief. Ich fragte sie, woran sie sich erinnern könne, als sie ihre Mutter fand, und wir stellten fest, dass sie den Gesichtsausdruck ihrer Mutter verdrängt hatte. In ihrer Erinnerung sah sie die Mutter im Keller hängend und das Gesicht war nur eine »hautfarbene Scheibe«, so als wäre es stark verpixelt. Ich vermutete, dass Veras Gesichtsausdruck nicht friedlich gewesen war. Möglicherweise waren die Augen offen gewesen und die Mundwinkel gingen nach unten. Als ich vor Ort ankam, lag sie bereits am Boden und die Augen waren – soweit ich mich erinnern konnte – geschlossen. Judiths Psyche hatte einen schützenden Filter über diesen belastenden Gesichtsausdruck gelegt und in dieser Situation kam er wieder ins Bewusstsein. Ein Flashback braucht in der Regel einen Trigger, um ausgelöst zu werden, also einen Schlüsselreiz, der einem Reiz in der traumatischen Situation ähnelt und den Flashback in Gang setzt. Das kann zum Beispiel ein Geruch oder ein Geräusch sein. In diesem Fall war es die Tür, die ich öffnete. Sie versetzte Judith schlagartig zurück in die Situation, in der sie die Kellertür aufmachte und ihre Mutter erblickte.

Ich ließ Judith Zeit, erklärte ihr, was sie gerade erlebt hatte und wie wichtig es wäre, sich der Situation im Abschiednahmeraum zu stellen. Judith stimmte schließlich zu und wir gingen ganz behutsam in die Situation hinein. Die Tür zum Abschiednahmeraum war weit offen, als wir uns näherten, um den Trigger zu vermeiden. Vater und Bruder gingen voraus, sodass sie einen Sichtschutz bildeten. Ich ging mit Judith hinter den beiden und führte sie, denn sie hatte die Augen geschlossen und die Hände vor dem Gesicht. So gingen wir mit der wieder zitternden jungen Frau zum Sarg der Mutter. Am Sarg beschrieben die beiden Männer noch mal Veras Aussehen und langsam, ganz langsam lugte Judith zwischen gespreizten Fingern hinter den Schultern ihres Vaters und ihres Bruders in den Sarg der Mutter und rief: »Sie schaut ja wirklich friedlich aus!« Die Situation war gerettet, Judith konnte sich verabschieden. Ich war einfach froh und erleichtert. In den meisten Fällen laufen Abschiednahmen gut und problemlos ab, mitunter gibt es – wie im geschilderten Fall – Stolpersteine. In solchen Fällen ist es wichtig, nicht gleich abzubrechen und in die Vermeidungshaltung zu verfallen, sondern die Ursache für die Schwierigkeiten zu finden und daran gemeinsam mit der Familie zu arbeiten. Meist genügt es, einfach abzuwarten, bis die extremen Reaktionen abgeflaut sind, mitunter muss man Angehörige aus der Konfrontation in eine Erholungspause führen. Wichtig ist, dass Angehörige nach einer angemessenen Verschnaufpause mindestens noch ein zweites Mal zum Verstorbenen gehen, besonders dann, wenn es beim ersten Mal schwierig für sie war. Dazu sollte man sie ermutigen, man darf sie dazu aber niemals zwingen. Beim zweiten und dritten Mal »sehen sich« Angehörige in das Bild des Verstorbenen »ein«, sie gewöhnen sich an den Anblick und werden ruhiger.

Worst Case

Auf die Frage, was das Schlimmste war, das ich in meinem Berufsleben jemals erlebt habe, habe ich jahrelang nicht recht gewusst, was ich antworten sollte. Es gab viele schlimme Todesfälle, die mich berührten oder erschreckten, aber es gab keinen, der wirklich herausragte. 2020 war es dann so weit, der Worst Case trat ein. Auch wenn dieses Kapitel in der Mitte des Buches zu finden ist, habe ich es als letztes geschrieben. Es fiel mir sehr schwer, das Erlebte aufzuschreiben (obwohl es ein gutes Ende nahm), denn es fühlte sich an, als würde ich es in Zeitlupe noch einmal durchleben.

Ein dreijähriger Junge indischer Abstammung starb infolge einer unheilbaren, chronischen Erkrankung. Wir holten Jay von der Klinik zu uns und schon am selben Tag kam der Vater mit einem Freund und Dolmetscher, um alles

Weitere zu veranlassen. Sprachlich fuhren wir dreigleisig – auf Deutsch, Hindi und auf Englisch.

Jays Familie war Mitglied einer hinduistischen Sekte, die alle Religionen der Welt als mögliche Wege zu Gott und als gleichwertige Ausdrucksweise religiöser Überzeugungen ansieht. Es sind friedliche und freundliche Menschen, die in allem, was geschieht, einen Sinn sehen oder suchen. Indien ist groß, es gibt viele verschiedene Religionen, hinduistische Schulen, Bewegungen und Sekten und deshalb auch unterschiedliche Bräuche und Rituale im Zusammenhang mit dem Tod. Für verstorbene Kinder gelten teilweise andere Regeln als für Erwachsene. Deshalb darf man als Bestatter nicht davon ausgehen, dass es die eine indische oder hinduistische Zeremonie oder Bestattungsform gibt. Zunächst diskutierten wir über eine Feuerbestattung. Für viele Inderinnen und Inder ist es wichtig, beim Einäscherungsprozess dabei zu sein. In einigen Traditionen ist es üblich, dass der Schädel des Verstorbenen während des Einäscherungsprozesses durch ein Familienmitglied eröffnet wird – es wird ein Loch in die Schädeldecke geschlagen –, um den Geist entweichen zu lassen. Erst dann wird der Mensch als endgültig tot betrachtet. Bei uns ist die Eröffnung des Schädels durch Angehörige nicht zulässig. Sie ist nur in Ländern möglich, in denen ein Leichnam in einer offen zugänglichen Feuerstelle eingeäschert wird. Deshalb möchten Hindus bei uns oft Zutritt zur Technik des Kremationsofens, um wenigstens den Kremationsvorgang selbst in Gang zu setzen. Auch das ist nicht in allen Krematorien ohne Weiteres möglich, denn die Technik eines Kremationsofens ist grundsätzlich dem geschulten Personal des Krematoriums vorbehalten.

Ich habe einmal eine indische Familie betreut, die ihren Verstorbenen bei uns im Versorgungsraum waschen wollte. Nach deren Ritus musste die Waschung des Verstorbenen sitzend auf einem Stuhl vorgenommen werden – ein Problem, da unser Raum keinen Abfluss im Boden hat. Der

Abfluss vom Waschwasser erfolgt bei uns direkt über den Versorgungstisch, nicht über den Boden. Ich konnte diesen Ritus demnach aus hygienischen Gründen nicht zulassen, auch nicht, dass der Schädel des Verstorbenen bei uns im Versorgungsraum durch die Familie eröffnet wird. Es ist zwar in ihrer Tradition ein heiliger Ritus und mir ist die Bedeutung bewusst, aber laut unserem Gesetz ist das einfach nicht möglich.

Jays Eltern entschieden sich schließlich für eine Erdbestattung. Für Kinder unter fünf Jahren ist das ausdrücklich erlaubt. Besonders stolz war ich zunächst auf unsere weißen Kindersärge, war ich doch der Meinung, dass Weiß die Trauerfarbe der Hindus ist. Da lag ich grundsätzlich nicht falsch, aber Blau wäre die richtige Farbe für einen Kindersarg gewesen. Zusätzlich wollte die Familie einen Sarg mit Glasdeckel, damit ihr Kind während der Zeremonie sichtbar ist. So etwas gibt es bei uns auch nicht, zumindest nicht in Tirol. Särge, bei denen sich am Kopfende eine Glasscheibe befindet, sodass man den Verstorbenen sehen kann, gibt es traditionell nur in Ostösterreich. In der kurzen Zeitspanne wäre es unmöglich gewesen, so einen Sarg liefern zu lassen.

Die Mitglieder dieser indischen Sekte sind jedoch völlig entspannt, wenn etwas nicht so funktioniert, wie sie es gerne hätten. Sie sehen in allem einen Sinn. Wenn dieser nicht offensichtlich ist, wird er bewusst gesucht. Sie sind nicht problemorientiert, sie sind lösungsorientiert, was sich noch als wahrer Segen für mich erweisen sollte. Die Familie nahm meinen Vorschlag, den Sarg einfach offen zu lassen, an und wir betteten Jay in einen weißen Sarg, aber auf eine blaue Decke. Die Abschiedsfeier fand zuerst in unserem Feierraum statt. Seelsorger Tomy von der Innsbrucker Klinik leitete die Feier. Er ist Katholik indischer Abstammung, hatte die Familie schon im Krankenhaus begleitet und war ihr Vertrauter geworden. Es war eine stimmige Feier, die hinduistische und christliche Elemente vereinte. Jay lag friedlich in seinem

Sarg, Familie und Freunde standen um ihn herum, wir entzündeten Kerzen und Räucherstäbchen, christliche Gebete und Texte aus den Veden – das sind alte Offenbarungstexte, die als Basis aller hinduistischen Glaubensströmungen gelten – wurden gelesen und gesungen. All das fügte sich wunderbar ineinander, die Stimmung war traurig, aber nicht schwer. Bevor wir den Sarg schlossen, um auf den Friedhof zu fahren, wurde ein kleiner Tropfen aus Gold, den die Eltern mitbrachten, unter Jays Zunge gelegt. Jeder verneigte sich vor ihm und träufelte mit einer Rosenblüte Wasser auf seinen Körper. Auch ich wurde vom Vater eingeladen, mich so zu verabschieden. Ich war tief berührt. Ich wurde in diesem Moment nicht als Bestatterin und Organisatorin wahrgenommen, sondern als Teil der Gemeinschaft – und so fühlte ich mich in diesem Moment auch.

Wir überbrachten den kleinen Sarg mit unserem weißen Leichenwagen auf den Innsbrucker Ostfriedhof. Der Bahrwagen wurde mit weißen Tüchern geschmückt – hier war die Farbe Weiß wieder erwünscht – und alles wurde mit bunten Rosenblütenblättern geschmückt. Jays Familie verteilte langstielige weiße Kerzen an alle, auch an mich und meine Mitarbeiter, und wir begleiteten den Sarg schweigend und feierlich zum Grab auf dem Kindergrabfeld. Es war schön und fühlte sich irgendwie leicht an.

Tage vor dem Begräbnis wurde mir mehrfach von Jays Vater und den Dolmetschern erklärt, wie wichtig es sei, dass Jays Sarg so ins Grab gelegt werde, dass der Kopf Richtung Sonne liegt. Immer und immer wieder wurde das thematisiert, sodass ich mir sicher war: Die machen es genau andersrum wie wir, sonst wäre das nicht so ein großes Thema. Ich versicherte ihnen, dass wir darauf achten würden. Da die Kindergräber auf diesem Friedhof nach Süden ausgerichtet sind, war für mich und meinen Mitarbeiter Martin klar: Wenn der Kopf Richtung Sonne liegen soll, dann müssen wir den Sarg genau andersrum in die Erde legen, als es bei uns üblich ist.

Der Trauerzug kam am Grab an, die Trauergäste verteilten sich rund um das Grab und Martins Job war, ins Grab hinunterzusteigen und den kleinen Sarg, den mein anderer Mitarbeiter Michael im reichen sollte, behutsam entgegenzunehmen und in die richtige Richtung zu betten – mit dem Kopf Richtung Sonne. (Das Versenken eines so kleinen Sarges mit Seilen ist schwieriger als seine Entgegennahme durch einen Mitarbeiter, der im Grab steht.) Doch von da an nahm die Katastrophe ihren Lauf: Der Vater des Kindes hatte die spontane Eingebung, meinem Mitarbeiter Michael, der den Sarg vom Bahrwagen heben sollte, helfen zu wollen, sodass Michael den kleinen Sarg nicht richtig zu fassen bekam. Als der Sarg an Martin übergeben werden sollte, ließ der Vater los. Da Michael den Sarg nicht gut in den Händen hatte, entglitt er ihm, krachte vor allen Anwesenden auf den Boden und brach. Er brach nicht entzwei, aber er war definitiv beschädigt. Es war ein Albtraum. Wie durch einige Kapitel schon deutlich wurde, neige ich in Extremsituationen dazu, einen kühlen Kopf zu bewahren. Ich werde sogar noch ruhiger, ich verlangsame fast. Statt den Sarg schnell im Grab verschwinden zu lassen, hatte ich die Eingabe, ihn vor allen Anwesenden noch einmal zu öffnen, um sicherzugehen, dass Jay ruhig im Sarg lag. Was für ein Glück, dass der Sarg bei der Feier schon geöffnet worden war und jetzt niemand in Panik verfiel, als ich die Schrauben drehte und den kaputten Deckel abhob. Jay war glücklicherweise nichts passiert, er lag friedlich da. Ich streichelte ihm über Wange und Kopf, entschuldigte mich bei ihm und schloss den Sarg wieder. Ich reichte ihn Martin, der ihn mit dem Kopf nach Süden und den Beinen nach Norden in Richtung Grabstein ins Grab legte.

Doch auf einmal wurden die Angehörigen unruhig, denn sie behaupteten, der Sarg liege falsch herum im Grab. Ich entgegnete, dass der Kopf doch in Richtung Süden liegen sollte. Und dann klärte sich das Missverständnis auf: Nicht der Kopf sollte in Richtung Süden liegen, sondern das Gesicht sollte Richtung Sonne sehen. Es war folglich wie bei uns – Kopf Richtung Grabstein, Füße südlich ausgerichtet – und nicht umgekehrt. Also hoben wir den Sarg wieder aus dem Grab, drehten ihn mit den Füßen nach Süden und begruben endlich den kleinen Jay. Ich weiß nicht, wie oft ich mich bei dieser Beerdigung entschuldigt habe, aber es war so oft, dass der Dolmetscher mich schließlich zur Seite nahm und meinte, ich solle es endlich gut sein lassen, denn jetzt wäre doch alles gut. Und das war es wirklich.

Die Familie setzte ihren Abschied fort, sie verabschiedeten sich von Jay mit einem Blütenregen. Das Grab war einen halben Meter mit Blüten gefüllt, sodass der Sarg damit bedeckt war. Danach schaufelten wir im Beisein aller das Grab händisch zu. Das ist heute auf unseren Friedhöfen nicht mehr üblich. Normalerweise schaufelt der Bagger oder aber es steht ein Container neben dem Grab, aus dem die Erde vom Aushub wieder ins Grab geschüttet wird, sobald die Angehörigen außer Sichtweite sind. Nachdem das Grab geschlossen wurde, legten die Eltern Milch und Kekse für Jay auf das Grab. Wir steckten unsere weißen brennenden Kerzen in die Erde und Jays Eltern gingen rituell dreimal um das Grab herum, ehe sie es verließen – ohne sich noch einmal umzudrehen. So verlangt es der Ritus. Symbolisch war das unglaublich kraftvoll, denn es gibt zu verstehen, dass Eltern nach dem Tod wieder nach vorne blicken dürfen und nun ein neues Leben beginnt.

Meine Mitarbeiter räumten auf, verließen den Friedhof, es war Feierabend und mir ging es dreckig. So mies wie noch nie in meiner bisherigen Laufbahn als Bestatterin. Was für ein Horrortag. Nach einer schlaflosen Nacht machte ich mich am nächsten Morgen auf ins Institut und wollte Jays Vater anrufen und fragen, wie es der Familie gehe. Jays Vater kam mir jedoch zuvor, er rief an und erkundigte sich danach, wie es mir gehe. Ich sagte ihm, dass die Nacht eher schlecht gewesen war. Noch bevor ich zu einer weiteren Entschuldigung ansetzen konnte, meinte er, dass er gestern mit den Männern seiner Gemeinschaft gesprochen hätte und sie waren einstimmig zu der Überzeugung gekommen, was für ein Glück es war, dass der Sarg aus den Händen gerutscht und auf den Boden gekracht war. Ich glaubte, meinen Ohren nicht zu trauen.

Doch wäre der Sarg nicht zu Boden gegangen, hätte ich den Sarg nicht mehr geöffnet und niemandem wäre aufgefallen, dass der Sarg versehentlich falsch herum ins Grab gelegt wurde. Jay ist uns »aus den Armen gesprungen«, um dies zu verhindern. »My son doesn't do anything without a sense!«, erklärte mir der Vater, und ich meinte, ein Lächeln herauszuhören. Jay hatte uns den Sinn darin gezeigt, dass wir seinen Sarg fallen gelassen hatten.

Und somit schließt sich der Kreis zu der Lebenseinstellung dieser Gemeinschaft: Alles hat einen Sinn. Ich war beeindruckt. Davon wollte ich mir unbedingt eine Scheibe abschneiden.

Einige Tage später erhielt ich eine Nachricht von der Familie: »Dear Christine, our family cordially invites you and your family for sharing thoughts in loving memory of our beloved son at our place, followed by lunch.« Das war eine Ehre. Meine Familie und ich wurden zu einer Gedenkfeier mit anschließendem Essen eingeladen.

Und so nahmen mein Mann und ich an einer großen indischen Zeremonie teil, bei der hundert Gäste anwesend waren. Nachdem wir Erinnerungen auf Englisch und Hindi miteinander geteilt hatten, musiziert, gebetet und gesungen wurde, ging es zum gemeinsamen Essen. Es war scharf, es war süß, es war köstlich. Auch wenn mein Mann und ich sprachlich nicht alles verstehen konnten, fanden wir uns in einer herzlichen Gemeinschaft wieder und machten eine schöne Erfahrung.

In diesem Kapitel habe ich Sie an unterschiedlichen Abschieden teilhaben lassen. Jeder Abschied ist besonders. Das liegt gar nicht so sehr daran, dass wir jeden Abschied individuell planen, es ergibt sich vielmehr aus den Umständen, unter denen ein Mensch verstorben ist, aus den unterschiedlichen Bedürfnissen, die seine Angehörigen mitbringen, aus dem weltanschaulichen Hintergrund des Verstorbenen und der Familie und oft auch ganz spontan aus der Situation heraus – wenn die Frisur einer Verstorbenen nicht passt, dann muss man diese eben mit der Familie gemeinsam richten. Bevor wir Angehörige zum Abschiednehmen zu uns bitten, muss allerdings der Verstorbene dafür vorbereitet werden. Wie so eine Versorgung abläuft, darum geht es im folgenden Kapitel.

Die schöne Leich

Warum wir Kurzhaarschnitte bevorzugen, über Nützliches wie Watte, Kontaktlinsen mit Widerhaken, Nadel und Faden. Wann Schminke zum Einsatz kommt, warum man seinem toten Onkel nicht den Hochzeitsanzug des geliebten Ehemanns anziehen muss und warum ich eine Katzenbesitzerin enttäuschen musste. Außerdem: Wie gefährlich ist das Leichengift? Und ekeln sich Bestatter überhaupt?

Auch wenn es viele glauben: Nicht jede Leiche stinkt sofort. Manchmal holen wir Verstorbene ab, die in einem guten Pflegezustand sind. Sie wurden etwa im Altersheim noch einmal gewaschen oder starben, kurz nachdem sie gewaschen wurden. In solchen Fällen müssen Bestatter Verstorbene teilweise nur mehr ankleiden – mitunter holen wir sie auch schon fertig angekleidet ab – und in den Sarg einbetten. Der Spruch, dass im Tode alle gleich seien, stimmt nicht. Weder bekommen alle die gleich teuren Särge, Urnen oder aufwendigen Beerdigungen, noch sind alle Leichen gleich, was das Aussehen betrifft. Die Ungerechtigkeit, die es im Leben gab, zieht sich auch durch den Tod: Auch hier gibt es die »Naturschönen«. Selbst im Zustand des totalen Kontrollverlustes über ihr Leben und ihre Schließmuskeln behalten sie den Inhalt ihrer Eingeweide für sich, riechen nicht und haben einen perfekten Mund- und Augenschluss für ein friedliches letztes Foto.

Meistens aber, gerade wenn es darum geht, den Verstorbenen für den Abschied am offenen Sarg vorzubereiten, ist noch etwas zu tun. Selbst wenn der Körper gepflegt ist, steht oft der Mund weit offen, da das Kinn der Schwerkraft nachgibt und nach unten fällt. Oder die Augen bleiben nicht geschlossen, weil der Augapfel durch Austrocknung an Volumen verliert und zudem grau und trübe wird – wie bei der Forelle im Kühlregal, die sollten Sie dann übrigens nicht mehr kaufen, die ist definitiv nicht mehr frisch. Auch wenn zu Beginn kaum Verwesungsgeruch da ist, entwickelt er sich mit der Zeit. Da gilt es, Vorkehrungen zu treffen, gerade, wenn der Abschied erst ein paar Tage nach Eintritt des Todes stattfindet.

Und dann gibt es Verstorbene, die in einem äußerst schlechten Zustand zu uns kommen. Sei es, weil sie schon länger irgendwo gelegen sind und die Veränderungen bereits sichtbar und riechbar ihren Verlauf genommen haben, sei es, weil es Verletzungen oder Verstümmelungen durch Unfall, Suizid oder Gewalteinwirkung gegeben hat. Auch nach einer Obduktion ist eine entsprechende Versorgung des Verstorbenen nötig, bevor man Angehörige zum Verstorbenen begleiten kann.

Noch vor fünfzehn Jahren waren die Begriffe »moderne Verstorbenenversorgung« und »Thanatopraxie« fremd und neu in unseren Breitengraden und wurden dementsprechend skeptisch beäugt. Was über England und die USA schon länger bei unseren deutschen Nachbarn angekommen war, war in Österreich absolutes Neuland. Inzwischen hat sich die Thanatopraxie zum Glück auch im Bestattungswesen Österreichs etabliert und jedes moderne und zeitgemäße Bestattungsinstitut hat mindestens einen qualifizierten Mitarbeiter mit der entsprechenden Ausbildung.

Hypnos, der altgriechische Gott des Schlafes, hatte einen Zwillingsbruder – Thanatos, der Gott des Todes. Die Thanatologie ist nach ihm benannt und bedeutet ganz allgemein die »Lehre vom Tod«. Sie umfasst alle wissenschaftlichen Disziplinen, die sich mit dem Tod beschäftigen: Es gibt Fachbereiche der Psychologie, der Philosophie und der Geschichts- und Kulturwissenschaften, die sich aus ihrer Perspektive mit dem Tod beschäftigen. Die Thanatopraxie ist als Teilgebiet der Thanatologie die praktische Versorgungstätigkeit am Leichnam und Dienstleistung des speziell dafür qualifizierten Bestatters.

In wenigen Schritten zur schönen Leich

Für die einfache Grundversorgung oder die »hygienische Grundversorgung«, wie wir es nennen, braucht man zunächst Produkte wie Desinfektionsmittel, antibakterielle Waschlotion, Schwamm und eine Creme, die einigermaßen fett ist, gut einzieht und gleichzeitig auch Feuchtigkeit spendet. Bei langen, verfilzten Haaren hilft – wie beim Lebenden – eine Spülung und ein »Entwirrspray«, ein Kamm und etwas Geduld. Wer seinem Bestatter einen Gefallen tun will, trägt grundsätzlich einen pflegeleichten Kurzhaarschnitt.

Der entkleidete Leichnam wird auf einen Stahltisch mit Abfluss gelegt. Nacken, Schultern, Becken und Unterschenkel liegen auf speziellen Körperstützen auf, sodass das Waschwasser gut abfließen kann. Zuerst werden, wenn vorhanden, Pflaster, Verbände, Kanülen und Katheter entfernt. Danach wird der gesamte Körper mit einem Spray desinfiziert, auch der Intimbereich – vor allem die Körperöffnungen wie Anus, Scheide, Mundhöhle, Nasenlöcher – und die Augen. Anschließend werden eventuell vorhandene Ausscheidungen und grobe Verunreinigungen entfernt und diese Bereiche sorgfältig gesäubert. An diesen Stellen wird noch einmal desinfiziert. Jetzt ist es an der Zeit, die Handschuhe zu wechseln. Wir tragen normalerweise Schürzen und zwei paar Handschuhe übereinander. Zwei Paar, weil man die Überhandschuhe hygienisch wechseln kann, ohne die eigene Haut dabei zu berühren. Mehr Schutzkleidung – Mundschutz, Haube und Schutzbrille – ist nur bei Verstorbenen mit gefährlichen Infektionskrankheiten nötig.

Der Körper wird dann mit einem Schwamm gewaschen und mit der antibakteriellen Lotion eingeseift. Der Schwamm wird anschließend entsorgt und nicht weiterverwendet. Nachdem der Leichnam sorgfältig mit Einmaltüchern aus Papier abgetrocknet wurde, werden Arme, Hände und Gesicht eingecremt, um das schnelle Austrocknen der Haut zu verhindern.

Das Lösen der Totenstarre

Beim Eincremen der Arme und Hände löst man gleichzeitig die Totenstarre. Wie schon im Kapitel »Echte Leichen: No sensation at all« beschrieben, bindet sich durch den Abbau von Adenosintriphosphat das Muskelprotein Myosin an die Aktinfasern, sodass diese kleinsten Muskelfasern »verkleben«. Wenn man Arme und Hände physiologisch bewegt – durch Beugen und Strecken –, lösen sich diese Verbindungen und somit auch die Totenstarre. Das ist keine Hexerei. Wenn der Rigor Mortis stark ist, braucht man etwas mehr Kraft und ein paar Anläufe mehr. Grundsätzlich gilt: Je mehr Muskelmasse vorhanden ist, desto stärker ist auch der Rigor. Bei jungen durchtrainierten Männern ist er stark ausgeprägt, bei alten bettlägerigen Menschen schwach oder gar nicht mehr wahrnehmbar vorhanden.

Da fällt mir meine erste wirkliche Schrecksekunde zu Beginn meiner Karriere im Bestattungsbereich ein: Ein junger, sehr muskulöser Mann starb infolge eines Motorradunfalles. Er hatte eine massive Totenstarre ausgebildet, die wir – trotz Kraftaufwand und vielen Wiederholungen mit Beugungen und Streckungen – nicht zur Gänze lösen konnten. Als wir dem Verstorbenen das Sakko anzogen, fuhr ich vorne in den Ärmel hinein, gab dem Toten die Hand, um seinen Arm aus dem Ärmel herauszuziehen. Womit ich nicht gerechnet hatte und was mir niemand gesagt hatte: Wenn noch Reste der Totenstarre in der Muskulatur bleiben, schließt sich durch die Verkürzung der Muskulatur automatisch die Hand des Verstorbenen, wenn man seinen Arm streckt. Ich zog also an der Hand, um sie aus dem Ärmel zu ziehen, streckte dabei seinen Arm in die Höhe und je mehr ich zog, desto fester drückte mir der Tote die Hand. Beim ersten Mal ist das – zugegebenermaßen – ein wenig gruselig.

Es ist zwar richtig, dass sich die Totenstarre von selbst löst, allerdings erst nach einigen Tagen und ohne Kühlung. Nämlich dann, wenn die Verwesung merkbar einsetzt. Wenn sich Angehörige noch einmal verabschieden wollen, ist es nicht sinnvoll zu warten, bis der Rigor sich von selbst löst. Außerdem wird der Leichnam in der Kühlung aufbewahrt – da hat es zwischen vier und acht Grad plus wie im ganz normalen Kühlschrank zu Hause. Die Kühlung verzögert die Verwesung und somit auch, dass sich die Starre innerhalb weniger Tage von selbst löst. Also übernehmen wir das. Erstens, weil eine ausgeprägte Starre für Angehörige doch recht bizarr wirken kann, und zweitens, weil es mit dem Ankleiden des Oberkörpers sonst schwierig wird. Die Kleidung wird hinten nicht aufgeschnitten, wie viele Angehörige glauben.

In den Beinen belassen wir die Totenstarre, sofern der Leichnam in ausgestreckter Position liegt, denn der Unterkörper lässt sich in der Starre leichter einkleiden. Auch beim Umlagern in den Sarg ist es von Vorteil, wenn der Leichnam steif wie ein Brett ist. (Für alle, die sich fragen, ob Totenstarre auch im Penis eintritt: Nein, die Totenstarre tritt im Penis nicht ein. Er ist und bleibt schlaff, denn der Penis ist kein Muskel, sondern ein Schwellkörper.)

Das Lösen der Totenstarre in der Gesichtsmuskulatur braucht ein bisschen mehr Zuwendung und Fingerspitzengefühl. Manchmal genügt die Massage der Kiefermuskulatur, vor allem hinter den Ohren. Mitunter muss man aber auch das Kinn und die Nase nehmen und den Kiefer durch vorsichtiges Auf- und Zudrücken schrittweise lockern. Aber auch das ist keine große Hexerei und gehört dazu.

Die Verwesung beginnt im Verdauungstrakt des Menschen. Da, wo von Anfang an Enzyme am Werk sind, die Nahrung aufzuspalten, da, wo Bakterien dafür sorgen, dass Eiweiße faulen und Kohlenhydrate gären. Das heißt, in Magen und Darm beginnt das Gären und Faulen und damit die Autolyse – die Selbstverdauung des Körpers. Dabei entsteht zunächst nur ein Blähungsgeruch. Diese Gase treten aus dem Anus aus, vor allem, wenn man den Leichnam beim Umlagern oder Ankleiden bewegt. Mit der Zeit würde sich dieser Geruch verstärken und es würde die sich bildende Fäulnisflüssigkeit austreten – aus Anus, Mund und Nase. Spätestens dann riecht der Leichnam nicht erst, wenn man ihn bewegt. Aber es gibt einen einfachen Trick: Man sperrt den Geruch und die Fäulnisflüssigkeit im Körper ein, indem man die fraglichen Öffnungen mit Watte tamponiert, also verschließt. Hier kommen eine große und eine kleine Pinzette und wurstförmige Fadenwatte zum Einsatz. Mit der großen Pinzette, die etwa 25 Zentimeter lang ist, wird der letzte Abschnitt des Darmes tamponiert, hier genügen in der Regel 30 Zentimeter Fadenwatte. Man besprüht die Fadenwatte mit Desinfektionsmittel – das ist gut gegen Keime – und führt sie dann ein. Die Watte zieht beim Tamponieren keine Fäden, wenn sie feucht ist. Bei der Frau wird auch die Scheide tamponiert. Diese ist eine feuchte Körperöffnung, die entsprechend auch Gerüche bilden kann.

Dann werden erneut die Überhandschuhe gewechselt, man will schließlich keine Keime aus dem Ausscheidungsbereich ins Gesicht des Toten verschleppen, das die Angehörigen noch einmal berühren oder sogar küssen wollen. Mit frischen Handschuhen und der kleinen Pinzette, die etwa fünfzehn Zentimeter lang ist, wird zunächst ein Stück Watte über den Mund in den Rachen eingebracht. Danach wird ein Streifen von etwa zehn Zentimetern Fadenwatte geteilt, um sie passförmig für die Nase zu machen. Über beide Nasenlöcher wird nun geradeaus hinunter – im Winkel von 90 Grad, derselbe Weg wie beim Corona-Antigentest – tief in den Rachenraum tamponiert. Am Ende liegt ein Pfropfen Watte direkt über der Speise- und der Luftröhre, sodass weder aus dem Magen noch aus der Lunge Geruch beziehungsweise Aerosol und in späterer Folge Fäulnisflüssigkeit austreten kann. Mit diesem unaufwendigen Trick hat man den Leichnam für mehrere Tage geruchsmäßig gut unter Kontrolle. Bestatter lernen das richtige Tamponieren in speziellen Kursen zur Verstorbenenversorgung. Wie jede pflegerische oder medizinische Tätigkeit an einem menschlichen Körper ist das zunächst gewöhnungsbedürftig. Mit der Zeit ist es aber ganz normal, so wie für einen Pfleger das Legen eines Katheters oder für einen Friseur das Haareschneiden.

Mund- und Augenschluss

Die groben Arbeiten sind jetzt erledigt, man kann sich dem Feinschliff zuwenden. Wichtig für ein friedliches Aussehen sind Mund- und Augenschluss. Mitunter ist der Mundschluss von vornherein schön, zum Beispiel wenn das Kinn des Verstorbenen nach Eintritt des Todes durch eine Rolle – aus einem Handtuch etwa – gestützt wird. Wenn dann die Totenstarre in der Kiefermuskulatur eingetreten ist, dann bleibt der Mund geschlossen, auch wenn die Rolle entfernt wird. Einmal holten wir eine alte Dame aus dem Altersheim, die statt einer Rolle ein Cola-Glas unter dem Kind platziert hatte. Diese Form der Rolle funktioniert auch, wirkt aber dann doch etwas deplatziert. Ich löse die Starre dann nur, wenn ich vermute, dass es gröbere Verunreinigungen in der

Mundhöhle gibt. Das riecht oder sieht man, weil meistens aus den Mundwinkeln etwas herausläuft – das kann Speichel, Erbrochenes oder auch schon Fäulnisflüssigkeit sein. Sonst löse ich die Starre in der Regel nicht mehr, es genügt, den Rachen über die Nase zu tamponieren, um den Verstorbenen von oben abzudichten. Steht der Mund offen, kann man, sofern der Verstorbene noch eigene Zähne hat, jeweils einen Ligaturfaden um einen Zahnhals eines Zahns des Oberkiefers und um einen Zahn des Unterkiefers festbinden, mit den zwei Fäden die beiden Kiefer zusammenziehen und miteinander verknoten. Ein Ligaturfaden ist ein reißfester, weißer Faden, der etwas dünner ist als eine Paketschnur. Eine zweite Person, die das Unterkiefer stützt, ist praktisch. Bei Prothesenträgern gelingt ein schöner Verschluss am besten durch die Kieferligatur – auch Septumligatur genannt. Das ist die an sich bewährtere und schnellere Methode – und auch weniger nervig als das Gefummel an zwei Zähnen. Dabei greift man zu Nadel und Faden. Genauer gesagt zu einer großen chirurgischen Rundnadel und einem gewachsten Ligaturfaden sowie einem Nadelhalter. Der Nadelhalter wird verwendet, damit man die Nadel, die vorne eine scharfe Schnittfläche hat, nicht mit den Fingern berühren muss. Sonst würde man die Handschuhe zerschneiden und sich die Finger verletzen, was ein hohes Infektionsrisiko bedeuten würde.

Die Naht wird so gesetzt, dass der Unterkiefer über eine Schlinge am Kinnknochen innerlich am Septum – der Nasenscheidewand – aufgehängt und nach oben gezogen wird. Und das geht so: Man sticht etwa eineinhalb bis zwei Zentimeter hinter dem Kinn durch den weichen Zungengrund und kommt mit der Nadel hinter den Zähnen, unterhalb der Zunge heraus. Wenn Sie Ihren Zeigefinger an diese Stelle hinter Ihr Kinn legen, finden Sie die Stelle und können sich auch das Folgende besser vorstellen. Der Faden wird angezogen, aber ein gutes Stück davon lässt man außen hängen.

Dann führt man Nadel und Faden unterhalb der Oberlippe hinauf in die Nase und sticht hinter dem kleinen Flügelchen neben dem Septum durch das Septum hindurch, um hinter dem kleinen Flügelchen im anderen Nasenloch herauszukommen. Der Faden wird etwas angezogen und jetzt sticht man noch mal auf der anderen Seite durch zur Oberlippe und führt den Faden nach unten. Der Faden liegt nun in einer Schlinge durch das Septum jeweils über den beiden Schneidezähnen. Der Faden wird jetzt ausgefädelt. Der unterhalb des Kinns liegengebliebene Faden vom Beginn wird jetzt eingefädelt, und man sticht wieder hinter dem Kinn genau in dasselbe Loch, das die Einstichstelle war. So kann sich der Faden in das kleine Loch einziehen und wird unsichtbar. Jetzt heißt es vorsichtig einen Weg durch die Haut und das Fleisch vor dem Kinnknochen zu suchen, dazu muss man die Nadel etwas drehen, um zu verhindern, dass man versehentlich oberhalb des Kinns und unterhalb der Unterlippe durchsticht und ein »Piercing-Loch« produziert. Man kommt dann an jener Stelle im Mund heraus, wo sich das Fleisch vom Kinn abhebt und sich zur Unterlippe fortbildet. Die beiden Fadenenden, die jeweils unterhalb der Oberlippe und unterhalb der Unterlippe heraushängen, zieht man so lange zusammen, bis der Mundschluss schön ist – nicht zu straff und nicht zu locker, die Zähne sollten nicht aufeinander zu liegen kommen, sonst wirkt es schnell verbissen. Dann werden die Fäden verknotet, etwas gekürzt und unter der Oberlippe versteckt. Das kleine Loch unterhalb des Kinns sieht man meist nicht, wenn doch, kann man es mit Wundwachs verschließen. Wundwachs ist ein hautfarbenes Wachs, das man mit dem Föhn verflüssigen kann und in eine Wunde einstreicht. Die kleine Einstichöffnung verschwindet dann komplett. Klingt kompliziert, wenn man es kann, ist es in weniger als einer Minute erledigt. Meistens wird es ein schöner Mundschluss. Wenn der Tote jedoch eine Zahnfehlstellung hatte, ist es suboptimal. Da muss man probieren, was besser ist, ein nicht so schöner Mundschluss oder ein offener Mund. Hilfreich ist immer, wenn man die Prothese eines Verstorbenen bekommt, wenn er eine hat, und sie vorher einsetzt. Ansonsten gibt es spezielle Mundformer, die gut funktionieren, manchmal allerdings das Ergebnis nicht ganz natürlich wirken lassen. Und Handschuhe wechseln!

Wie schon beschrieben, werden Augäpfel früher oder später zum Problem, weil das Auge an Flüssigkeit verliert und einfällt. Der dadurch entstehende Volumenverlust und die Tatsache, dass auch das Augenlid schnell austrocknet, führen dazu, dass der Augenschluss nicht mehr richtig funktioniert. Offene, grau-trübe Augen sind für Angehörige schwierig anzusehen, deshalb ist ein guter Verschluss wichtig. Wenn das Auge bereits verfallen ist, kann man den Augapfel mit ein wenig Flüssigkeit aufspritzen. Dazu wird mit einer Spritze seitlich in den Augapfel gestochen und vorsichtig die Flüssigkeit gespritzt – nicht zu viel, damit es nicht wie ein Froschauge aussieht. Meist genügt das Einsetzen sogenannter Eye-Caps, das sind Kontaktlinsen mit Widerhaken. Wenn man diese Eye-Caps vorher noch mit etwas Haftcreme bestreicht, dann schließt das Auge in der Regel gut. Wenn das nicht helfen sollte, darf man zur Not auch je einen Tropfen Klebstoff auf die Eye-Caps setzen und das Augenlid daran befestigen. Um einen natürlichen Lidschluss zu erzielen, zieht man das obere Augenlid jeweils zu zwei Drittel hinunter über den Augapfel und das untere zu einem Drittel hinauf. So entsteht ein friedlich schlafender Eindruck.

Handschuhe wechseln und sich an die Frisur machen – das ist der nächste Schritt. Wenn die Frisur sich nicht selbst erklärt, dann hilft ein Foto oder ein Anruf bei den Angehörigen. Oder aber es kommt die Friseurin der Verstorbenen und tut ihren letzten Dienst: Nach dem plötzlichen Tod von Moni – sie starb mit 53 Jahren infolge eines Herzinfarktes – war schnell klar, dass ihre beste Freundin, die auch ihre Friseurin war, diesen Dienst erweisen würde. Sie kam und brachte ihren halben Friseursalon mit: Scheren, Bürsten, Föhn, Lockenstab, Extensions. Damit machte sie Moni mit viel Liebe und Hingabe die Haare schön. Es war wundervoll und keiner von uns hätte das so toll hinbekommen.

Nach dem Frisieren folgt das Ankleiden. Bei Moni machten wir es umgekehrt, damit die Frisur nicht zerstört wurde. Immer wieder, wenn ich Angehörige bitte, mir für ihre Verstorbenen Kleidung zu bringen, werde ich erstaunt gefragt: »Ja, aber wozu denn? Wozu braucht man denn noch Kleidung, wenn man tot ist?« Streng genommen brauchen Verstorbene keine Kleidung, hier geht es um den Respekt. Jeder kennt die Empfehlung, sich bei Prüfungsangst den Prüfer nackt vorzustellen, denn Nacktheit hebt einen Menschen vom Sockel. Nacktheit führt zum Statusverlust, ist ein Zustand der Schutzlosigkeit und der Schwäche. Darum brauchen Verstorbene Kleidung – nicht, weil ihnen zu kalt wäre, sondern aus Respekt und weil wir dadurch »die Sache«, zu der ein Mensch als Toter geworden ist, wieder zur Person erheben. Damit bringen wir zum Ausdruck: Aus hygienischen Gründen müssen wir dich weggeben, wir müssen dich verabschieden, aber du bist kein Müll für uns und deshalb möchten wir dich in einer Weise weggeben, die sich maßgeblich von einer Entsorgung unterscheidet.

Neulich beauftragte uns eine Dame mit der Bestattung ihres Onkels und brachte uns einen dunklen, schicken Anzug. Beim Gespräch ergab sich dann zufällig, dass es sich bei dem Anzug gar nicht um den des Onkels handelte, sondern um den Hochzeitsanzug ihres Ehemanns. Das war eine unglaublich lustige Enthüllung, wir haben aus vollem Hals gelacht. Die Dame war der Meinung, Verstorbene müssen unbedingt einen Anzug tragen. Aber das stimmt zum Glück nicht. Verstorbene sollten das tragen, worin sie sich zu Lebzeiten am wohlsten gefühlt haben. Das kann ein Anzug oder ein Kostüm sein, wenn so etwas gerne getragen wurde, muss aber nicht. Jeans, T-Shirts, Jogginganzug, Fußballdress, Leggings, Blusen, Trachten, Röcke – alles ist möglich. Im Falle einer Erdbestattung wären für die Vergänglichkeit Naturfasern gut, bei einer Feuerbestattung ist das Material nicht so wichtig. Sauber sollte die Kleidung sein und passen – lieber etwas zu groß als zu klein. Wenn die Kleidung zu eng ist, müssen wir sie doch aufschneiden. Nach einer Obduktion, aber auch nach einem Unfall, sollte keine Kleidung mit weitem Ausschnitt und kurzen Ärmeln getragen werden, damit wir die Chance haben, Wunden und grobe Nähte zu verstecken. Auch großflächige Pflaster und Verbände sollten nicht sofort ins Auge stechen.

Das Ankleiden geht am besten zu zweit. Zuerst Unterwäsche und Strümpfe oder Socken, dann Hose oder Rock, am Ende die Oberbekleidung. Damit man die Kleidung hinten nicht aufschneiden muss, machen wir es so: Die Oberbekleidung wird mit der Brustseite nach unten und dem Kragen in Richtung Unterkörper gelegt. Dann fädelt man die Arme in die Ärmel ein und zieht den Kragen über den Kopf, indem man den Verstorbenen zu zweit ein wenig hochhebt. Die Kleidung wird über den Rumpf gezogen, bis sie gut und faltenfrei liegt. Danach werden Hose oder Rock geschlossen – fertig. Der Verstorbene kann in den Sarg gehoben werden.

Der Sarg ist mit einem aufsaugenden Material ausgestattet. Früher war es Sägespäne, später waren es Papierschnipsel aus dem Reißwolf im Büro. Heute ist saugfähiges Material wie Zellulose entweder bereits in die Bespannung eingearbeitet, oder man nimmt eine spezielle Sargmatratze mit entsprechender Füllung. Die Bespannung ist eine Art Spannleintuch. Der Verstorbene liegt gebettet auf einem Leintuch mit Kissen. In manchen Regionen bekommt er noch eine Decke, in manchen nicht. Wir legen immer eine Decke dazu, schon deshalb, weil nach dem Tod infolge eines Unfalles oder Suizides mögliche sichtbare Folgen besser kaschiert werden können.

Nach einem Unfall, nach einem Suizid, nach einer Gewalteinwirkung oder auch nach einer Obduktion ist oft mehr Aufwand an Versorgung nötig. Es wird die bereits beschriebene hygienische Grundversorgung in Kombination mit entsprechender Wundversorgung durchgeführt: Blutungen müssen gestillt, Wunden trockengelegt, verbunden, geklebt oder vernäht werden. Besonderes Augenmerk wird dabei auf die beim Abschied wesentlichen Körperteile gelegt – das sind Hände und Gesicht beziehungsweise der Kopf des Verstorbenen. Hier können bei Deformationen mitunter auch plastische Eingriffe nötig sein. Knochenbrüche in den Extremitäten oder auch Amputationen sind weniger aufwendig: Wird bei einem Unfall ein Arm oder Bein abgetrennt, werden diese Körperteile wieder fixiert, Brüche werden stabilisiert und nachdem alles so versorgt ist, dass kein Blut oder Wundsekret mehr austreten kann, leisten Kleidung und Decke gute Dienste.

Und am Ende kommt die Schminke?

Der Verstorbene wird bei uns nur geschminkt, wenn es der ausdrückliche Wunsch des Verstorbenen selbst beziehungsweise der Angehörigen ist. In anderen Regionen oder Ländern gibt es jedoch unterschiedliche Zugänge zum Schminken: Die Thanatopraxie kommt ursprünglich aus dem angelsächsischen Raum und vor allem auch aus den USA. Dort ist das Schminken von Verstorbenen der Normalfall – ob männlich oder weiblich, jeder endet mit einer Schicht Makeup im Gesicht. Auch bei uns gibt es Kolleginnen und Kollegen, die der Meinung sind, das gehöre zum letzten Dienst am Menschen standardmäßig dazu. Für mich wirkt Makeup, wenn man es an einem Menschen nicht gewohnt ist, vor allem grotesk. Auch glaube ich, dass man nicht alles kaschieren muss: Nach einem Unfall darf man an der Leiche sehen, dass etwas passiert ist. Das hilft beim Realisieren und Loslassen. Nicht nur Verstümmelungen oder Entstellungen wirken bizarr, sondern auch, wenn man versucht, »Totes« so darzustellen, als wäre es lebendig.

Man kennt die Post-Mortem-Fotografie, seit es die ersten Fotografieverfahren gibt: Tote wurden – mit teilweise sehr aufwendigen Stützvorrichtungen – so in Position gebracht, dass es aussah, als wären sie noch am Leben. In Europa hat sich die Tradition dieser Fotos nicht gehalten, in den USA gibt es sie immer noch: tote Frauen mit ihrem Lieblingscocktail in der Hollywoodschaukel, toter Onkel über einer Partie Schach vertieft, toter junger Mann auf seinem Motorrad. Selbst wenn diese Inszenierungen wahre Kunstwerke thanatopraktischen Könnens sind, sind sie für mich grotesk. Ich mag es lieber natürlich. Ein bisschen tot darf man schon aussehen, wenn man tot ist. Und daher verwenden wir in unserem Institut Make-up wirklich nur, wenn es im Leben der verstorbenen Person eine Rolle gespielt hat und sie ohne Schminke womöglich gar nicht erkannt werden würde, so wie bei Susanne. Susanne war in leitender Position bei den Innsbrucker Sozialen Diensten tätig und kannte mich von Vorträgen, zu denen sie mich regelmäßig in die Innsbrucker Altenheime einlud. Sie war immer interessiert und wir beide hatten einen ähnlichen Humor. Für den Fall, dass sie plötzlich sterben würde, war es ihr wichtig, gut vorzusorgen. Nicht nur, dass das Begräbnis bis ins kleinste Detail vorbereitet war, auch sie selbst wollte perfekt aussehen. Sie betonte stets mit schelmischem Lächeln, dass das Make-up, der Lidstrich und der Lippenstift passen müssen. Sie war voller Energie und gesund, als sie mit ihrem Mann eine Reise antrat, von der sie nicht zurückkommen sollte. Sie verstarb mit 56 Jahren plötzlich auf dem Heimflug vermutlich an einer Lungenembolie. Am Flughafen Frankfurt brachte man sie von Bord, eine Untersuchung im Institut für Gerichtsmedizin in Frankfurt fand statt, und nach einigen Tagen konnte Susanne nach Innsbruck überstellt werden, wo sie voller Angst und Sehnsucht von ihrem Mann Bertl und ihrer Tochter Anja erwartet wurde. Als Susi bei mir in Innsbruck ankam, öffnete ich den Sarg und musste feststellen, dass ich sie nicht wiedererkannte – sie war ungeschminkt und die Frisur sah katastrophal aus. Das wäre ein absolutes No-Go für sie gewesen und gegen unsere Vereinbarung. Nach dem Waschen und Frisieren sah Susi sich zwar schon ähnlicher, aber ihr Make-up fehlte. Vor allem ihr Lidstrich war immer speziell gewesen und ich traute mich nicht so recht, ihn zu zeichnen. Zum Glück war Susis beste Freundin Barbara auch eine gute Freundin von mir. Barbara kam sofort zur Hilfe und schminkte die Verstorbene mit deren Utensilien so lange und gekonnt, bis sie wieder Susi war. Es war herzzerreißend und wundervoll gleichzeitig. Am selben Abend kamen Bertl und Anja und alle nahestehenden Freunde von Susanne, die nun perfekt gestylt, wie ich es ihr versprochen hatte, in ihrem prächtigen Sarg ihre Liebsten empfing. Die Kinder hatten bunte Muffins gebacken und bei Saft und dem ein oder anderen Glas Prosecco und Wein wurde es ein richtig schöner Abschied – natürlich mit Tränen, aber auch schon mit der Ahnung, dass das Leben irgendwie weitergehen wird.

Einbalsamierung

Manchmal erreichen mich äußerst originelle Anfragen. Ein Kater war gestorben und die Besitzerin schrieb mir, sie wolle ihren Kater konservieren und ob ich ihr dabei helfen könne. Ich empfahl ihr einen Tierpräparator. Allerdings hatte ich ihre Frage falsch verstanden, denn die Dame schrieb mir folgende Nachricht: »Ich werde meinen Kater mumifizieren. Als ich erfuhr, du interessiertest dich für Mumien, habe ich erhofft, du hättest eventuell ägyptisches Wissen, jedenfalls mehr Wissen über Leichname als ich.« Ich musste die Katzenbesitzerin leider enttäuschen, denn mein Wissen über die alten Techniken der Mumifizierung war leider nur theoretischer Natur. Als ich einige Tage später nachfragte, wie es denn dem Kater »gehe«, bekam ich folgende Antwort: »Er hat sich der Konservierung durch ein flammendes Seebegräbnis am Inn entzogen. Liebe Grüße!«

Eine mutige Aktion und außerdem illegal. Ich fragte also nicht weiter nach, wie und wo genau am Inn das »flammende Seebegräbnis« in die Tat umgesetzt wurde. Aber diese Geschichte ist so gut, dass sie erzählt werden muss. Außerdem ist sie ein guter Auftakt für das Thema Konservierung. Die meisten Menschen verwechseln die Einbalsamierung der alten Ägypter, die eigentlich eine Mumifizierung ist, mit der Technik der Einbalsamierung von heute.

Grundsätzlich gibt es natürliche und künstliche Möglichkeiten der Konservierung von Verstorbenen. Natürliche Konservierung geschieht ohne Eingriff des Menschen, zum Beispiel durch Bodentrockenheit, durch Trockenheit und Luftzug in Räumen, durch Permafrost oder dadurch, dass der Leichnam luftdicht im lehmigen Boden oder im Moor eingeschlossen ist. Dort herrschen jeweils Bedingungen, unter denen Mikroorganismen wie Fäulnisbakterien, Schimmel- und Hefepilze absterben, aber auch Autolyse, Insektenbefall, Quellung oder Enzymreaktionen unterbunden werden. Verwesung und Fäulnis werden so gestoppt und der Leichnam bleibt erhalten. Die alten Ägypter erkannten, dass zunächst die inneren Organe des Körpers entnommen und die Körperhöhlen gereinigt werden mussten, um Verwesung zu verzögern, denn Verwesung beginnt ausgehend von Darm und Magen im Körperinneren. Der ausgenommene Leichnam wurde dann mit ätherischen Ölen, Kräutern, Harzen und Balsamen behandelt und siebzig Tage in Natron, also in Salz gelegt, um ihm die Flüssigkeit zu entziehen – wie bei Trockenfleisch und Stockfisch. Die Ägypter waren für ihre

Zeit meisterlich im Konservieren, aber es fand keine Einbalsamierung statt, wie wir sie heute verstehen, sondern eine Mumifizierung: eine Austrocknung des Körpers.

Wenn wir heute von Einbalsamierung sprechen, dann hat das wenig mit den Techniken der alten Ägypter zu tun und geht auch viel schneller. Beim sogenannten »Modern Embalming« wird eine Arterie am Bein, am Arm oder am Hals durch einen kleinen Schnitt geöffnet. Mittels einer Kanüle, die an eine elektrische Pumpe angeschlossen ist, werden etwa sechs Liter Konservierungsflüssigkeit in das arterielle System gepumpt. Die Flüssigkeit ist eine wässrige Mischung, bestehend aus Alkohol, Formaldehyd und Glyzerin. Durch die Zellwände verbreitet sich die Flüssigkeit im ganzen Körper. Mithilfe eines Trokars – einer Art hohlen Harpune, die an eine Absaugvorrichtung angeschlossen wird – wird unterhalb des Brustbeines in die rechte Herzkammer gestochen und von dort aus das sich zurückstauende Blut abgesogen. Die Organe bleiben im Körper, werden aber auch mit Formalinlösung behandelt, indem man in den Bauchraum einsticht und die Organe und Körperhöhlen mit der Konservierungsflüssigkeit versorgt. Bis der Zerfallsprozess einsetzt, dauert es etwa drei bis maximal sechs Wochen.

Ich bin kein Fan der Einbalsamierung, aber in manchen Fällen ist sie Vorschrift, beispielsweise bei Überführungen nach England oder in die USA. Wenn ein Abschied erst zeitverzögert stattfinden kann, ist sie auch ein Segen. Anatomische Präparate – Leichen oder Leichenteile für Sezierkurse im Medizinstudium – werden für einen längeren Zeitraum konserviert, man spricht hier auch von »Fixierung«. Es wird eine größere Dosis Formalin beziehungsweise Formaldehyd gewählt und auf Zusätze verzichtet, die das Gewebe weich und hydriert halten. Dadurch hält sich der Verstorbene zwar länger, bekommt aber eine Konsistenz ähnlich einer Gummipuppe. Er verliert das Menschliche und wird zum Präparat für wissenschaftliche Zwecke.

Wer sich für wissenschaftliche Zwecke zur Verfügung stellen will, muss das zu Lebzeiten vertraglich mit dem anatomischen Institut einer Universität festlegen. Angehörige können einen Leichnam ohne einen derartigen Vertrag nicht der Wissenschaft zuführen.

Von Bahn-Leichen, Zugvögeln und anderen Aufräumtrupps

Als bei einem der ersten Einsätze zu Beginn meiner Karriere in diesem Berufsfeld eine große schwarze Spinne aus dem Nasenloch eines verunglückten Motorradfahrers kroch, bin ich noch gehörig erschrocken. Man gewöhnt sich aber schnell daran, dass, sobald ein Verstorbener ein wenig in der Natur liegt, alle möglichen Gliederfüßer anrücken, um sich daran gütlich zu tun oder sich einfach nur zu verstecken. Einmal kam aus dem Mund eines Mannes, der sich im Wald erhängt hatte und erst einige Tage später gefunden wurde, ein wahres Schmuckstück von einem Käfer: Es war ein wunderschönes, zwei Zentimeter großes smaragdgrünes Exemplar eines Waldmistkäfers. Wir haben ihn vorsichtig in den Garten getragen und gerettet. Was wir Bestatter aber verabscheuen, sind Fliegen, da sie unhygienisch sind. Sie riechen einen Leichnam auf mehrere hundert Meter und steuern ihn gezielt an, um ihre Eier in seine Körperöffnungen zu legen. Von dort sind sie nur schwer zu entfernen, da sie in den dunklen Höhlen – Nase, Mund und Augen – kleben. Jeder Bestatter war schon einmal in einer Situation, in der ihm ein oder mehrere Fliegen von der verwesten Leiche ins Gesicht und wieder zurückgeflogen sind. Es ist ein ekliges

Hin und Her während Einsätzen in der warmen Jahreszeit und man kann sich oft nicht davor schützen.

Auch wenn Insekten für Bestatter im Rahmen unserer Arbeit lästig sind, so sind sie doch wertvolle Mitglieder im Ökosystem. Die Maden vieler Fliegen ernähren sich von Aas und Kot und sind wie die Ameisen der Aufräumtrupp der Natur. Ein Leichnam, der nicht beerdigt wird, sondern zur richtigen Jahreszeit im Wald liegt, wird schnell weggeputzt. Auch Vögel helfen bei den Aufräumarbeiten: Einer meiner ersten Einsätze im Bestattungswesen führte mich zur Bergung einer älteren Dame, die ihrem Leben ein Ende gesetzt hatte. Sie hatte sich vor einen Zug geworfen. Spätabends fuhr ich mit einem altgedienten Kollegen im Leichenwagen hinaus zur Bahnstrecke. Auf dem Weg dorthin fragte ich, was denn jetzt zu tun wäre. Immerhin war das mein erster derartiger Einsatz. Er antwortete lapidar: »Du bekommst Handschuhe und einen Sack. Alles, was größer ist als so«, er deutete auf seinen Daumennagel, »hebst du auf und wirfst du in den Sack. Der Sack kommt danach in den Sarg. Größere Teile trägst du einzeln zum Auto und legst sie rein. Ein Feuerwehrmann wird dich begleiten und den Weg ausleuchten. Und pass auf die Knochen auf. Knochenteile können sehr spitz sein. Sie können die Handschuhe durchstoßen und du kannst dich daran verletzen.« Derart eingeschult konnte nichts schiefgehen.

An der Unfallstelle angekommen, stiegen wir aus dem Auto aus. Viele Einsatzfahrzeuge mit eingeschaltetem Blaulicht tauchten die Szene in gespenstisch bläuliches Licht. Generatoren surrten. Es roch metallisch und verbrannt. Feuerwehrmänner mit großen Handlampen warteten schon auf uns. Es wurde nur das Notwendigste gesprochen. Wir streiften uns die Handschuhe über und nahmen einen Sack zur Hand. Mein Kollege meinte: »Ich mach die Lokomotive, geh du schon mal die Strecke mit der Feuerwehr ab und sammle auf, was du findest.« Wir trotteten zu dritt los – rechts und links von mir ging jeweils ein Feuerwehrmann, der mit der Handlampe die Gleise und den Bahndamm ausleuchtete. Ohne viel zu sprechen, machten wir uns langsam auf den Weg. Es sollte mehrere Stunden dauern, bis die gesamte Strecke von allen menschlichen Körperteilen befreit war.

Einige Tage später passierte ich mit meinem Kollegen die Unfallstelle. Es war ein schöner Herbstmorgen, kleine Bodennebel waberten über den abgeernteten Feldern, viele Krähen hockten auf Gleisen, am Bahndamm und auf den angrenzenden Feldern. Er sagte mir, dass die Krähen unsere Freunde seien. Ich schaute ihn fragend an. »Was wir nicht gefunden haben, finden sie. Sie erledigen den Rest.« Zug-Vögel ... Zugleich fühlte ich mich an Himmelsbestattungen erinnert, die hauptsächlich in den Steppen Tibets praktiziert werden. Die Körper von Verstorbenen werden dort von den zuständigen Bestattern zerteilt und dann den zuvor angelockten Geiern überlassen. Die himmelsbewohnenden Aasfresser tragen den Körper nach tibetischer Vorstellung ins Bardo, in einen Raum zwischen Tod und Wiedergeburt.

Da die Himmelsbestattung bei uns aber keine Tradition hat und die seit Kurzem in zwei US-Bundesstaaten zugelassene Kompostierung von Leichen bei uns noch keinen Anklang gefunden hat, werden diese an sich natürlichen und effizienten Bestattungsformen in unserer Kultur als geschmacklos und pietätlos empfunden. Im Grunde wären sie aber praktisch.

Warum werft ihr die Toten nicht auf den Komposthaufen?

Als mein Sohn sechs Jahre alt war, hat er einmal laut nachgedacht und gefragt: »Warum macht ihr das alles mit den Toten, wenn sie sowieso gleich in den Sarg müssen und dort grün und stinkig werden? Warum werft ihr die Toten nicht einfach auf den Komposthaufen zu den anderen fauligen Sachen?«

Ich stellte eine Gegenfrage: »Was meinst du, warum wir das nicht machen?« Nach kurzem Überlegen meinte er: »Na ja, so ein Skelett auf dem Kompost macht sich nicht gut.« Und nach einer Pause fügte er hinzu: »Ein Mensch ist aber vielleicht auch etwas Wichtigeres als eine stinkige Banane.«

Menschen unseres Kulturkreises haben ein Problem damit, dabei zuzusehen, wie ihre geliebten Verstorbenen aufgefressen werden. Wir bestatten Verstorbene, um das zu verhindern. Im Erdgrab werden Tote nämlich nicht von Würmern gefressen. Das ist ein weit verbreiteter Irrtum. In einer Tiefe von mindestens zwei Metern gibt es keine Aasfresser. Ein Regenwurm, der im Erdreich lebt, interessiert sich nicht für eine Leiche. Verwesung geschieht durch ein optimales Zusammenwirken von Bakterien und Pilzen im Erdreich und die Selbstverdauung durch körpereigene Mikroorganismen.

Die Maßnahmen der Verstorbenenversorgung sind wie das Ankleiden und die Trauerfeier ein letzter Dienst am Menschen. Sie sind ein Zeichen dafür, dass der Verstorbene wichtig war – keine stinkige Banane eben. Die Versorgung des Verstorbenen ist auch eine wichtige Vorbereitung für den Abschied am offenen Sarg: Der Verstorbene sollte friedlich aussehen und außerdem hygienisch sein. Starke Gerüche, bizarre Eindrücke oder Insektenbefall halten Angehörige auf Abstand und die Verweildauer beim Verstorbenen fällt zu kurz aus, um hilfreich zu sein, was die Gefahr eines Traumas erhöht. Angehörige sollten gerne Zeit beim Verstorbenen verbringen und sich möglichst natürlich verhalten können. Die erste Aufgabe des Angehörigen in dieser Phase ist es, den Verlust zu realisieren. Der persönliche Abschied vom Verstorbenen ermöglicht es, die Realität des Todes zu »begreifen«. Durch das »körperliche Begreifen« beim offenen Abschied kann in weiterer Folge realisiert werden, dass der Mensch tot ist und nicht mehr zurückkommt. Das Begreifen der Realität des Todes leitet das Aufbrechen der Trauergefühle ein und damit den Prozess der Bearbeitung.

Für das Begreifen ist es wichtig, auch den körperlichen Kontakt zwischen Angehörigen und Verstorbenen zu fördern. Begrüßungen und Abschiednehmen gehen im alltäglichen Leben unserer Kultur immer auch mit Körperkontakt einher: Wir geben einander die Hand oder umarmen und küssen einander zum Abschied. Der letzte Abschied stellt keine Ausnahme dar. Im Gegenteil, es ist der letzte und insofern ist er besonders wichtig. Durch das Fühlen der Kälte und Starre des Leichnams wird Angehörigen der Tod bewusst. Es liegt »nur« der Körper der Person hier. Diese Wahrnehmung macht es möglich, dass Angehörige die »Hülle« leichter loslassen können. Gerade aber wenn es darum geht, Angehörige dazu zu ermutigen, den Verstorbenen noch einmal zu berühren oder zu streicheln, kommen oft alte Mythen auf und Angehörige stellen die Frage nach dem »Leichengift«.

Sind Leichen giftig?

Gleich vorweg, Leichen sind nicht giftig. Ein gesunder Verstorbener ist so giftig wie ein gesundes totes Huhn. Es gibt kein Leichengift. Durch den Fäulnisprozess entstehen zwar Toxine als Abbauprodukte von Eiweißen (sogenannte Alkaloide), ein Kontakt durch Berührung mit diesen ist allerdings ungefährlich und eine schädliche Wirkung durch Hautkontakt oder Einatmung von »Leichengift« ist ausgeschlossen. Lediglich der Verzehr von Verwestem – verdorbenem Fleisch also – beziehungsweise orale Schmierinfektionen oder Infektionen durch Schnittverletzungen können zu Erkrankungen führen. Diese werden allerdings nicht durch Leichengift, sondern durch Bakterien und mikrobielle Infektionen verursacht. Man muss sich demnach vor einem Verstorbenen nicht fürchten.

Dennoch gilt der Leichnam in vielen Kulturen unmittelbar nach Eintritt des Todes als »unrein« und gefährlich. Im europäischen Raum ist die weltweit verbreitete Idee vom

Leichengift vor allem durch zwei pseudo-wissenschaftliche Theorien bekräftigt worden: die Fäulnistheorie und die Theorie der fixen Luft.

Von der Antike bis ins 19. Jahrhundert hat man üble Gerüche – vor allem Fäulnis- und Verwesungsgerüche – für das Entstehen von Krankheiten verantwortlich gemacht. Im 17. Jahrhundert entwickelte der Arzt Johann Joachim Becher die sogenannte »Fäulnistheorie«. Dabei ging es um eine Geruchsklassifikation, die dem Arzt bei der Diagnose von Krankheiten helfen sollte. Als besonders gefährlich galten der Fäulnistheorie zufolge die Ausdünstungen frisch Verstorbener. Um Krankheiten vorzubeugen oder zu bekämpfen, waren mangels besseren Wissens nicht Desinfektion und Waschen die Mittel der Wahl, sondern Wohlgerüche: Man bekämpfte die vermeintlich schlechte und krank machende Luft mit Parfums, Räucherwerk und besonders auch mit Kampfer. Erst durch die Erfindung des Mikroskops und die Entwicklung der Bakteriologie durch Louis Pasteur Ende des 19. Jahrhunderts konnten Keime als Krankheitserreger identifiziert werden.

Zur Fäulnistheorie gesellte sich die Theorie der fixen Luft, die den Leichengiftmythos und die Geruchsparanoia in Europa zusätzlich verstärkte: Chemiker des 18. Jahrhunderts erklärten sich Verwesung durch die Annahme der fixen Luft. Sie fragten sich nicht, warum ein toter Körper verwest, sondern, warum ein lebendiger Körper sich nicht zersetzt. Als Erklärung formulierten sie die Hypothese der fixen Luft: Diese Luft »fixiert« den lebenden Körper und verhindert so seinen Zerfall. Nach Eintritt des Todes entweicht die fixe Luft und führt zur Zersetzung. Die fixe Luft galt als besonders gefährlich. Die Existenz des Leichengiftes und die pseudo-wissenschaftlichen Theorien sind heute längst widerlegt, dennoch ist die Angst vor dem »Leichengift« immer noch gegenwärtig. Beim alltäglichen Arbeiten schützen sich Laien wie Professionisten im Umgang mit dem sterbenden Patienten oft weniger und treffen nach Eintritt des Todes zum Teil extreme Schutzvorkehrungen. Jedoch ist ein »infektiöser« Verstorbener, der nicht mehr atmet und sich nicht mehr selbstständig bewegt, wesentlich weniger bedrohlich als ein infektiöser Mensch, der neben mir im Bus sitzt. Einen Verstorbenen kann ich kontrolliert bewegen, um mich vor ansteckendem Aerosol, das beim Umlagern oder Ankleiden aus seinen Atemwegen austritt, zu schützen, außerdem trage ich entsprechende Schutzbekleidung. Bei Lebenden, denen ich im Alltag begegne, ist das wesentlich schwieriger.

Im Zuge der Coronakrise waren wir angehalten, Ganzkörper-Schutzanzüge, Schutzbrillen und FFP3-Masken zu tragen, wenn wir Covid-19-Verstorbene von der Pathologie der Klinik abholten. Dabei waren diese Verstorbenen bei der Abholung schon in mit Desinfektionsmittel eingesprühte Hygienehüllen verpackt, bevor wir sie abholten. Jeder Lebende, mit dem wir in dieser Zeit zu tun hatten, war weit gefährlicher, denn er konnte Virusträger sein, ohne es zu wissen.

Wie mein Kollege Markus Ploner schreibt, werden bei größeren Katastrophen in kurzer Zeit immer Stimmen laut, die behaupten, dass Seuchengefahr drohe, wenn die Leichen nicht schnellstmöglich weggeräumt oder bestattet werden. Obwohl von Hygienefachleuten ausdrücklich darauf hingewiesen wird, dass von einem verstorbenen Menschen, der durch einen Unfall ums Leben gekommen ist, nicht mehr Infektionsgefahr ausgeht als von einem Lebenden, kursieren diese Behauptungen. Auch im Zuge der Verwesung gibt es keine erhöhte Infektionsgefahr für die Umgebung. Eine Verbreitung von Krankheiten droht durch verunreinigtes Trinkwasser, jedoch nicht durch Leichen von ursprünglich gesunden Menschen. Von Toten, die infolge einer Epidemie oder Pandemie verstorben sind, wie gerade eben in der Coronakrise, geht jedoch eine Ansteckungsgefahr aus. Hier müssen bei der Abholung und der Beisetzung infektiöser Verstorbener Schutzvorkehrungen getroffen werden. Menschen hingegen, die infolge einer Naturkatastrophe sterben, sind durch Traumata gestorben, nicht an Infektionen. Eine schnelle Bestattung, vielleicht sogar in Massengräbern, ohne eine richtige Identifizierung und ohne die Möglichkeit, sich zu verabschieden, wäre in solchen Fällen aus hygienischen Gründen nicht nötig. Schnelles Beerdigen ohne Identifikation und Abschiedsmöglichkeit verstärkt nur die Traumatisierung der Angehörigen. Allerdings ist der Anblick und auch der Geruch von vielen verstorbenen Menschen in unwürdigen Situationen auch für Professionisten schwer zu ertragen, weswegen es dennoch zu Massenbeerdigungen nach großen Katastrophen kommt, da es vor Ort kein entsprechendes System des Body-Handlings gibt: Es fehlt an Lagerungs- und Kühlungskapazität und auch an professionellen Helfern. Der Respekt vor einem Massenanfall verwesender Leichen ist auch bei Profis groß. Auch wenn wir wissen, dass Tote weniger gefährlicher sind als lebende Menschen, sorgen wir dafür, dass sie nach Möglichkeit rechtzeitig beerdigt oder kremiert werden. Nicht, weil sie gefährlich sind, sondern weil wir sie nicht aushalten, weil auch wir uns vor ihnen ekeln, sobald die Verwesung stark fortgeschritten ist.

Ekel – Schutz und Stress

Ja, auch Profis ekeln sich. Wir haben uns zwar besser im Griff, weil wir uns Strategien des Schutzes und der Gefühlsregulation im Umgang mit belastenden Situationen angeeignet haben, aber wir ekeln uns dennoch. Wenn wir die Wahl hätten, würden wir lieber einen frisch Verstorbenen im guten Pflegezustand versorgen als einen, bei dem die Verwesung bereits fortgeschritten ist.

Eines Tages kam ich am Morgen ins Institut. Als ich die Tür öffnete, schlug mir ein übler Geruch entgegen. Meine Mitarbeiter hatten noch am Vorabend einen Verstorbenen abgeholt, der in seiner Wohnung aufgefunden wurde und schon einige Wochen tot war. Obwohl der Verstorbene im geschlossenen Sarg, in der geschlossenen Kühlung und zwei geschlossene Räume weit vom Eingangsbereich entfernt auf das weitere Prozedere gewartet hat, war sein fischig-stechender Geruch morgens deutlich wahrnehmbar. Ich habe mit Lavendelöl und Kampfer mein Bestes gegeben, aber ich roch ihn auch am Nachmittag immer noch. Mit Kampfer räuchere ich gerne, der scharfe Geruch hilft in der Regel gut gegen üble Gerüche. Lavendelöl verteile ich tropfenweise in den Räumen.

Auf unangenehme Gerüche reagieren Menschen mit Ekel, wir gewöhnen uns nicht daran und das ist auch gut so. Ekel ist ein wertvolles und wichtiges Gefühl mit Schutzfunktion und ist uns über den Geruchs- und Geschmackssinn angeboren. Primäre Gefühle – darunter neben Lust, Freude, Angst und Zorn auch der Ekel – sind »primitive Gefühle« mit Sitz im limbischen System. Sie sind entwicklungspsychologisch schon beim Säugling zu beobachten und universell. Universell heißt, dass es primäre Gefühle in jeder Kultur gibt. Ekel ist eine wichtige Voraussetzung dafür, dass wir uns vor toxischen und infektiösen Substanzen schützen können. Dieses Gefühl loswerden zu wollen, ist unvernünftig und sinnlos. Für die typischen physiologischen Ekelreaktionen wie Speichelfluss, Würgereiz und Erbrechen ist das Brechzentrum mit dem Sitz im verlängerten Mark – im Volksmund fälschlicherweise »verlängertes Rückenmark« genannt – zuständig. Als Teil des vegetativen Nervensystems sind die Aktivitäten des Brechzentrums nur schwer zu beeinflussen, was die Schwierigkeit erklärt, starken Ekel zu unterdrücken.

Es gibt allerdings auch individuell erlernte und kulturell sozialisierte Anteile am Ekel. Speisenekel oder Ekel vor

Insekten oder Tieren sind Beispiele dafür. Aber der Ekel vor »Abfällen« – Ausscheidungen, Sekreten, Verfaulendem und Verwesendem, Substanzen, die keine Funktion mehr für uns haben, die verdorben sind oder potenziell infektiös sein könnten – ist uns so angeboren wie unsere Nase. Geruchssinn und Geschmackssinn lassen uns intuitiv erkennen, ob wir das Weite suchen sollen oder uns annähern können, ob wir etwas schlucken können oder rasch ausspucken sollen.

Ekel schützt zwar vor Infektion und hält somit körperlich gesund, er kann aber auch belastend sein, wenn man dem Fluchtimpuls, den er instinktiv auslöst, nicht Folge leisten kann. Menschen in Berufen mit großer Geruchsbelastung dürfen ekelerregende Situationen nicht einfach verlassen, sie müssen handlungsfähig bleiben und die Belastung aus- und durchhalten, obwohl der Körper das Gegenteil signalisiert. Das bedeutet Stress. Ekel stresst und Stress schwächt das Immunsystem. In Berufen, in denen man regelmäßig mit ekelerregenden Situationen konfrontiert ist, ist es deshalb wichtig, dass man grundsätzlich über die positive Funktion von Ekel Bescheid weiß, aber auch gute Strategien entwickelt, um den Stress und die Belastung, die durch starke Gerüche entstehen, möglichst gering zu halten. Mir helfen zum Beispiel das Fokussieren auf Versorgungstechniken in der konkreten Situation, Pausen, in denen man sich etwas Gutes tut, um den Stress zu minimieren, das Vermeiden von ekelerregenden Situationen in meiner Freizeit – den Abfluss im Bad muss daher mein Mann reinigen – und Humor.

Wie wichtig Humor in diesem Beruf ist, darum soll es im nächsten Kapitel gehen.

Humor beginnt, wo das Lachen vergeht

Dass Lachen und Weinen nah beieinanderliegen, wie uns Humor helfen kann, Belastungen erträglicher zu machen, und dass auch die hohe Geistlichkeit nicht ohne schwarzen Humor ist, all das erzähle ich im Folgenden und hoffe, dass auch Sie zumindest ein wenig schmunzeln können.

Motörhead-Frontmann Lemmy Kilmister war ein paar Tage unter der Erde und David Bowie gerade einmal ein paar Stunden tot, da ging schon ein Witz durch die sozialen Medien, den ich unbedingt teilen musste: »Lemmy tot. David tot. Irgendwann sind wir allein auf der Welt – mit Helene Fischer.« Prompt bekam ich 144 Likes und eine Rüge. Die kam von einer Frau, die das deplatziert fand und fragte, ob wir – also ich und die 144 anderen, die das witzig fanden – denn nicht gelernt hätten, auch mal still zu sein und nichts zu sagen. Als ich sie fragte, ob sie denn gar keinen Humor hätte, meinte sie, dass sie Humor bei Todesnachrichten ausschließe.

Unsere westliche, von den christlichen Religionen geprägte Kultur, nimmt eine strenge Trennung zwischen Trauer und Humor vor. Der Psychologe Steffen Krüger hat sich mit der Rolle des Komischen in der Trauer beschäftigt und weist darauf hin, dass gerade diese strikte Trennung auf die Tatsache hindeutet, dass die Grenze zwischen den beiden Phänomenen durchlässig ist: Wo keine Übertretungsgefahr bestünde, müsste auch kein Verbot errichtet werden, schreibt er in seinem Gastbeitrag »Wie uns Komik beim Trauern helfen kann« auf orf.at. Und da hat er wohl recht. Wir alle kennen

Situationen, in denen uns vor Lachen die Tränen kommen. Und jeder von uns kann sich an ernste Situationen erinnern, in denen er lachen oder sich das Lachen verkneifen musste. Gerade, wenn wir über einen längeren Zeitraum ernst sein sollen, drängt sich uns oft ein Lachen auf, weil zu viel Ernst mitunter etwas Komisches hat. Witze, Komödien und Tragikomödien leben von dieser Ambivalenz. Womöglich suchen wir in ernsthaften Situationen nach etwas Humorvollem, weil wir es anders gar nicht aushalten können.

In der Trauer ist es ähnlich. Trauer ist kein durchgehender Zustand des Gefühls der Traurigkeit, sondern ein Prozess, in dem alle möglichen Gefühle, Bedürfnisse und Empfindungen auftreten können, ja sogar auftreten sollen. Menschen halten es nicht aus, über einen längeren Zeitraum in einem Zustand des Schmerzes und der Traurigkeit fixiert zu bleiben. Wenn das passiert, dann ist die Gefahr groß, dass wir krank werden. Gerade im Trauerprozess sind gute Phasen und Humor ein Zeichen dafür, dass der Mensch gesund trauert. Phasen der Erholung sind notwendig für einen gesunden Trauerprozess. Ich mache täglich die Erfahrung, dass Humor – und nicht selten auch spontane Situationskomik – wohltuend auf Betroffene wirkt, weil sich die Trauer dadurch aufhellt. Trauernde dürfen über jedes Lachen, das ihnen gelingt, froh sein. Es ist nicht unpassend oder gar verboten. Oft werden spontan Anekdoten aus dem Leben erzählt, manchmal wird über einen bestimmten Gesichtsausdruck des Verstorbenen geschmunzelt. Sie erinnern sich vielleicht an die Episode im Kapitel »Der Besen«, worin ich erzählte, wie eine Familie spontan die viel zu brave Frisur der Verstorbenen zu einem wilden Besen toupierte, weil sie die Haare zu Lebzeiten immer so trug.

Der Schwiegersohn eines Verstorbenen, der ein bekannter Tiroler Radiomoderator und Witzeerzähler ist, hat beim Abschied am offenen Sarg spontan folgenden Witz zum Besten gegeben: »Stirbt ein Weiberheld. Seine Frau, die wusste, dass er sie dauernd betrogen hatte, zog dem Verstorbenen einen Pyjama an. Am Tag nach der Beerdigung quälte sie das schlechte Gewissen. Sie packte den besten Anzug des Verstorbenen ein, ging nachts auf den Friedhof, grub, bis sie den Sarg freigelegt hatte, und wollte ihren Mann umziehen. Als sie den Sargdeckel öffnete, war der Sarg leer. Drinnen lag ein Zettel, auf dem stand: ›Such mich nicht, ich bin drei Reihen weiter, bei Frau Reiter.‹«

Niemand fand das unpassend, im Gegenteil, alle haben herzlich gelacht. Ich erzähle das an dieser Stelle nicht, um Sie dazu anzuregen, bei Trauerfeiern grundsätzlich Witze zu erzählen. Das passt sicherlich nicht immer. Humor und Komik müssen sich aus der Situation heraus ergeben und dürfen nicht inszeniert werden, um die Stimmung bewusst in eine bestimmte Richtung zu manipulieren.

Wer eine Trauerfeier genau beobachtet, stellt fest, dass es am Beginn der Feier eher ernst zugeht. Jeder weiß aber, wie erleichternd es ist, wenn spätestens im durch den Redner, einen Freund, ein Familienmitglied oder Pfarrer vorgetragenen Lebenslauf auch heitere Episoden und Anekdoten vorkommen und man zwischendurch schmunzeln oder sogar lachen kann. Der Leichenschmaus danach hat ebenso die Funktion der Entspannung. Eine Trauerfeier ist emotional anstrengend, und wenn es beim Leichenschmaus lustig zugeht, dann nicht nur wegen des Alkohols und des Miteinanders, sondern weil unsere Psyche den Schmerz und die Belastung durch den Humor gut ausbalancieren kann. Unsere Psyche macht das automatisch – wenn wir sie lassen, wenn wir es ihr nicht verbieten. Das ist auch der Grund, dass gerade Berufsgruppen, die täglich mit Leid und Tod zu tun haben, einen ausgeprägten Humor haben. Ohne Humor würden wir den Alltag gar nicht aushalten.

Situationskomik

Dass sich Trauer und Humor nicht ausschließen, sondern auf eine gesunde Art und Weise zusammengehören, erlebe ich in den schmerzhaftesten Situationen – auch bei direkt betroffenen Angehörigen. Ich erinnere mich besonders gerne an diesen Abschied: Kurt starb 89-jährig, er hinterließ eine Ehefrau, mehrere Töchter und zahlreiche Enkelkinder. Sie alle kamen zum Abschied. Wie immer, wenn Familien das erste Mal bei uns einen Abschied erleben, kam auch diese Familie gedrückt und voller Angst vor der Begegnung mit dem Toten. Ich bereitete sie auf ihn vor und erklärte, dass es ganz wichtig sei, zwischendurch Pausen einzulegen, den Abschiednahmeraum immer wieder, wenn es zu hart wird, zu verlassen, ein Glas Wasser im Distanzierungsraum zu trinken und durchzuatmen. Nachdem die ersten Tränen geflossen waren, stellten die Töchter fest, dass der Verstorbene ein Schmunzeln im Gesicht hatte. Die Witwe hatte ein zweites Paar Socken mit, weil Kurt immer so kalte Füße hatte – und jetzt waren sie besonders kalt. Beim gemeinsamen Sockenanziehen war das Eis dann endgültig gebrochen, denn seine Töchter scherzten, dass er ein begeisterter Tänzer war, noch einige Wochen zuvor bis in die frühen Morgenstunden getanzt hatte und dass es jetzt für ihn sicher schwierig sei, die Füße stillhalten zu müssen. Im Distanzierungsraum standen Kaffee, Wasser und Süßes bereit. Eine Tochter meinte, wenn sie gewusst hätte, wie das hier abläuft, dann hätte sie ein paar Flaschen Prosecco mitgenommen und wir hätten noch einmal auf ihn anstoßen können, das hätte ihm nämlich gefallen. Die Witwe meinte: »Aber nicht mit Prosecco! Mein Mann hat viel lieber einen Schnaps getrunken.« Schnaps habe ich immer vorrätig, da wir von den Sarg- und Urnenlieferanten und manchmal auch von Angehörigen damit reich beschenkt werden. Also wurden zwanzig Schnapsgläser gefüllt, die Kinder bekamen Wasser hinein und wir standen im Kreis um den Sarg und stießen an. Ein Glas Schnaps stand für den Verstorbenen im Sarg und ich schlug der Witwe vor, dass sie die Lippen ihres Mannes mit etwas Schnaps befeuchten könnte. Das brauchte ich nicht zweimal sagen und alle waren sich einig, dass Kurt jetzt ein noch größeres Schmunzeln im Gesicht hatte. Ein Enkel schlug vor, dass man jetzt noch »Mei Huat, der hat drei Löcher!« singen könnte, weil das das Lieblingslied von Opa gewesen war. Und schon erklangen viele fröhliche Stimmen aus dem Abschiednahmeraum.

Die Trauer war nicht weg, aber sie war leichter und heller geworden. Nachdem die Familie gegangen war, schob ich den Sarg samt Schnapsglas in die Kühlung, in der schließlich insgesamt drei verstorbene Männer lagen. Als einer meiner Mitarbeiter am nächsten Morgen die Kühlung öffnete, schrieb er mir folgende Nachricht per WhatsApp: »Was haben die drei Kollegen in der Kühlung heute Nacht gemacht? Krasser Schnapsgeruch! *LACH*«

Einmal hatten wir einen Abschied von einer alten Dame bei uns im Abschiednahmeraum. Es war Sommer und herrliches Wetter, sodass die Familie der Verstorbenen zwischendurch auch unseren Garten nutzte. Dadurch waren die Türen immer wieder offen. Natürlich fand auch eine Fliege ihren Weg zu der Verstorbenen. Um Ungemach vorzubeugen, verließ ich den Raum, um ein Spray zu holen, das sie flugunfähig macht. Doch als ich zurückkam, war das Fluginsekt natürlich verschwunden. Es war mir klar, dass die Fliege den Raum sicher nicht verlassen hatte, die Anziehung einer Leiche ist für sie zu stark. Eigentlich hätte ich in einem ruhigen Moment ohne Angehörige die Nasenlöcher der Verstorbenen inspizieren können, aber die Enkelkinder haben mich abgelenkt. Sie verschütteten einen halben Liter Holundersaft im Distanzierungsraum, und nach dem Wegwischen des klebrigen Saftes hatte ich die Fliege vergessen.

Als der Abschied sich dem Ende zuneigte, lud ich die Familie ein, sich um den Sarg zu versammeln und gemeinsam mit mir einen Abschiedsgruß zu sprechen – in diesem feierlichen und andächtigen Moment kroch die große, schillernde Totenfliege aus dem rechten Nasenloch der Verstorbenen. Einige Angehörige schrien erschrocken auf, zwei Kinder begannen bald darauf zu kichern und es dauerte nicht lange, bis alle zu lachen begannen: »Das war die Rache für die vielen Fliegen, die sie in ihrem Leben mit der Fliegenklatsche erlegt hat«, meinte der Sohn schließlich. Es war grotesk, aber der Humor siegte. Besonders lustig wurde es dann bei der Trauerfeier: Die Urne der Dame stand vorne in der Kirche, eine Harfenspielerin spielte engelsgleiche Melodien und eine Fliege umkreiste die Urne zum Abschied. Die Erwachsenen in den ersten beiden Bankreihen grinsten, die Enkelkinder kicherten.

Schwarzer Humor

Eklige oder generell Situationen, in denen wir erschrecken, haben meist auch einen grotesken Aspekt, den wir uns zunutze machen können. Das Groteske hat etwas Lächerliches an sich, also etwas, über das man lachen kann, nachdem der erste Schrecken vorbei ist. Aus diesem Grund ist bei bestimmten Berufsgruppen der schwarze Humor gut ausgeprägt, und man lernt schnell, das Groteske einer Situation zu erkennen und daraus über einen spontanen Witz die Belastung zu reduzieren und negative Gefühle zu regulieren.

In den Büchern um den Zauberschüler Harry Potter sind Irrwichte das, wovor sich die Schüler von Hogwarts am meisten fürchten. Ein Irrwicht (im englischen Originaltext

»Boggart«) ist ein Schreckgespenst, das im Dunkeln lauert, meist in einem Schrank oder einer Truhe eingeschlossen. Wird er befreit, erscheint er jedem anders, aber immer in der Gestalt, vor der man sich am meisten fürchtet. Professor Lupin lehrt seinen Schülern der dritten Klasse im Fach »Verteidigung gegen die dunklen Künste«, wie man den Irrwicht besiegt. Um ihn unschädlich zu machen, wendet man den »Riddikulus«-Zauber an: Man stellt sich etwas vor, vor dem man sich fürchtet, wenn der Irrwicht dann diese Gestalt annimmt, verändert man die Vorstellung derart, dass sie nicht mehr erschreckend, sondern grotesk oder lächerlich wirkt und ruft laut »Riddikulus«. Der Irrwicht wird dadurch in diese lächerliche Form gezwungen und durch Gelächter zum Zerplatzen gebracht. So ähnlich machen wir Bestatter das auch, wenn wir mit etwas Belastendem konfrontiert werden.

Vor einiger Zeit holten meine Mitarbeiter einen Mann ab, der sieben Wochen tot auf seiner Toilette saß, bevor er gefunden wurde. Das Fenster war gekippt, wodurch Fliegen hineingekommen waren. Trächtige Weibchen legen ihre Eier ab, daraus schlüpfen Maden, die an der Leiche fressen. Verwesung in Kombination mit Madenbefall ist ekelhaft. Einen solchen Verstorbenen aus einer engen Toilette zu holen, stellt eine extreme Belastung dar. Es erfordert Know-how. Wir müssen wissen, wie man schnell und effizient handelt, ohne sich selbst zu beschmutzen, was nicht immer gelingt. Ohne eine gute Portion schwarzen Humor ist so eine Situation kaum auszuhalten. Der Humor kommt hier spontan – entweder in der Situation oder danach.

Nach dem Einsatz mit dem verwesten Mann in seiner Toilette saßen wir beim Mittagessen. Das Mittagessen ist bei uns der Zeitpunkt, um Tagesaktuelles zu besprechen, weil das ganze Team zusammensitzt. Dabei geht es oft lustig zu, weil wir uns in dieser halben Stunde ohne Angehörige von den vielen belastenden Eindrücken und Gefühlen erholen müssen. Meine Mitarbeiter Markus und Thomas erzählten vom Einsatz, bei dem eine hübsche Polizistin zugegen war, die vor dem Klo des Verstorbenen wartete. Die beiden neckten sich damit, dass sie ihr schöne Augen gemacht haben und die Polizistin der Grund war, wieso sie sich von der Leiche weggedreht haben – nicht, weil die Leiche so viel Ekel ausgelöst hat. So ziehen wir eine belastende Situation ins Lächerliche, um die Belastung abzufedern. Das mag respektlos klingen, ist es aber nicht. Für die Psychohygiene ist es notwendig. Dennoch muss einem bewusst sein, dass schwarzer Humor eine Gratwanderung ist und kippen kann. Für mich ist schwarzer Humor so lange in Ordnung, solange er sich um das Drumherum einer Situation dreht und nicht den Verstorbenen selbst zum Gespött macht. Wenn das doch passiert, ist es nicht sinnvoll, belehrend zu reagieren, denn Humor entgleist dann, wenn es demjenigen, der den Witz macht, wirklich nicht gut geht. Derjenige, der den Witz macht, braucht dann einfach eine Pause. In der Regel merkt man es selbst, wenn man die Grenze überschritten hat und entschuldigt sich. So ist es zumindest in meinem Team. Die Schwärze des Humors ist immer ein Gradmesser der Belastung.

Dass jemand auf der Toilette stirbt, kommt öfter vor, als man denkt. Und dass jemand erst Wochen, nachdem er verstorben ist, gefunden wird, ist in einer Stadt leider häufig. Zum einen liegt das an der Anonymität, denn viele haben keinen Kontakt zu ihren Nachbarn und vermissen diese auch nicht, wenn sie sie nicht mehr sehen. Zum anderen dichten moderne Wohnungstüren so gut ab, dass der Geruch im Treppenhaus gar nicht wahrgenommen wird. Erst wenn sich die Post sichtbar stapelt oder die Miete über eine längere Zeit nicht bezahlt wurde, fällt auf, dass da etwas nicht stimmt.

Eine ältere Dame setzte ihrem Leben ein Ende, indem sie sich vor einen Zug warf. Die Angehörigen wünschten unbedingt einen Abschied am offenen Sarg. Nachdem zumindest

Kopf und Rumpf weitgehend unversehrt geblieben waren, konnten wir der Familie und guten Freunden der Verstorbenen einen solchen Abschied ermöglichen. Da der Unterleib und die Beine völlig zerstört waren, steckten wir die Verstorbene vom Bauchnabel abwärts in einen blauen Sack, da keine Rekonstruktion möglich und die Trockenlegung der stark versehrten Körperteile anders kaum machbar war. Sie sah daher ein wenig aus wie eine Meerjungfrau. Ein langer Rock und eine Decke machten dieses schwierige Detail für die Angehörigen unsichtbar, aber von uns wurde die Frau von da an liebevoll mit dem Spitznamen Arielle versehen.

Den schwarzen Humor kennen alle Berufsgruppen, die mit dem Tod regelmäßig zu tun haben: Sanitäterinnen und Sanitäter, Polizistinnen und Polizisten, Pflegekräfte, Ärztinnen und Ärzte sowie Feuerwehrmänner und -frauen, aber auch Pfarrer und Seelsorgerinnen sind nicht frei davon. Das erleichtert unsere Zusammenarbeit mit ihnen, da wir uns trotz weltanschaulicher Unterschiede auf einer gemeinsamen Ebene befinden. Eine nette Geschichte erzählte mir vor einiger Zeit ein Ministrant. Bei Beerdigungen zu ministrieren, sei nicht nur ein recht einträgliches Geschäft, weil man von den Angehörigen häufig zehn Euro zugesteckt bekäme, allein schon die Anreise mit dem Pfarrer im Auto sei abenteuerlich: Der rast nämlich in voller Amtstracht bekleidet – weil es am Friedhof manchmal keine Möglichkeit zum Umziehen gibt – zeitlich etwas knapp mit dem Ministranten am Beifahrersitz zum Friedhof. Nebenbei belehrt er den Jungen, wenn er sich wieder über andere, langsamere Autofahrer ärgert: »Man darf niemandem einen schnellen Tod wünschen, aber jedem ein baldiges christliches Begräbnis.«

Blinde Flecken

Neulich erzählte mir ein Angehöriger, warum er im konkreten Sterbefall seiner Mutter mein Unternehmen beauftrage und nicht wieder das Unternehmen, das zuvor schon seinen Vater bestattet hatte. Der Firmenchef kam damals zur Abholung des Verstorbenen ins Trauerhaus. Dort läutete sein Handy, er nahm das Telefonat an und meinte zum Anrufer, dass er später zurückrufen würde, da er gerade Kundschaft hätte. Nicht, dass der Kollege während der sensiblen Situation der Abholung ans Telefon ging, störte den Mann, sondern, dass er oder sein Vater als »Kundschaft« bezeichnet wurden. Er fand das ungeheuerlich, denn er fühlte sich als Trauernder oder Angehöriger und nicht primär in einer Geschäftsbeziehung.

Legendär war der Seniorchef eines alten Traditionsunternehmens, der bekannt dafür war, dass er ins Trauerhaus stiefelte und rief: »Wo ist sie, die Leich?« Zugegeben, ich musste laut lachen, als sein Sohn mir das erzählte und dabei meinte, Bestatter wie sein Vater seien für ein Unternehmen heutzutage einfach nicht mehr tragbar. Früher seien die Leute noch nicht so sensibel gewesen und da war es möglich, rustikaler zu sein. Wenn man viele Jahre in einer Branche arbeitet, ist eine gewisse Betriebsblindheit unvermeidlich. Von »deformation professionelle« spricht man, wenn man zudem emotional abstumpft. Auch das ist bis zu einem gewissen Maß unvermeidbar, es ist sogar auch angenehm, weil man die Dinge mit der Zeit automatisch nicht mehr so nah an sich heranlässt. Andererseits verliert man leicht das Gespür für sensible Situationen, denn für einen selbst wird alles alltäglich und normal. Man sollte kontinuierlich an sich arbeiten und vorbeugen, zum Beispiel indem man in der Firma einen bestimmten Umgangston pflegt, der Ausrutscher vermeidet: Wenn alle im Team dazu angehalten werden, grundsätzlich nicht von »der Leiche« zu sprechen, sondern immer nur vom »Verstorbenen« oder nur von »Angehörigen« und nie von »Kunden«, muss man sich im Umgang mit den Angehörigen nicht konzentrieren, um die richtige Wortwahl zu treffen. Dennoch ist man niemals gefeit vor blinden Flecken und Ausrutschern. So passierte es mir neulich, dass ich, nachdem wir einen Sarg ins Grab versenkt hatten, stolperte, ins dahinter liegende Grab fiel und laut »Scheiße« rief, was dazu führte, dass der Pfarrer am offenen Grab – neben den weinenden Angehörigen – in Gelächter ausbrach. Als ich mich nach dem Begräbnis bei den Angehörigen entschuldigte, stellte ich fest, dass diese das gar nicht mitbekommen hatten. Sie waren in dem Moment zu tief in ihrer Trauer versunken und in Gedanken bei ihrem Verstorbenen. Durch meine Entschuldigung wussten sie es nun, mussten aber lachen und waren froh, dass ich nur schmutzig, sonst aber unverletzt war.

Einer meiner Mitarbeiter arbeitete vorher in einem kleinen Tiroler Familienunternehmen. Dort gab es ein tägliches gemeinsames Frühstück mit Brötchen, Wurst, Käse und süßen Aufstrichen – unter anderem Marmelade in kleinen Gläsern, wie sie auch in Hotels und in der Gastronomie Verwendung finden. An manchen Tagen wurde er besonders nachdrücklich dazu aufgefordert, von der Marmelade zu nehmen beziehungsweise ein Glas leer zu machen. Anfangs konnte er sich keinen Reim darauf machen und verbuchte das als Marotte seiner Arbeitgeber. Zudem hatte er zu dieser Zeit so gut wie keinen Kontakt mit Angehörigen und war fast ausschließlich im Backoffice tätig. Eines Tages holten Angehörige nach einer Trauerfeier Unterlagen und zur Erinnerung für zu Hause ein wenig Asche ihres kremierten Verstorbenen ab. Er traute seinen Augen nicht: Die Asche war in einem kleinen Marmeladengläschen abgefüllt. Mit wasserfestem Filzstift waren der Name sowie das Geburts- und Sterbedatum auf dem Deckel neben der Sorte – Erdbeere –

vermerkt. Er fand es äußerst unpassend, die Asche eines geliebten Menschen, in diesem Fall der Großmutter, Angehörigen in einem ausgespülten Marmeladenglas zu übergeben. Tags darauf brachte er das bei seinem Chef zur Sprache. Es zeigte sich, dass die gesamte Inhaberfamilie bislang nicht darüber nachgedacht hatte. Erst jetzt wurde ihnen klar, wie unpassend dieses Behältnis und die bisherige Praxis gewesen sind. Relativ rasch wurden die Marmeladengläser durch kleine Metalldöschen mit Schraubverschluss ersetzt.

Dieses Beispiel zeigt, wie betriebsblind man in seinem Beruf werden kann. Ohne böse Absicht kann es passieren, dass man andere vor den Kopf stößt. Und es erinnert mich daran, mich selbst regelmäßig zu fragen, wo meine blinden Flecken im beruflichen Handeln liegen. Die Kunst der Arbeit eines Bestatters ist es, eine gewisse Stärke zu vermitteln, zugleich aber nicht zu verhärten oder unsensibel zu werden.

Das Leben feiern

Über die Veränderungen der Bestattungskultur seit der Jahrtausendwende, Kaffeetratsch über den Tod, Hipster-Bestatterinnen und meinen Hang zum Alkohol beim Abschied. Außerdem schauen wir uns an, wie Trauerrituale wirken und stellen fest, dass sie bei allen Unterschieden, die es weltweit gibt, einen gemeinsamen Nenner haben. Zum Ausklang des Kapitels breche ich eine Lanze für den Leichenschmaus, der eine wichtige Funktion für uns Menschen hat und nicht in Vergessenheit geraten soll.

Mitunter landen Bilder unserer Trauerfeiern auf Facebook oder Instagram. Diesbezüglich hat sich ein Vertreter der katholischen Kirche unlängst ein wenig verstört bei mir gemeldet, weil er immer wieder Fotos sieht, auf denen bei unseren Trauerfeiern am Grab oder in der Friedhofshalle Alkohol getrunken wird. Er wolle zwar »nicht päpstlicher als der Papst« sein, aber am Grab oder in der Friedhofshalle fände er das nicht in Ordnung. Auf meinen Einwand, dass bei jeder Messe und auch beim Begräbnisgottesdienst Wein mit der Aufforderung »Tut dies zu meinem Gedächtnis« getrunken wird, meinte der Mann, dass das ein Sakrament sei und somit etwas anderes. Ein Argument, das ich nicht nachvollziehen kann. Wir stoßen mit dem Lieblingsgetränk auf den Verstorbenen an und denken dabei an ihn. Es ist wie im Gottesdienst eine symbolische Geste, und es geht nicht darum, sich dabei zu betrinken. Wer das will, kann es im Anschluss an die Beisetzung immer noch beim Leichenschmaus tun.

Tabu

Mein Berliner Kollege Eric Wrede interviewt in seinem Buch »The End« Flake, den Keyboarder von Rammstein, der sich wundert, warum man auf Friedhöfen leise sein müsse, denn es würden dort nur Tote liegen. Die Orte des Todes sind mit demselben Tabu behaftet wie die Toten selbst. Tabu – vom polynesischen »tapu« abstammend – heißt so viel wie »heilig« und »unberührbar«. Etwas, das tabu ist, entzieht sich der Normalität und des normalen Umgangs damit. Warum etwas tabu ist, ist in der Regel nicht rational nachvollziehbar. Es versteht sich von selbst, beruht auf einer uralten, kulturellen Übereinkunft, die älter ist als unsere expliziten gesellschaftlichen Normen und Regeln. Ein Tabu wird still praktiziert und verbietet oder verlangt bestimmte Verhaltensweisen. Dieser stille und implizite Charakter unterscheidet ein Tabu von einem ausdrücklichen Verbot aus dem Bereich der Gesetzsprechung. Tabus wirken in uns archaisch, also aufgrund uralter Prägungen und daher weitgehend unbewusst. An den Orten des Todes darf man sich dem Leichentabu folgend nicht normal und alltäglich verhalten, zumindest glauben das viele: Man darf nicht laut sein, man flüstert, es ist nur bestimmte Musik erlaubt, man darf nicht lachen, man sollte ernst und betreten aussehen, man trägt gedeckte Kleidung, man isst und trinkt nicht.

Death positive

Grundsätzlich ist ein Tabu nichts Schlechtes, denn wenn etwas heilig oder unberührbar ist, dann bedeutet das auch, dass es sich um einen geschützten Bereich handelt, man denke zum Beispiel an das Inzesttabu. Manche Tabus müssen aber hinterfragt werden, vor allem dann, wenn sie das Leben durch den Anschein von »Heiligkeit« erschweren und durch eine Atmosphäre überhöhter »Ehrfurcht« – die auch eine Form der Furcht ist – Grundängste verstärken. Unseren verkorksten und unnatürlichen Umgang mit unserer Endlichkeit zu hinterfragen, das Todestabu zu brechen oder zumindest zu lockern, unsere Sterblichkeit anzunehmen und diesen Themenkomplex wieder salonfähig zu machen, ist die Motivation der Death-positive-Bewegung. Fakt ist, dass der Tod als letzter »Abschnitt« zum Leben gehört und es absurd ist, ihn nicht zu integrieren. Wir sollten normal mit ihm umgehen, mit all unseren Möglichkeiten, die wir in uns tragen, wenn wir sie nur zulassen würden, mit all den Facetten, die er mit sich bringt: mal traurig, mal grotesk, mal lustig, mal erschreckend und unheimlich, mal mit Erleichterung verbunden, meistens unpassend und grauenhaft und im seltensten Fall optimal oder gar perfekt.

Seit ich 2004 in die Bestattungsbranche geschlittert bin, gibt es die Was-kommt-danach-Box, kurz WKD-Box genannt. Das ist eine Holztruhe mit Sarggriffen, die ich seither im Rahmen von Workshops in Schulen und Altersheimen, aber auch regelmäßig im Bestattungsinstitut mit interessierten Gruppen auspacke. Da sind Dinge enthalten, die für den Bestatter alltäglich sind, für den Laien aber aufregend: Aschenkapsel, Urne, kleines Glasgefäß mit menschlicher Asche, Leichensack, Fingerprints (Schmuckstücke mit dem Fingerabdruck eines Verstorbenen), Sargausstattung, Eye-Caps, Mundformer, Lippenstift. Schulklassen, Pensionistenvereine, Studierende der verschiedenen Pflegeausbildungen und Gesundheitsberufe, Feuerwehr, Rettung, Krisenintervention – alle waren schon bei mir und haben diese Box mit großem Interesse und viel Spaß ausgepackt und jene Fragen gestellt, die für sie wichtig waren. Der Inhalt der Box animiert dazu, Fragen zu stellen und eigene Erlebnisse zu erzählen. Die Teilnehmer werden genau dort abgeholt, wo sie sich gerade befinden. Außerdem konfrontiert der Inhalt gegenständlich und direkt mit dem Tod. Und wer einmal eine Urne, eine Hygienehülle oder eine kleine Glasphiole mit Asche eine Weile in der Hand gehalten hat, merkt schnell, wie sich die Beziehung zu diesen Gegenständen normalisiert und die Angst schwindet. Die anschließende Führung durch das ganze Bestattungsinstitut und die Möglichkeit, in einem Sarg »Probe« zu liegen, beginnt mit Respekt und Grusel, verläuft mit Spannung und viel Humor und endet mit Erleichterung und mit deutlich weniger Angst als zu Beginn. Die Nachfrage ist nach mittlerweile sechzehn Jahren immer noch ungebrochen, was mir zeigt, dass es ein großes Bedürfnis gibt, sich diesem Themenkomplex zu stellen.

Tässchen Kaffee, Kuchen und der Tod

2004 packte ich also das erste Mal mit einer Schulklasse die WKD-Box aus, und im selben Jahr veranstaltete der Soziologe und Anthropologe Bernard Crettaz das erste »Café mortel« bei sich zu Hause im schweizerischen Neuchâtel, um mit einer Gruppe von Menschen Kuchen zu essen, Tee zu trinken und unverkrampft über den Tod zu sprechen.

Der britische Webentwickler Jon Underwood ließ sich von Crettaz inspirieren und war in weiterer Folge maßgeblich an der Verbreitung der Idee beteiligt: Im Jahr 2011 fand daraufhin in London das erste Death-Café statt, das inzwischen zu einer Erfolgsgeschichte geworden ist. Mittlerweile gibt es Death-Cafés in 66 Ländern. Beim Death-Café handelt es sich um Veranstaltungen, die im Haus von Privatpersonen, in Lokalen oder an anderen Veranstaltungsorten abgehalten werden. Ziel ist es, in ungezwungener Atmosphäre beim Essen und Trinken unverblümt über das Sterben, den Tod, das eigene Todesverständnis, diesbezügliche Ängste,

Träume und Wünsche zu sprechen. Damit soll die verlorene Kontrolle über diese wichtigen Lebensereignisse wiedererlangt und unser Leben verbessert werden. Denn wer sich mit der eigenen Endlichkeit beschäftigt, schärft automatisch den Blick fürs Leben und lebt bewusster. Eine tolle Sache!

The Order of the Good Death

Und dann kam Caitlin Doughty, eine extrovertierte junge Kalifornierin, die im Jahr 2006 mit 22 Jahren als Quereinsteigern in einem großen Krematorium und Bestattungskonzern zu arbeiten begann. Mit dem, was sie dort erlebte, war sie nicht einverstanden. Nicht der Angehörige und seine Bedürfnisse, nicht der Verstorbene und sein Leben standen im Mittelpunkt, sondern eine themenparkartige Bestattungs-Erlebniswelt, in deren vorgegebenen »Themen« sich der Kunde wiederfinden sollte. Caitlin erging es ähnlich wie mir. Wir beide kamen beinahe zeitlich mit einer Branche in Berührung, mit der wir nicht zufrieden waren. Caitlin störte der Charakter des Themenparks, mich das Monopol der Kirchen. Beide gaben vor, was im Trauerfall zu tun sei. Auf diese Weise wurden Zeremonien über Menschen gestülpt, die gar nicht zu ihnen passten. Und so kamen Caitlin und ich unabhängig voneinander zu dem Entschluss, fortan für einen alternativen und natürlicheren Umgang mit den Verstorbenen zu sorgen und Abschiede und Trauerfeiern nach den Bedürfnissen der Angehörigen zu gestalten. Sie sollten in das gesamte Prozedere des Abschiednehmens und der Gestaltung von Trauerfeiern mehr eingebunden werden. Doughty absolvierte wie ich die erforderlichen Ausbildungen, gründete wie ich ein eigenes Bestattungsunternehmen, um in die Tat umzusetzen, wofür wir brannten. Noch etwas war uns beiden wichtig: Transparenz und Aufklärung. Berühmt wurde Caitlin daher als erfolgreiche Bloggerin und

Buchautorin und durch ihre originellen YouTube-Videos, die keine noch so tabuisierte Frage offenlassen und voller schwarzem Humor sind. Eines ihrer Bücher trägt den Titel: »Will my cat eat my eyeballs? Big questions from tiny mortals about death«, zu Deutsch: »Wird meine Katze meine Augen fressen? Große Fragen kleiner Sterblicher.« Doughty gründete außerdem »The Order of the Good Death«, eine Vereinigung von Todesprofis – ich bin natürlich auch Mitglied –, um gemeinsam mit Künstlern, Schriftstellern und verschiedenen Wissenschaftlern die westliche Einstellung zu den Themen Tod, Beerdigungen und Trauer zu reformieren. Ich habe Caitlin Doughty nie persönlich kennengelernt, aber seit ich ihre Öffentlichkeitsarbeit verfolge, fühle ich mich ihr sehr verbunden. Wir sind uns ähnlich. Es gibt Leute, die finden, ich sei ein wenig exzentrisch und verrückt, denen sei versichert: Caitlin Doughty ist es noch viel mehr. Und daher ist sie völlig zurecht auch berühmter.

Wir Hipster

Neu ist die Death-positive-Bewegung nicht, ihr Ruf nach der Integration des Todes in unser Leben wurde bereits durch die Hospiz- und Palliative-Care-Bewegung laut. Nicht vergessen werden darf auch der Kinderbuchsektor, der sich mit dem 2003 erschienenen Buch von Pernilla Stalfelt »Und was kommt dann? – Das Kinderbuch vom Tod« dem Thema Sterben und Tod umfangreich und mit viel Humor und witzigen Illustrationen widmet. 2006 und 2007 erschienen im deutschsprachigen Raum das philosophische Bilderbuch »Ente, Tod und Tulpe« für Kinder und Erwachsene, das auch als Bühnenstück und Zeichentrickfilm berühmt wurde, sowie das Kinderbuch »Die besten Beerdigungen der Welt«. Schon vor mir und parallel zu mir begannen einige Kolleginnen und Kollegen, im Bestattungsbereich transparenter zu arbeiten und neue Wege zu beschreiten. Ich denke dabei an den 2012 verstorbenen Bestatterkollegen Fritz Roth, der medial sehr aktiv war: »Abschied von der Hülle« aus dem Jahr 2004 mit Fritz Roth aus der »Sendung mit der Maus« ist nach wie vor ein großartiger Beitrag für Kinder ab dem Volksschulalter.

Rückblickend würde ich sagen, dass um die Jahrtausendwende die Zeit reif für ein Umdenken war. Viele Menschen spürten, dass etwas in den Jahrzehnten des Jahrhunderts davor falsch gelaufen war, wenn es um den Umgang mit Todesthemen ging. Und viele begannen an unterschiedlichen Orten gleichzeitig an einem Strang zu ziehen.

2010/2011 war dann die Zeit des Booms und dadurch konnte die Death-positive-Bewegung gedeihen. Es entstanden die erwähnten Death-Cafés, Death-Saloons, Blogs und Youtube-Kanäle und zahlreiche Bücher. Neben der schrillen Gallionsfigur Caitlin Doughty mit ihren in vielen Sprachen übersetzten Bestsellern haben Autoren und Autorinnen auch im deutschsprachigen Raum wichtige Beiträge für die Death-positive-Bewegung geleistet: Juliane Uhl mit ihrem Buch »Drei Liter Tod«, die FUNUS-Stiftung mit ihrem Magazin »Drunter&Drüber«, einer Zeitschrift »für Mehrwisser und Expertinnen« und »für die mutigen Lebenshungrigen, die sich den Tod in all seinen Facetten ansehen und über ihn reden wollen«. Nicht zu vergessen Eric Wrede mit »The End – Das Buch vom Tod«, in dem er mit der traditionellen Bestattungskultur hart ins Gericht geht. Was Caitlin Doughty, Juliane Uhl, Eric Wrede und mich vereint: Wir sind Quereinsteiger, wir kamen mehr oder weniger unverhofft in diese Branche und wir kamen mit dem noch unverdorbenen Blick von außen.

Mit der Death-positive-Bewegung, die man der Hipster-Szene zuordnet, wurde die Konfrontation mit dem Tod auch für den Laien wieder schmackhaft. Das Neue am Zugang dieser Bewegung ist das konkrete Ansprechen von Fakten ohne die bisher üblichen Euphemismen und der Humor. Es hat sich viel getan und trotzdem ist das Tabu noch deutlich spürbar, denn nicht jeder ist ein Hipster. Death positive ist noch nicht überall angekommen, es gibt viele konservative Menschen, die sich dagegen wehren. Daher finden das Probeliegen und den Drink am Grab manche, die es nur vom Hörensagen kennen, makaber und tabu.

Gerade weil es tabu ist, macht mir, der Hipster-Bestatterin – und auch den Angehörigen, wenn sie sich darauf einlassen –, das Glas Sekt, der Wein oder das Bier am Grab besonders Spaß. Es ist nicht verboten, sondern nur tabu. Bricht man das Tabu, reagieren die Trauergäste erstaunt, positiv überrascht, die Stimmung hellt sich auf und das kann heilsam sein. In einem vorhergehenden Kapitel wurde bereits ausführlich darüber gesprochen, dass Trauer in Wellen verläuft und dass wir zwischen den Schmerzwellen auch immer wieder Phasen der Erholung und Erleichterung brauchen. Das gilt auch für die Trauerfeier. Sie muss nicht durchgängig schwer sein, leichtere Momente zwischendurch machen den Schmerz erträglicher. Das heißt aber nicht, dass man deshalb zu wenig trauert. Voraussetzung für einen Tabubruch ist, dass er den Bedürfnissen der Familie entspricht und zum Leben des Verstorbenen passt, denn darum geht es schließlich bei einer Trauerfeier. Sie dreht sich um das Leben des Verstorbenen und das, was ihn ausgemacht hat. Es geht um das, was ihn besonders gemacht hat, und um das, was ihn mit den Menschen, die um ihn trauern, verbunden hat – und über den Tod hinaus weiter verbindet. (Von daher kann man auf meiner Beerdigung keinen Grappa trinken, weil ich Grappa hasse. Wein, Bier und Gin Tonic hingegen trinke ich gern. Cheers!)

Alte Riten, neue Rituale

Rituale haben in allen Kulturen dieselben Funktionen: Sie würdigen einen neuen Abschnitt und leiten einen Neubeginn ein, sie grenzen Lebensabschnitte ab und geben Halt und Struktur. Rituale unterstützen das bewusste Wahrnehmen der Übergänge in unserem Leben. Das können die Veränderungen des Jahreskreises sein, Feste wie Geburtstage oder Hochzeiten, Initiationsriten wie Taufen oder Willkommensfeiern, aber auch besonders einschneidende Ereignisse wie die Geburt eines Kindes oder der Tod eines Menschen. Rituale lassen uns innehalten, die Veränderung, die geschieht, bewusst wahrnehmen und spüren. Sie helfen dabei, intensive Emotionen zu kanalisieren, zu regulieren und auszudrücken.

Menschen fühlen sich heute viel mehr als Individuen wie früher. Wir sind zwar Teil einer Gemeinschaft oder einer bestimmten Gruppe, deren Werte und Normen wir teilen, aber das, was uns dabei von anderen unterscheidet, was uns in unserer Einzigartigkeit heraushebt, hat einen hohen Stellenwert. Für viele Familien ist es deshalb wichtig, eine Feier individuell zu gestalten. Luftballone werden beim Abschied von Kindern in die Luft geschickt, Jugendliche werden aufgebahrt und ihr Skateboard darf an den Sarg gelehnt werden, der Jäger bekommt sein letztes Hirschgeweih auf den Sarg und alles ist mit Tannenzweigen und Zapfen dekoriert. Ansonsten bleibt meist alles beim Alten – die Riten, das sind traditionelle, vorgegebene Ordnungen zur Durchführung zeremonieller, religiöser und liturgischer Handlungen, die Abläufe und Texte sind immer dieselben. Lediglich die Dekoration ist individuell. Die Angehörigen sind dankbar dafür, weil sie in Sachen Trauerfeierlichkeiten nicht verwöhnt sind, sie kennen nichts anderes, und ihr eigener Ausnahmezustand verhindert Kreativität. Manchmal ist Kreativität auch gar nicht erwünscht, denn zu einem Verstorbenen, der sein Leben lang bestimmten

Traditionen verbunden war, passt der immer gleiche Ablauf haargenau. Die Wiederholung kann wichtig sein: Der althergebrachte Ritus gibt der Trauergemeinde Struktur, Orientierung und Halt und wird am Sarg des Verstorbenen sogar zu einer Geste der Ehrerbietung. Würde man in diesem Fall leichtfertig kreativ sein und etwas verändern oder weglassen, dann würde das mangelnden Respekt bedeuten. Ich denke an den Fahnengruß von uniformierten Vereinen, bei dem die Vereinsfahne vor dem Sarg zum letzten Gruß dreimal gehoben und gesenkt wird, oder an den Tannenzweig, den sich die Jäger von ihrem Hut pflücken und auf den Sarg des verstorbenen Weidmannes legen (eine wunderschöne und ergreifende symbolische Handlung), an den Priester, der im Rauchmantel mit dem Weihrauchfass um den Sarg herumgeht oder an gewisse Musikstücke wie »Ich hatte einen Kameraden«, die bei bestimmten Verabschiedungen nicht fehlen dürfen und auch Männern in der Öffentlichkeit die Augen feucht werden lassen.

Aber immer seltener ist es passend, wenn alte Formen das Begräbnis eines Menschen bestimmen sollen. Jemandem, der aus der Kirche ausgetreten und nicht gläubig ist, ein christliches Begräbnis zu bescheren, einfach, weil es immer so gemacht wurde, einem nichts anderes einfällt oder man sich nichts Neues traut, ist unfair – dem Verstorbenen gegenüber und auch der jeweiligen Kirche gegenüber. Wie kommt ein kirchlicher Vertreter dazu, jemandem eine Messe zu lesen, der kein Mitglied war und keine Beiträge gezahlt hat? Wie kommt der Verstorbene dazu, dass an seinem Sarg oder seiner Urne von Erlösung und Auferstehung gesprochen wird, wenn er selbst nicht daran geglaubt hat? Das passt nicht zusammen, und das spürt man auch. Jedes Wort und jede Handlung werden zur leeren Hülse und das tröstet nicht, im Gegenteil: Es kann sogar verletzen. Was für nicht gläubige Menschen auch irritierend ist: Beim Gottesdienst geht es um zwei Personen – Jesus beziehungsweise Gott und die verstorbene Person. Auch wenn der Verstorbene der Anlassfall ist, weswegen alle zusammenkommen, die ganze Messe hindurch muss sein Tod mit dem Tod von Jesus Christus konkurrieren. Der verstorbene Mensch spielt dabei die zweite Rolle, denn sein Leben spielt im ganzen Ablauf des Gottesdienstes, die mit der erneuten symbolischen Opferung von Jesus Christus und seinem Verzehr gipfelt, eine untergeordnete Rolle. In einer weltlichen Feier oder in einem Abschiedsritual gibt es nur einen Mittelpunkt und eine Hauptperson, um die sich alles dreht: Das ist der Verstorbene selbst.

Was ist also falsch am Hirschgeweih auf dem Sarg des Jägers? Falsch ist daran zunächst gar nichts. Wir müssen lediglich darauf achten, dass wir mit unserem Ruf nach Individualisierung und neuen Ritualen nicht einfach einen alten Hut mit neuen Federn schmücken und die althergebrachten Fehler wiederholen. Wenn statt eines Orgelspielers ein Didgeridoo-Spieler engagiert wird, ist das mal etwas anderes, aber an sich nichts Neues. Man kann auch einen Pantomimen anstelle eines Trauerredners einsetzen. Das ist etwas anderes, aber dic Frage ist: Ist das wirklich neu und bringt allein das den Angehörigen wirklich etwas? Wenn man lediglich die Requisiten und Schauspieler austauscht, bleibt das Stück trotz allem das Gleiche.

Wenn wir ein Leben eines Menschen feiern wollen, dann müssen wir uns die Zeit nehmen und etwas über das Leben und die Weltanschauung des Verstorbenen in Erfahrung bringen. Wir müssen flexibel sein und ein passendes Ritual entwickeln, um »dem Abschied mehr Tiefe zu geben«, wie Johanna Neussl, Gründerin des »Netzwerks Rituale Österreich«, es so schön formuliert und auf den Punkt bringt. Die Trauerfeier wirkt sonst trotz Luftballons und Skateboard leer und standardisiert. »Die Rituale im heutigen Leben sind trocken, sinnentleert, manipulierend, gefühlshindernd, übermäßig einschränkend, stark verpflichtend und starr. Für die Trauerproblematik sind sie allesamt völlig ungeeignet. Das

Ritual müsste wie eine künstlerische Komposition sein, alle unsere Sinne sollten angesprochen werden und die Möglichkeit der Beteiligung und Mitwirkung erhalten«, schrieb Jorgos Canacakis bereits 1987. Wir brauchen also neue Rituale.

Inszenierung versus Aktivierung

Eine weitere Schwierigkeit traditioneller Trauerfeiern ist, dass die Angehörigen häufig in die Distanzierung eines Publikums gebannt werden. Das ist ein Grund, warum kirchliche, aber auch viele weltliche Trauerfeiern oftmals leer und aufgesetzt wirken: Auf einer Bühne inszenieren Priester oder Trauerredner ein Theater für ein weitgehend inaktives und daher auch erstarrtes Publikum. Der Sarg oder die Urne stehen zwar da, aber die Feierlichkeit geschieht über den Verstorbenen hinweg. Ein hilfreiches Ritual funktioniert anders: Es aktiviert die Angehörigen und eröffnet die Kommunikation mit dem Verstorbenen. Es ist beim Abschied demzufolge wichtig, Angehörige selbst mitwirken zu lassen, allerdings ohne sie dabei allein auf eine Bühne zu stellen. Man darf sie nicht aus dem Schutz der Gemeinschaft herausnehmen, es sei denn, sie möchten das von sich aus. Man kann etwa einen Kreis um den Verstorbenen bilden und die Trauergäste einladen, spontan zu erzählen, an was sie sich gerne erinnern, wenn sie an den Verstorbenen denken, oder wofür sie dankbar sind. Damit vermeidet man den frontalen Monolog eines Redners und ermöglicht einen Diskurs und ein Miteinander. In Krisensituationen ist es für Menschen vor allem wichtig, dass sie selbst etwas tun können, um ein Kontrollgefühl über ihr Leben wiederzugewinnen. Traditionelle Riten können das leisten, wenn sie zum Verstorbenen und zu den Bedürfnissen der Hinterblieben passen, sie können aber genau das Gegenteil bewirken, wenn dies nicht der Fall ist.

Gefühlsausbrüche versus Kontrollgefühl

Weil uns (Selbst-)Kontrolle so wichtig ist, haben wir gefühlsfördernde Elemente aus Trauerfeiern weitgehend entfernt. Das Ziel von vielen Angehörigen ist, bei der öffentlichen Feier bloß nicht zu emotional zu werden. Sie ziehen es deshalb vor, inaktiv und lediglich als Publikum zu agieren, dabei verlieren sie gerade dadurch auch an Kontrolle, weil alles an außenstehende Personen abgegeben wird. Je fremder diese Person dann ist – ein Priester, den man nicht kennt, oder ein Trauerredner, der vom Bestatter bestellt wird –, desto inszenierter und leerer wirkt die Feierlichkeit.

Gesund ist das nicht, denn Trauer braucht Ausdruck. Wir haben große Angst davor, Kontrolle zu verlieren und Schwäche zu zeigen. Einerseits ist das nachvollziehbar und natürlich, andererseits sollten wir das nicht in jedem Fall und grundsätzlich fördern und unterstützen, denn wir nehmen uns dadurch die Chance, gesund zu trauern. Menschen, die schon zu Beginn des Trauerprozesses Vermeidungsstrategien und passive Bewältigungsstrategien wählen, neigen dazu, in Passivität zu verharren. Das ist für die gesunde Verarbeitung nicht förderlich. Wir brauchen ein bisschen etwas von beidem. Wir brauchen die Möglichkeit, Gefühle auszudrücken und sie zuzulassen, gleichzeitig sollten diese Gefühle so kanalisiert werden, dass wir nicht komplett die Kontrolle verlieren. Da Gefühlsausbrüche für uns Menschen immer mit Kontrollverlust einhergehen, geht es demnach darum, bei einer Trauerfeier auf das Maß des Kontrollverlustes zu achten: Gefühlsausdruck und Gefühlsregulation müssen gleichzeitig gewährleistet werden. Ein gutes Ritual kann das leisten, denn es wird bewusst geplant, findet an einem bestimmten Ort und für einen bestimmten Zeitraum statt und gewährt einen geschützten Rahmen mit klarem Beginn und definiertem Ende. Rituelle Handlungen unterstützen einerseits das Aufbrechen und den Ausdruck von Emotionen und kanalisieren starke Emotionen gleichzeitig. Der

Ausdruck von Gefühlen wird gefördert, ohne dass Angehörige die Kontrolle verlieren. Das alles gibt Betroffenen Struktur und Sicherheit.

Die Gefühle der Trauer zu fördern, gelingt am besten, wenn der Sarg geöffnet und der oder die Verstorbene sichtbar und berührbar ist. Dadurch steht der Verstorbene automatisch im Mittelpunkt und es kann direkt mit ihm oder ihr Kontakt aufgenommen und kommuniziert werden. Alles, was man tut, denkt oder spricht, wird gleichsam zu einer rituellen Handlung, denn es geschieht bewusst und feierlich. Angehörige wissen, dass sie ihren Verstorbenen zum letzten Mal sehen. Der Abschied am offenen Sarg ist für den kleinen geschützten Rahmen im Familien- und Freundeskreis gedacht, wo auch der Kontrollverlust und das Aufbrechen von starken Gefühlen für die Betroffenen selbst kein großes Problem darstellen. Bei einer öffentlichen Trauerfeier ist der Sarg geschlossen oder es steht überhaupt nur mehr die Urne da.

Sobald der Deckel auf dem Sarg bleibt oder nur mehr die Urne im Raum steht, ist die Kommunikation mit dem Verstorbenen zunächst blockiert. Es entsteht das Gefühl, dass der Tote gar nicht wirklich da wäre. Immer wieder fragen mich Trauergäste, ob der Leichnam bei der Trauerfeier auch wirklich im Sarg ist, oder ob er nicht bei uns in der Kühlung lagert und der Sarg nur als Symbol gedacht ist.

Auch immer wieder lustig: Wenn wir jemanden in einem Altersheim abholen und mit dem Sarg gesehen werden, dann fragen Passanten oft, ob da jemand gestorben ist. Meine Mitarbeiter antworten darauf manchmal ironisch: »Nein, wir machen nur eine Werbefahrt mit Sarg!«

Wenn es keine Möglichkeit gibt, sich am offenen Sarg zu verabschieden, braucht man Unterstützung. Ein gutes Ritual eröffnet den Kontakt und die Kommunikation wieder, denn es wird bewusst eine Verbindung zum Verstorbenen hergestellt, und die rituellen Handlungen überbrücken gleichzeitig die Sprachlosigkeit.

Wie findet man ein passendes Ritual?

Ganz einfach: durch Nachfragen und ein bisschen Kreativität. Mitunter braucht man auch den Mut dazu, aus einer Not eine Tugend zu machen. Die Lieblingsmusik des Verstorbenen zu spielen, ist heute kein Problem. Mit dem MP3-Player oder der Spotify-Liste des Verstorbenen hat man alles an Musik, was man braucht. Man kann beim gemeinsamen Zusammensein nach der Feier auch die ganze Musikliste im Hintergrund spielen. Aus dem Bedürfnis, noch etwas für den Verstorbenen zu tun beziehungsweise ihm etwas mitzugeben, sind der Kreativität keine Grenzen gesetzt. Es gibt eine Reihe individuell gestaltbarer Varianten, die meistens auch kurzfristig umsetzbar sind. Auch das Anmalen eines Sarges, wie es im Kapitel »Ronjas letzter Spaziergang« beschrieben wird, ist besonders für Kinder eine hilfreiche Möglichkeit, noch etwas für den Verstorbenen zu tun und sich kindgerecht zu verabschieden. Wichtig ist, dass die Hinterbliebenen selbst mitwirken und wir sie dabei unterstützen, passende Ausdrucksformen zu finden.

Mitunter ergibt sich in einer Situation spontan etwas, an das man vorher nicht gedacht hätte. Das sind auch immer die »schönsten« Verabschiedungen. Nach einem Zug-Suizid war der Abschied am offenen Sarg von einem 20-jährigen Mann nicht mehr möglich. Die Schuldgefühle der Familie waren – wie nach den meisten Suiziden – enorm, und es war wichtig, dass Familie und Freunde noch einmal Gelegenheit hatten, dem Verstorbenen zu sagen, was bisher noch ungesagt oder offen geblieben ist. Die Abschiedsfeier fand im Krematorium statt. Familie und Freunde wollten bei der Einfuhr des Sarges in den Kremationsofen dabei sein. Die Eltern und Geschwister kamen früher als die anderen Trauergäste, um mit dem Verstorbenen im geschlossenen Sarg noch einmal allein zu sein. Sie brachten auch Sargbeigaben mit, was ursprünglich von ihnen abgelehnt wurde: das Lieblingshemd des verstorbenen jungen Mannes, eine Zeichnung und ein Stofftier.

Der Sarg war bereits verschlossen und ich konnte ihn nicht mehr öffnen, da kein Akkuschrauber im Krematorium vorhanden war. So konnte ich die Beigaben nicht direkt in den Sarg legen. Nach einer kurzen Besprechung mit der Familie beschlossen wir, die Sargbeigaben außen auf den Sarg zu nageln. Wie aus einigen Geschichten bereits hervorgegangen ist, lautet meine Grundregel: Angehörige sollen miteinbezogen werden. Somit bekam die Familie Hammer und Nägel in die Hand. Das sind letzte Dinge, die sie für ihren Verstorbenen tun können, die den Kontakt zu ihm herstellen und die Kommunikation mit ihm eröffnen, aber dabei trotzdem eine gewöhnliche Tätigkeit darstellen – nämlich Nägel in Holz klopfen. Auf diese Weise konnten Eltern und Geschwister mit dem jungen Mann noch einmal kommunizieren. Unter Tränen wurde gehämmert und immer wieder auch gelacht, weil das Normale in dieser Situation für sie so grotesk war, und weil es – da waren sie sich einig – dem Verstorbenen gefallen hätte. Spannung und Angst fielen deutlich ab und die Familie war bereit für den nächsten Teil des Abschieds, zu dem noch etwa zwanzig Freundinnen und Freunde geladen waren.

Der Verstorbene hatte Gitarre in einer Band gespielt. Ein Foto seiner Gitarre hatten wir dreißigmal ausgedruckt und während der Feier verteilte ich die Bilder. Jeder bekam einen Kugelschreiber dazu und durfte dem Verstorbenen auf die Rückseite schreiben, was er ihm noch sagen wollte. Danach wurden die Bilder auf den Sarg geklebt. So mussten die Anwesenden den Sarg berühren, der Kontakt und die Kommunikation zum Verstorbenen waren hergestellt. Das Ungesagte konnte zum Ausdruck gebracht werden, und zwar auf eine intime Art und Weise. Der Sarg war am Ende mit den Kopien der Gitarre geschmückt, die letzten Worte an den Verstorbenen klebte jeder mit der Rückseite der Gitarre auf den Sarg, sodass die Gitarre, nicht aber die Worte sichtbar waren. Bei dem Lied »Wish you were here« der Rockband

Pink Floyd fuhr der mit Gitarren beklebte Sarg in den Ofen. Die Tränen flossen, es wurde gewinkt, es war traurig, es war gut.

Ungeplantes liebt nicht jeder. Ich hingegen mag es sehr, weil es Kreativität und Spontaneität erfordert und weil das Bestatterleben auf diese Weise nicht langweilig wird. Aber natürlich plane ich Feiern und Rituale vorher in ihren Grundzügen und schreibe eine Art Drehbuch, alles andere wäre nicht professionell und würde die Angehörigen zusätzlich verunsichern. Innerhalb dieses Rahmens muss aber auch Platz für Spontaneität sein, schon allein deshalb, weil man die Reaktionen der Angehörigen nicht vorhersehen kann.

Wie Trauerrituale wirken

»Riten sind ein probates Mittel, um potenziell gefährliche Gefühlsentladungen durch kontrollierte Wiederholung sowohl zu entschärfen wie auch zu kanalisieren«, schreibt der Schweizer Psychiater Luc Ciompi. Das kann ich nur bestätigen. Rituale können Gefühle verstärken, regulieren oder sogar schwächen und sie reduzieren im besten Fall Angst. Denn bei allen Veränderungen im Leben gibt es ein gewisses Quantum an Verunsicherung und es schwingt immer auch mehr oder weniger Angst mit – auch bei den an sich positiven Ereignissen wie Hochzeiten, Geburtstagen und Neujahrsfesten, weil sie neue Lebensabschnitte markieren, die noch vor uns liegen und die wir nicht kontrollieren können. Im Wunsch »Alles Gute!« schwingt mit, dass das Gute nichts Selbstverständliches ist, dass auch ein schlechtes Jahr oder ein schwieriger Lebensabschnitt auf uns zukommen könnte. Das Abhalten von Ritualen in der Gemeinschaft gibt

Halt und Sicherheit, weil bewusst gemacht wird, dass man bei dem, was gerade geschieht, nicht allein ist.

Rituale gibt es, seit es den Menschen gibt. Man findet sie in allen Kulturen. Trauerrituale sind Übergangsrituale und haben in allen Kulturen nicht nur dieselben Funktionen, es sind auch ihre Muster universell, denn sie beinhalten weltweit drei Aspekte oder Themen. Es geht dabei um die Trennung von etwas Altem und ums Abschiednehmen davon, um Umwandlung und um die Angliederung an etwas Neues. So unterschiedlich, wie oft behauptet wird, sind wir Menschen in der Trauer nicht, denn Trauer ist eine angeborene Emotion, die Ausdruck verlangt.

Diese drei Aspekte sind universell, kulturelle und weltanschauliche Unterschiede sowie unterschiedliche Formen des emotionalen Ausdrucks ergeben dann die Unterschiede in der inhaltlichen Ausprägung der Rituale. Ähnlich sind auch die Symbole, die verwendet werden. Kein Wunder, denn wenn wir über ein Symbol dessen Bedeutung intuitiv erfahren sollen, dann greifen Menschen auf Archetypen zurück. Daher finden sich immer wieder dieselben Symbole: Kerzen stehen für die Seele, das Licht, die Erleuchtung und Hoffnung, Rauch und Rauchwerk stehen für Verwandlung und Reinigung und als Ausdruck von Botschaft oder der Verbindung von Diesseits und Jenseits. Wasser bedeutet Leben, Bewegung, Reinigung und Segen. Katholiken spenden Weihwasser, Hindus beträufeln ihre Verstorbenen mit Wasser aus dem Fluss Ganges oder übergeben dem Ganges überhaupt die sterblichen Überreste. Opfergaben sind seit Urzeiten Nahrungsmittel, Blumen und persönliche Gegenstände. Bis heute hat sich daran nichts geändert. Hat früher der Krieger seinen Speer mit ins Grab bekommen, kann es sein, dass die pedantische Hausfrau heute ihren Handstaubsauger in den Sarg gelegt bekommt – das habe ich wirklich schon erlebt. Gräber sind gerade deshalb großartige Fundgruben für die Archäologie.

Wenn bei Trauerfeiern anderer Kulturen ausgelassen getanzt oder gelacht und gefeiert wird, heißt das nicht, dass nicht getrauert wird. Es ist nur der Ausdruck der Trauer im tradierten Ritus ein anderer, weil zum Beispiel der Übergang der Seele in eine andere Welt positiv begleitet werden muss, weil sie sich sonst nicht vom Diesseits lösen kann. Oder aber es muss durch Tanz und Gesang – und vielleicht auch mithilfe bestimmter Drogen – ein Trancezustand erreicht werden, um in Kontakt mit dem Jenseits oder den Ahnen kommen zu können.

Rituale sollen das, um was es geht, auf den Punkt bringen und leicht erfahrbar machen, es sollen leicht verständliche Handlungen sein, denn Betroffene sind in Übergangssituationen und ganz besonders in traumatischen Situationen nach einem Todesfall kognitiv bzw. intellektuell stark eingeschränkt. Gesprochenes kann nur begrenzt aufgenommen werden, viele Worte und komplexe Gedankengänge kommen nicht an. Es soll möglichst intuitiv erfahren werden, worum es geht, ohne dass lange Erklärungen nötig sind. Einfache symbolische Handlungen, Gesten, Musik und archetypische Symbole erreichen den Menschen. Viele Worte und lange frontale Reden überfordern hingegen. »Rituale wirken ganzheitlich auf uns … ein Ritual kann man nicht denken – man muss es tun!«, wie Johanna Neußl treffend bemerkt. Ein klarer Anfang und ein klares Ende führen aus dem Alltag in den Ritualraum und aus dem Ritualraum wieder in den Alltag, daher müssen Beginn und Ende klar erkennbar sein.

Das Thema der Krise oder Veränderung wird bewusst initiiert. Im geschützten Rahmen des Rituals wird die Krise zunächst dramatisch zugespitzt, um anschließend symbolisch gelöst zu werden. Dadurch wirkt ein Ritual wie eine selbsterfüllende Prophezeiung. Ein funktionierendes Ritual bindet positiv an die Zukunft der Teilnehmer an, indem es Lösungsideen für die Krise vorstellt. Nach der Beerdigung eines Kindes etwa darf die Grablegung des Kindes nicht der letzte Akt sein. Nachdem die Familie Blütenblätter als Abschiedsgruß ins Grab nachgestreut hat, sodass Sarg oder Urne in ein Meer aus Rosenblüten – das sind Symbole der Liebe und Verbundenheit – gebettet ist, lasse ich die Eltern einander die Hände reichen. Die restliche Familie nimmt das Paar in die Mitte und legt jeweils eine Hand auf die Schultern der Eltern. Ich spreche im Namen der Familie einen Text, der Kraft für den weiteren Weg geben soll und Erlaubnis erteilt, dass eine weitere Schwangerschaft erlaubt ist, wenn sich die Eltern dazu bereit fühlen. Ursprünglich ist der Text ein altes Segensgebet, das ich für meine weltlichen Feiern adaptiert habe:

Es stärke euch die Macht der
Verbundenheit, die euch zusammenhält,
Kraft der Veränderung in euren Händen.

Es stärke euch die Macht der
Zärtlichkeit, die hüten und wecken will,
sanfter Windhauch über der Seele.

Es stärke euch beide die Macht
der Leidenschaft, die Feuer ist und
Anziehung, Lebensfunke im Dunkeln.

Es stärke euch die Macht der
Lebenskraft, die Neues in euch keimen
und wachsen lässt, wenn es dafür Zeit ist.

Diese Kraft sei in euch und um euch. Sie
trage euch auf eurem weiteren Weg.

Wie ein weltliches Trauerritual ablaufen kann

Bei meinen Trauer- und Abschiedsritualen steht der Sarg mit dem Verstorbenen, wenn möglich, in der Mitte. Findet die Feier mit der Urne statt, bitte ich die Familie, mir bei der Gestaltung der Mitte zu helfen und persönliche Gegenstände des Verstorbenen mitzubringen, um die Abstraktheit der Urne zu reduzieren. Die Trauergäste versammle ich in einem Kreis um den Verstorbenen, das ist die erste gemeinsame symbolische Handlung: Der Verstorbene wird in unsere Mitte genommen, er ist das Zentrum. Wird ein Kreis um den Verstorbenen gebildet, sind der Redner oder die Ritualleiterin Teil der Gemeinschaft und die Trauergäste fühlen sich automatisch als Mitwirkende. Damit werden die Diskursivität, das heißt, der Austausch von Erinnerungen an den Verstorbenen untereinander, und »das gemeinsame Tun« der rituellen Gestaltung gefördert. Die Feier wirkt dadurch persönlicher und die Atmosphäre ist lockerer, ohne an Feierlichkeit einzubüßen. Nach dem gemeinsamen Ankommen begrüße ich Familie und Trauergäste und fasse zusammen, warum wir hier sind, und was geschehen ist. Das ist besonders nach einem plötzlichen oder gar gewaltsamen Tod wichtig, die Menschen auf einen gemeinsamen Informationsstand zu bringen, da im Zusammenhang mit Todesfällen häufig im Vorfeld der Feierlichkeiten Vermutungen und Gerüchte gestreut werden. Ich spreche das Geschehene klar an, um weiteren Fantasien und Gerüchten möglichst keinen Raum zu geben. Während im christlichen Ritual Trauer durch den Glauben an Gott und die Hoffnung auf ein Wiedersehen im Jenseits Zentrum der Botschaft sind, bleibe ich im weltlichen Ritual recht profan und halte mich an die Dinge, die ich weiß: Ich sage, dass wir nicht wissen, ob es überhaupt ein Leben nach dem Tod gibt und wie dieses aussieht. Ich persönlich finde die Vorstellung, dass es danach aus ist und ich meine ewige Ruhe habe, ganz in Ordnung. Gerade weil wir nicht wissen, was danach kommt, dürfen wir aber hoffen und glauben, was für uns am tröstlichsten ist. Ein schöner Gedanke, den ich von der Autorin Barbara Pachl-Eberhart übernommen habe. Damit sind alle Anwesenden eingebunden und jeder fühlt sich mit seinem weltanschaulichen Hintergrund angenommen, keiner wird bevorzugt oder steht auf einer höheren Stufe, denn wir alle wissen nicht, was kommt, und sitzen damit im selben Boot. So kann man an die Weltanschauungen des Verstorbenen und seiner Familie anknüpfen. Wenn man im Vorfeld genug Informationen gesammelt hat, kann man Vorstellungen entwerfen, die dem Verstorbenen entsprechen. Wenn wir an ein Leben nach dem Tod denken, dann sieht das in unserer menschlichen Vorstellung meist wie eine Verlängerung des Diesseits aus: Wird die 94-jährige Friedi von Kopf bis Fuß im Leopardenlook begraben, wird sie im Jenseits auch in diesem Look umherwandeln. Ebenso muss sie sich dort eine Handtaschensammlung zulegen, da sie ihre 200 diesseitigen Handtaschen nicht mitnehmen konnte. Das heißt, im Jenseits muss es Boutiquen geben – und zwar unendlich viele, denn das Jenseits muss besser sein und mehr bieten. Was auch immer geglaubt oder gehofft wird, es bleibt offen.

In einer Gedenkminute, manchmal auch musikalisch begleitet, lade ich alle Anwesenden ein, dem Verstorbenen gute Wünsche und Gedanken dorthin zu schicken, wo auch immer er gerade ist, oder einfach an ihn zu denken. Damit eröffne ich bewusst die Verbindung zu ihm. Symbolisch kann diese Gedenkminute mit dem Entzünden von Räucherharz unterstützt werden oder mit dem Entzünden von Kerzen, das muss jedoch von den Angehörigen als passend empfunden werden. Die Kernbotschaft des Trauerrituals ist, dass wir zwar nicht wissen, was nach dem Tod mit uns geschieht, dass der Verstorbene aber einen Platz in unserem Leben behalten darf. Wir dürfen unsere Beziehung zu ihm in eine Erinnerungsbeziehung umwandeln. Über diese Erinnerung dürfen wir – wenn wir das wollen – mit ihm in Verbindung bleiben. Trauer und alle Gefühle der Trauer sind Zeichen für unsere Beziehung zum Verstorbenen. Trauer bedeutet Verbundenheit, Freundschaft und Liebe. Nur wenn uns jemand wichtig war, können wir Trauer empfinden. Diese Verbindung wird durch ein gemeinsames Ritual zum Ausdruck gebracht: Aus einer Schale darf jeder, der möchte, zwei Steine nehmen. Ein Stein wird dem Verstorbenen mitgegeben, den zweiten behält man als physisches Symbol der Verbindung zu ihm. Dabei darf jeder kurz und spontan erzählen, woran er sich gerne erinnert und wofür er dankbar ist. Wer nichts sagen möchte, macht diese Geste der Verbindung im Stillen. Manchmal werden auch andere Symbole gewählt: Schneckenhäuser oder Muscheln, Wollreste von begeisterten Handarbeiterinnen, kleine Figuren aus Porzellan, die ein Verstorbener gesammelt hat. Bei der Verabschiedung eines neunjährigen Jungen haben wir seine Schlumpfsammlung für dieses Ritual verwendet.

Das wichtigste letzte rituelle Element und auch der Höhepunkt im Zusammenhang mit meinen Abschieden und Trauerfeiern ist der Abschiedsgruß: Dabei bitte ich die Familie und die engsten Freunde, einen engen Kreis um den Sarg oder die Urne zu bilden. Die rechte Hand legen alle gleichzeitig auf den Sarg oder die Urne. Im Falle des Abschieds am offenen Sarg auf den Verstorbenen. Die linke Hand bitte ich auf die Schulter der nebenstehenden Person zu legen. Dadurch entsteht ein Netzwerk der Verbundenheit zum Verstorbenen und gleichzeitig wird das Auffangnetz »Familie und Freundeskreis« als inneres Bild nach außen getragen und dargestellt. Wenn alle ihren Platz gefunden haben und Ruhe eingekehrt ist, spreche ich einen Abschiedsgruß und Worte des Dankes an den Verstorbenen. Nach diesem Satz warte ich etwas ab, denn mitunter will jemand spontan noch etwas sagen. Nach einer Pause schließe ich mit: »Und wenn ihr bereit seid, dann lasst ihr ihn los.« Die Stimmung ist beim Abschiedsgruß stets feierlich, konzentriert und auch emotional, allerdings ohne, dass jemals jemand komplett zusammengebrochen wäre. Das Netzwerk um den Sarg gibt dem einzelnen Halt, und die Emotionen werden durch das angeleitete Ritual reguliert, ganz nach dem Satz von Astrid Lindgren in »Ronja Räubertochter«: »Lange saßen sie dort und hatten es schwer, doch sie hatten es gemeinsam schwer und das war ein Trost. Leicht war es trotzdem nicht.«

Wenn alle losgelassen haben, wird der Sarg oder die Urne beigesetzt. Es kann ein Gebet gesprochen oder ein Text gelesen werden, es kann Musik gespielt oder gesungen werden. Mit der Erde und den Blütenblättern, die wir ins Grab werfen, darf jeder einzeln zum Grab treten und einen letzten Gruß schicken. Symbolisch kehrt der Verstorbene damit zur Erde zurück, die Blüten sollen ihm die Erde leicht machen. Praktisch wird damit das Grab geschlossen.

Leichenschmaus

Reindling und Rinderwahn

Soll ich Ihnen verraten, wovor sich der ländliche Bestatter aus Ostösterreich am meisten fürchtet? Es ist das gekochte Rindfleisch mit Semmelkren. Denn wenn das Geschäft gut läuft und die Belegschaft zum Leichenschmaus geladen ist, dann gibt es das täglich. Auf www.ostarrichi.org, einem Wörterbuch für österreichische Sprache, findet man unter »Leichenschmaus« und »Totenmahl« auch den Begriff »Rindfleischwandertag«: Am Land war es früher üblich, anlässlich einer Leichenzehrung Rindfleisch mit Semmelkren und eine deftige Rindssuppe aufzutischen. Ein Begräbnis mit mehreren Hundert geladenen Gästen war und ist dort keine

Seltenheit, was diesem Anlass den Beinamen »Rindfleischwandertag« einbrachte.

Als Onkel Edi vor einigen Jahren in Unterkärnten nach einem langen und erfüllten Leben morgens nicht mehr aufwachte, freute ich mich sehr. Natürlich nicht über seinen Tod – den fand ich traurig. Gefreut habe ich mich, weil ich als Tirolerin das erste Mal die Gelegenheit hatte, dem Unterkärntner Bestatterkollegen auf die Finger zu schauen. An die sechshundert Trauergäste gaben Onkel Edi die letzte Ehre und es war ein traditioneller und feierlicher Abgang: Jäger, Bauernbund, Abwehrkämpfer, Kärntnerchor, Hornbläser. Edi hätte es gefallen. Und anschließend gab es den Leichenschmaus im Landgasthaus der Familie: echte Rindssuppe mit hausgemachten Nudeln, gekochtes Rindfleisch mit Semmelkren und Röstkartoffeln und danach unvermeidbar – der Kärntner »Reindling«. Das ist ein Germkuchen gefüllt mit Zimt, Nüssen, Rosinen und Zucker. Vom Reindling etwas übersättigt, weil er es in meinen Tiroler Haushalt regelmäßig postalisch über schwiegermütterliche Fresspakete schafft, damit mein Mann nicht verhungert, war ich von den ersten beiden Gängen des Leichenschmauses aber schier begeistert.

In Tirol gibt es zum Leichenschmaus traditionell Nudelsuppe mit Würsteln oder Gulasch (vom Rind) mit Semmel oder Knödel. In den vergangenen Jahren hat sich aber das Wiener Schnitzel durchgesetzt. Manchmal gibt es speziell für die Trauergäste eine eigene Speisekarte. Auf der befinden sich dann alle möglichen Speisen: von Spaghetti Bolognese über Wiener Schnitzel bis hin zu Käsespätzle.

»Der Niedergang der guten österreichischen traditionellen Küche und Trauerkultur«, stöhnte ich deshalb innerlich auf, als ich bei einem Leichenschmaus – der Vater meines Exfreundes war verstorben – im Tiroler Unterland saß und auf der Zehrungskarte doch glatt Pangasiusfilet las. Kurze Zeit nach dem Pangasiustrauma saß ich wiederum mit Bestatterkollegen aus Ober- und Niederösterreich beim Mittagessen in einem Tiroler Wirtshaus und erzählte begeistert vom Begräbnis in Kärnten. Als ich dann bei der Schilderung des gekochten Rindfleisches ankam, geriet ich in schiere Verzückung, und als ich schlussendlich über den Niedergang der Tiroler Leichenschmaustradition zu erzählen begann, erntete ich Verständnislosigkeit von den beiden Kollegen, die doch gerne ab und an ein Pangasiusfilet hätten, und mir dann von ihrem kulinarischen Albtraum berichteten, der mit »Und täglich grüßt das gekochte Rindfleisch mit Semmelkren« auf den Punkt gebracht werden kann. Ja, immer dasselbe Futter, das ist auch eine Art Folter. Nachdem ich nunmehr seit über zwanzig Jahren vom Kärtner Reindling verfolgt werde, muss ich zugeben: Eine eigene Speisekarte mit den unterschiedlichsten Gerichten ist beim Leichenschmaus das kleinere Übel.

Anbindung an das Neue

Früher war der Leichenschmaus fixer Bestandteil der Trauerfeierlichkeiten und markierte deren Abschluss. Für jene, die weit angereist waren, war er eine Stärkung für den Heimweg. Heute findet nach einem Begräbnis ein gemeinsames Beisammensein im Gasthaus nicht immer statt. Manche finden es makaber oder »pietätlos«, wenn man direkt nach der Beisetzung isst, trinkt, zusammensitzt und sogar wieder lacht. Anderen geht es darum, Geld zu sparen. Aber worum geht es beim Leichenschmaus eigentlich?

Ein gemeinsames Essen ist ein starkes Zeichen und symbolisiert das Eingebundensein in eine Gemeinschaft und die Anbindung an das neue Leben danach, somit ist der Leichenschmaus auch noch als dritter Aspekt des Trauerrituals zu sehen. Psychologisch ist er ebenso wichtig wie die Trauerfeier selbst. Findet ein Leichenschmaus statt, muss nach der Beisetzung keiner allein nach Hause gehen und die Gefahr, in ein großes schwarzes Loch zu fallen, wird reduziert. Was man gerade erlebt hat, kann gemeinsam verarbeitet werden: Man sitzt noch zusammen und spricht über die Beisetzung. Wer will, kann darüber sprechen, was besonders ergreifend war oder was ihm vielleicht nicht so gefallen hat. Man hat Gelegenheit, über den Pfarrer, den Trauerredner, den Bestatter oder andere Anwesende oder Ferngebliebene zu tratschen. Nach und nach werden Erinnerungen an den Verstorbenen ausgetauscht und Anekdoten erzählt. Das alles ist wichtig. Wichtig ist auch, dass die am stärksten vom Todesfall Betroffenen durch das gemeinsame Essen und Trinken auf unmittelbare Weise erfahren können, dass das Leben weitergeht. Dass man weiterhin essen und trinken, reden und lachen wird. Somit ist der Leichenschmaus eine Art Wegzehrung und Stärkung im Hinblick auf den oft beschwerlichen Weg der Trauer.

Eine weitere psychologisch wichtige Funktion haben gerade diejenigen, die den Leichenschmaus als makaber und pietätlos abtun, gut erkannt: Es geht darum, dass es lustig wird. Die Trauerfeier und die Beisetzung sind für alle Beteiligten belastend. Gefühle brechen auf, was wichtig und gesund ist, aber auch anstrengend. Gleichzeitig sind die meisten bemüht, ihre aufbrechenden Gefühle zu regulieren, um die Überwältigung nicht in ihrem ganzen Umfang nach außen zu zeigen. Wenn der Schmerz zu groß wird, ist es gesund, ihn zu regulieren. Sowohl der Ausdruck von überwältigenden Gefühlen als auch das Regulieren und Abwehren belastender Gefühle wird in der Emotionssoziologie als »Gefühlsarbeit« bezeichnet. Nach jeder schweren Arbeit braucht der Mensch auch eine Erholungsphase. Beim gemeinsamen Essen und Trinken kann man sich erholen, und zwar nicht nur körperlich: Die Stimmung soll lockerer werden.

Der Leichenschmaus bringt folglich die nötige Erholung in der Trauer. Als Begleiter von Menschen in der Krise wissen wir: Wenn wir bei Trauernden ein Wechseln zwischen schmerzhaften Trauerphasen und Erholung wahrnehmen können, dann sind sie auf einem guten Weg. Erholung in der Trauer findet statt, wenn der Trauernde bewusst oder unbewusst Ablenkung sucht, oder wenn er zwischendurch eine gute Phase hat, in der er auch lachen kann und darf. Krankhaft kann Trauer werden, wenn Hinterbliebene in einem der beiden Zustände fixiert bleiben. Sie bleiben dann entweder in der Verleugnung von Trauer stecken, was die Bewältigungsarbeit blockiert. Oder sie bleiben in der Überwältigung stecken und kommen aus dem Trauma nicht mehr heraus. Ungesund ist es nur dann, wenn Hinterbliebene nach dem Leichenschmaus aus dem »Erholungsmodus« nicht mehr herauskommen, in ihm sozusagen stecken bleiben, und der Trauer mit Alkohol, Beruhigungsmitteln und anderen Ablenkungsstrategien – wie übermäßige sportliche Aktivität oder indem sie sich in Arbeit stürzen – dauerhaft entkommen zu versuchen. Wenn schon getrunken wird, ist es immer noch besser, gemeinsam auf den Verstorbenen zu trinken und sich dabei gegenseitig ein bisschen im Auge zu behalten, als allein nach Hause zu gehen. Denn da ist die Gefahr abzustürzen nicht gebannt. Ein schwarzes Loch verschluckt meist nicht nur Kamillentee.

Mitglieder der Death-positive-Bewegung würden niemals auf den Leichenschmaus, oder wie man das gemeinsame Beisammensein im Anschluss an eine Trauerfeier auch nennen mag, verzichten. Denn wie bei jeder anderen Feier gehören Essen und Trinken auch dazu, wenn man eine Feier anlässlich eines Lebensendes begeht.

Der Tod nach Plan

Warum man ein Bestattungsinstitut niemals ohne Terminvereinbarung besuchen sollte. Was ein Begräbnis wirklich kosten kann und wie sich eine Bestattungsrechnung zusammensetzt. Warum es sinnvoll ist, seinen Abschied zu planen und finanziell abzusichern. Außerdem: über Versicherungen, Sparbücher und mehr oder weniger kuriose Wünsche.

Ein älteres Ehepaar, beide schon über 80, vereinbarte bei uns einen Vorsorgetermin. Die beiden kamen pünktlich. Er ging am Stock, sie wirkte ein wenig mobiler als ihr Gatte. Beide gingen äußerst liebevoll miteinander um und ihr Wunsch war, da sie keine Kinder hatten, für den eigenen Todesfall vorzusorgen. Im Laufe des Gesprächs zückte der Mann ein Mäppchen, in dem sich der am Computer selbst gestaltete Partezettel und sogar ein Entwurf der Sterbebildchen befanden. Als wir darauf zu sprechen kamen, wer von den beiden alten Herrschaften zuerst sterben könnte, entstand ein kleiner Disput, wer aus welchen Gründen früher versterben würde. Am Ende waren sich beide einig, dass man es schlussendlich nicht wisse. Beim Verabschieden des Ehepaares sagte ich »Auf Wiedersehen!« Sie blieb kurz, fast wie versteinert, stehen, blickte mich an, lächelte und meinte: »Zumindest einen von uns beiden werden sie wiedersehen.«

Hildegard auf Reisen

Eine ältere Dame kam jahrelang in regelmäßigen Abständen immer wieder zu uns, um ihr Begräbnis zu planen. Sie war stets adrett gekleidet und gepflegt, hatte einen guten Humor, allerdings entwickelte sie im Laufe der Jahre eine Paranoia. Sie fühlte sich verfolgt, behauptete, beobachtet und abgehört zu werden, dass ihre Post von einem Geheimdienst gelesen und ihre Wohnung durchsucht wird, sobald sie einmal außer Haus ist. Es wurde anstrengend mit ihr. Je kränker sie wurde, desto häufiger besuchte sie uns. Aus irgendeinem Grund wurde sie von allen und jedem verfolgt – nur von uns nicht. Wir genossen weiterhin ihr Vertrauen, weswegen wir auch Zeugen ihrer immer weiter fortschreitenden Krankheit wurden. Eines Tages erschien sie wieder einmal ohne Voranmeldung und kündigte an, dass sie verreisen würde. Es war Sommer, wir dachten uns nichts dabei und waren ehrlich gesagt froh über eine Verschnaufpause, denn ihre regelmäßigen zeitraubenden Besuche kosteten uns Kraft. Sie lächelte, winkte, drehte sich um und verschwand. Einige Tage später wurden wir zu einem Polizeieinsatz gerufen: Die Nachbarin machte sich Sorgen, da einige Tage zuvor eine Spedition die Möbel der Frau aus dem Haus getragen hatte und seither war von der Frau nichts mehr zu sehen und zu hören. Sie wusste, dass die Nachbarin krank war und hatte ein ungutes Gefühl. Mit dem Gefühl lag sie richtig: Die ganze Wohnung war leer, lediglich mitten im Wohnzimmer stand noch ein Sofa, auf dem Hildegard, ordentlich zurechtgemacht, thronte und uns mit offenen Augen angrinste. Sie hatte sich mit einer Überdosis Schlaftabletten vergiftet, selbst aufgebahrt und wartete, dass sie auf ihre letzte Reise gebracht wurde. Sie hatte ihren Plan perfekt eingefädelt – und sich zufälligerweise eine Woche ausgesucht, in der wir Polizeidienst hatten. Es war typisch für sie, und ich gebe zu: Auch wir mussten grinsen.

Die kürzeste Vorsorge

Vor Jahren kam ein älterer Herr zu uns. Wir besprachen gemeinsam seine Bestattung und er bezahlte sofort in bar. Zwei Stunden später rief uns die Polizei zum Einsatz. Der Mann hatte sich mit einer abgesägten Schrotflinte auf seinem eigenen Balkon erschossen. So etwas ist auch für uns erschreckend und man fragt sich, ob man es verhindern hätte können. Dem Mann war jedoch nichts anzumerken gewesen, er wirkte ausgeglichen und stabil. Ich hätte niemals damit gerechnet, dass er drauf und dran war, sich das Leben zu nehmen.

Manche Vorsorgen werden kurz vor dem Tod bei uns abgeschlossen, was aber nicht heißt, dass diese Menschen suizidal sind. Das ist zum Glück selten der Fall. Wenn wir den Verdacht haben, jemand könnte in Gefahr sein, dann fragen wir konkret nach und würden im Falle sofort Hilfe holen. Zur Vorsorge kommen Menschen, die am Ende ihres Lebens angekommen sind, und alles für ihren Abschied regeln möchten, etwa weil sie krank sind und wissen, dass sie in absehbarer Zeit sterben werden. Es kommen Menschen zu uns, die alleinstehend sind und niemanden haben, der sich nach ihrem Tod um die Verabschiedung und Beisetzung kümmert. Manche Menschen haben ein gutes Gefühl dabei, wenn sie den Abschied früh genug planen, und kommen deshalb zu uns. Ich denke, es geht dabei auch darum, dem totalen Kontrollverlust, den wir Menschen durch den Tod erleiden, ein Schnippchen zu schlagen und noch eine kurze Zeit über den Tod hinaus die Kontrolle zu behalten.

Kuriose Wünsche

Natürlich gibt es auch bei Vorsorgeanfragen kuriose Wünsche, denen wir meistens nicht entsprechen können. Ein Herr mittleren Alters hatte den Wunsch, sein Herz getrennt vom Körper bestatten zu lassen: Das Herz im Grab seiner Freundin im Tiroler Unterland, der restliche Körper im Grab seiner Eltern im Oberland. Wir haben seinerzeit dieses Anliegen an den Leiter des Gesundheitsamtes herangetragen, der dieses Ansinnen mit dem Argument ablehnte, dass die rechtliche Grundlage fehle, um diesen Wunsch zu ermöglichen.

Eine Dame stellte die Anfrage, ob es möglich wäre, sie in Innsbruck zu kremieren und ihre Asche dann nach Paris zu bringen. Dort sollte mit einer Priesterin einer neureligiösen Bewegung eine Zeremonie stattfinden. Die Beisetzung sollte dann in Japan in einem entsprechenden Urnenhaus dieser religiösen Organisation stattfinden. Auch diesem Wunsch konnten wir nicht entsprechen. Man kann zwar *mit* einer Urne reisen, aber nicht ohne Weiteres *als* Urne reisen, zumindest nicht in mehrere Länder hintereinander. Eine Überstellung einer Urne in ein Zielland für eine Beisetzung ist allerdings möglich und relativ unproblematisch.

Was kostet ein Begräbnis?

Das ist eine der meistgestellten Fragen, die wir Bestatter spontan so gut wie nie beantworten können. Ein Begräbnis setzt sich nämlich aus vielen Einzelposten zusammen, und je nachdem, was Sie für Ihren Abschied wünschen, sieht die Preisgestaltung sehr unterschiedlich aus. Zunächst sind da die Dienstleistungen des Bestattungsunternehmens selbst: die Abholung des Verstorbenen vom Sterbeort, das dafür nötige Personal und die Benutzung und Reinigung des Leichenwagens sowie des Bergesarges oder der Bergetrage, die Versorgung des Verstorbenen, das Ankleiden und Einbetten. Dazu kommen Kosten für die Organisation der Trauerfeier: Das sogenannte »Aufnahmegespräch« mit den Angehörigen dauert im Schnitt zwischen zwei bis drei Stunden. Darin gilt es, herauszufinden, was Angehörige jetzt brauchen und wünschen – eine Erd- oder Feuerbestattung, eine weltliche oder religiöse Feier, einen Abschied am offenen Sarg. Meist sind Drucksorten gewünscht: Partezettel – in Deutschland nennt man diese auch Trauerbriefe – als Einladungen zur Trauerfeier, Zeitungsannoncen und kleine Trauerbilder oder Sterbebilder als Andenken an den Verstorbenen müssen gestaltet und gedruckt werden. Die Trauerbilder sind eine österreichische Besonderheit, in Deutschland gibt es diese nicht. Es müssen Helfer für den Friedhof bestellt werden, mit dem Pfarrer oder dem Trauerredner muss Kontakt aufgenommen werden, Termine zwischen Pfarrämtern, Pfarrer und Friedhof müssen koordiniert werden. Dann ist da die Kommunikation mit den einzelnen Behörden wie Gesundheitsamt und Standesamt, mit Institutionen wie Krankenhäusern, Altersheimen oder dem Hospiz. Auf einer Bestattungsrechnung gibt es auch die Produkte: Neben den Drucksorten sind das der Sarg, im Falle einer Feuerbestattung kommt dazu noch eine Urne und eventuell noch ein Grabkreuz aus Holz, das vorübergehend auf das Grab kommt, bis Steinmetz oder Schlosser Grabstein oder Grabkreuz angefertigt haben. Auch Fremdkosten stehen auf unserer Rechnung, das sind Leistungen Dritter, die der Bestatter für den Kunden auslegt – zum Beispiel die Kosten für die Kremation, die Todesanzeige in der Zeitung, die Kühlgebühren von Krankenhäusern oder der Gerichtsmedizin, die Gebühren für die Sterbeurkunde und die Friedhofsgebühren. Je nach Art und Aufwand für die Feier und je nach Preisklasse der gewählten Produkte ergibt sich eine Summe zwischen etwa 2.000 und 8.000 Euro.

Es ist sinnvoll, dem Bestatter die Kostenfrage zu stellen und eine entsprechende Vorsorge zu treffen, schließlich geht es um viel Geld. Eine seriöse Preisauskunft ist allerdings keine schnelle Angelegenheit, da muss man Zeit für den Kunden haben und oft gemeinsam erarbeiten, was seine Wüsche sind. Die wenigsten kommen mit klaren Vorstellungen und wissen, was es alles zu bedenken gibt. Die dafür nötige Zeit haben wir meist nicht, wenn jemand ohne Vorwarnung in der Tür steht. Vereinbaren Sie deshalb bitte immer vorab telefonisch einen Termin beim Bestatter Ihres Vertrauens, wenn Sie sichergehen wollen, dass der Bestatter oder die Bestatterin sich auch wirklich die Zeit nehmen kann, diese wichtige Frage ordentlich zu beantworten. Im schlimmsten Fall stören Sie womöglich gerade ein Gespräch mit Angehörigen, die gerade einen Sterbefall zu betrauern haben, und wir müssen Sie bitten, wieder zu gehen. Das passiert leider häufig.

Grundsätzlich gibt es verschiedene Arten, für den eigenen Todesfall vorzusorgen. Eine Möglichkeit ist, eine finanzielle Vorsorge zu treffen und eine entsprechende Begräbniskostenvorsorge-Versicherung (Bestattungsvorsorge) abzuschließen. Meistens sind in solchen Versicherungen auch Klauseln enthalten, die eine Rückführung aus dem Ausland beinhalten, sollte der Tod im Ausland eintreten. Solche Rückführungen sind mit hohem bürokratischem und finanziellem Aufwand verbunden (vor allem Körperüberführungen), deshalb sind solche Versicherungen zumindest für jene Menschen sinnvoll, die gerne verreisen. Zugleich tritt der Versicherungsschutz im Regelfall mit der Einzahlung der ersten Prämie in Kraft, sodass die Leistungssumme auch dann lukriert werden kann, wenn erst wenig eingezahlt wurde. Eine andere Art der finanziellen Vorsorge besteht in der Vorauszahlung des eigenen Begräbnisses an den Bestatter des Vertrauens. Im Normalfall garantieren Bestattungsunternehmen die Preise zumindest für die Eigenleistungen und haben in ihren Vorsorgeverträgen Klauseln, nach denen die Preise nach einer bestimmten Zeit angepasst werden. Aber man kann auch herkömmlich vorsorgen, wenn man jemanden hat, dem man vertraut. Man legt den zu erwartenden Betrag auf ein Sparbuch, übergibt es zu treuen Händen der Vertrauensperson und hinterlässt eine letztwillige Verfügung mit den Wünschen für seinen Abschied. Für den Fall, dass diese Person vor einem selbst stirbt, muss man sich etwas überlegen. Wie hoch der Betrag sein soll, den man vorauszahlt, über den man sich versichert oder den man auf andere Art und Weise anspart, hängt von den Begräbniswünschen ab. Die meisten Versicherungen oder Anzahlungen belaufen sich auf eine Summe zwischen 6.000 und 8.000 Euro, manchmal mehr, manchmal weniger.

Die inhaltliche Vorsorge legt fest, welche Leistungen im Falle des Eintretens des Todes erbracht werden sollen. Soll eine Erd-, Feuer- oder Naturbestattung stattfinden? Soll in einer bestimmten Grabstätte beigesetzt werden? Ist womöglich kein eigenes Grab gewünscht, und soll die Urne in einem Sammelgrab beigesetzt werden? Unser Unternehmen bietet für solche Fälle die Beisetzung im sogenannten »Gemeinschaftsgrab« an: Dabei handelt es sich um eine größere Grabstätte auf einem Innsbrucker Friedhof, in der Personen nach vorheriger Kremierung anonym beigesetzt werden können. Einmal im Jahr gibt es eine Feier, bei der alle Urnen unter Beteiligung einer Schulklasse beigesetzt werden. Die Schüler gestalten die Urnen und auch die Feierlichkeit und sind mit Feuereifer und viel Liebe zum Detail dabei. Daneben gibt es die Möglichkeit, einen individuellen Beisetzungstermin zu vereinbaren, wenn man nicht bis zur gemeinschaftlichen Beisetzung warten möchte.

Es gibt Menschen, denen es wichtig ist, bestimmte Rahmenbedingungen für ihre Beisetzung festzulegen. Meist zählen dazu die Art der Beisetzung und die Art der Zeremonie, also kirchliche oder individuelle Trauerfeier durch den

Bestatter, vielleicht auch die Größe der Feierlichkeit und ob etwa eine Todesanzeige in der lokalen Tageszeitung erwünscht ist. Manche Menschen möchten alles bis ins kleinste Detail festlegen: Welches Foto soll für den Trauerdruck verwendet werden? Welcher Text soll auf dem Partezettel stehen? Welche Musikstücke sollen gespielt werden?

Vorsorgewünsche unterliegen jedoch der zeitlichen Veränderung. So kommt es gar nicht selten vor, dass Personen, die ihre Vorsorge schon im Detail festgelegt haben, zu uns ins Büro kommen und die Reihenfolge der Musiktitel, die sie im Rahmen ihrer Vorsorge festgelegt haben, wieder ändern möchten. Manche Menschen kommen so oft für Änderungen bei uns vorbei, dass sich das Team Sorgen macht, wenn sie den Menschen für eine längere Zeit nicht sehen. Die Gespräche im Büro sind für ältere und einsame Menschen auch ein willkommener sozialer Kontakt. Das Besprechen der Änderungen ist die »Brücke«, um wieder einmal unter Menschen zu kommen und mit jemandem sprechen zu können. Ich glaube auch, dass es die Angst vor dem Tod mildern kann, wenn man diejenigen Personen kennenlernt, die einen abholen, ankleiden und den letzten Weg begleiten, wenn es so weit ist.

Völlig werden wir unser eigenes Ende und was danach kommt, nicht kontrollieren können, aber mit einer Vorsorge kann man wenigstens ein bisschen Kontrolle behalten. Das gibt Sicherheit und mildert Angst. Lernen Sie Ihren Bestatter oder Ihre Bestatterin kennen, auch das kann beruhigen – wenn nicht, dann wählen Sie ein anderes Institut. Aber bitte vereinbaren Sie vorher telefonisch einen Termin bei uns.

Finale

Was wäre, wenn jeder von uns seinen Todestag von Beginn an kennen würde? Im Jahr 2015, so beschreibt der bekannte Innsbrucker Rechtsanwalt und Buchautor Ivo Greiter in seiner Utopie »Endzeit«, gelingt es den Medizinern, direkt nach der Geburt durch Genanalyse den Todestag eines Menschen zu bestimmen. Was anfänglich umstritten ist, setzt sich bald durch. Es wird per Gesetz verordnet, dass der Todestag gleich nach der Geburt eines Menschen ermittelt und in die Geburtsurkunde eingetragen wird. Nach anfänglichen gesellschaftlichen Anpassungsschwierigkeiten und der ethisch bedenklichen Entwicklung, dass Menschen mit kurzer Lebenserwartung diskriminiert werden, ändert sich das Leben der Menschen insgesamt aber zum Positiven – nicht nur, weil das Pensionssystem besser kalkuliert und eingeteilt werden kann. Das Wissen um den Todeszeitpunkt reduziert die Angst vor dem Tod deutlich. Durch das Wissen kann man ihn weniger gut verdrängen und alle bereiten sich bewusst darauf vor: Man spricht offen über den Tod – schon von Anfang an. In der Schule ist er zentrales Thema, man feiert bis zur Hälfte seines Lebens die Geburtstage und ab der Hälfte die Jahrtage bis zu seinem Tod. Man lebt und gestaltet seine Lebenszeit bewusster, es werden jede Menge Ratgeberbücher geschrieben und Seminare angeboten, wie man die restliche Zeit – die letzten Jahre, das allerletzte Jahr und den letzten Tag – am besten verbringt und wie man sich voneinander verabschiedet. Die Angst wird nicht größer, sie wird kleiner, weil man sich dem Tod stellt.

Will ich denn, dass man meinen Todestag vorherbestimmen kann? Spontan war mein erster Gedanke: Nein. In Ivo Greiters utopischer Gesellschaft war es anfänglich auch so.

»Wenn aber gefragt wurde, ob man den Todestag dann wissen wollte, wenn er in den nächsten zwei Monaten bevorstünde, da erklärten die meisten nach dem ersten Schreck: Ja, dann schon. Ähnlich verhielt es sich, wenn dazu gesagt wurde, dass der Todestag nicht in den nächsten dreißig Jahren, sondern irgendwann danach sei. Da machte sich dann Erleichterung breit und schließlich erklärten die meisten: Ja, dann auch.« Das hat mir zu denken gegeben. Würde man meinen Endtag bestimmen können, ich würde es zulassen. Gewissheit tut gut, auch wenn sie mitunter wehtut. Und trotzdem bin ich froh, dass man meinen Endtag nicht ermitteln kann. Neben meinem Beruf als Bestatterin bin ich auch ein »normaler« Mensch, der den eigenen Tod gerne verdrängt.

Nun ist es eben so, dass wir den Endtag nicht bestimmen können. Wenn das jemals der Fall sein würde, würde sich die Wissenschaft darauf stürzen und versuchen, die DNA so weit zu beeinflussen, dass der Endtag hinausgezögert werden würde. Es ist in uns Menschen, dass wir leben wollen und uns mit unserer Endlichkeit nicht so leicht abfinden können.

Den Tod weniger zu verdrängen, ihm mehr Platz im Leben zu geben, Gespräche über ihn und wie wir unser Leben im Angesicht unserer Begrenztheit gestalten und wie wir uns voneinander verabschieden wollen, das sollte uns jedoch mehr beschäftigen. Es täte uns gut. Mein Buch soll ein Beitrag dazu sein, keine Anleitung, wie man es genau machen soll, aber eine Anregung. Ich hoffe, es hat Ihre Angst kleiner gemacht, zumindest hoffe ich, dass es ein bisschen spannend war, Sie zum Schmunzeln gebracht hat und insgesamt eine positive Überraschung war. Death positiv eben!

Anhang

Dank sei ...

Das Buch begann ich im Spätherbst 2019 zu schreiben, damals war die Welt noch in Ordnung – zumindest meine Welt. Mitten ins werdende Buch platzte dann dieses Virus, das ich zuerst – wie viele andere – nicht besonders ernst nahm. Wuhan schien weit weg. Doch plötzlich wurde die Welt sehr klein. Von einem Tag auf den anderen hat sich vieles geändert: erste Welle, zweite Welle, dritte Welle, mehrere strenge Lockdowns, Homeoffice, Quarantäne, 363.000 Infizierte in Österreich im Jahr 2020, Tausende davon mussten im Krankenhaus behandelt werden und sorgten für eine angespannte Situation in den Intensivstationen. Mit Anfang Jänner 2021 wurden 6.275 Verstorbene im Zusammenhang mit Covid-19 gezählt, die meisten davon verstarben im Rahmen der zweiten Welle, also zwischen Mitte Oktober und Ende Dezember. Anfang Juli 2021 wurden die Zahlen der Statistikbehörde Eurostat für das Jahr 2020 veröffentlicht: Mit einer Übersterblichkeit von 11% im Vergleich zu den Vorjahren führte das Pandemiejahr 2020 zur höchsten Sterberate in der EU seit Beginn der Aufzeichnungen im Jahr 1961. Wir Bestatter arbeiteten unter noch nie dagewesenen Umständen – mit Ganzkörperschutzanzügen und Gesichtsmasken, wenn wir Verstorbene abgeholt haben, und mit Mundschutz, wenn wir Kontakt zu Angehörigen haben »mussten«. Wir versuchten so viel wie möglich telefonisch und auf digitalem Wege zu organisieren. Hilfreiche und tröstende Rituale waren kaum möglich oder nur sehr eingeschränkt. Zuerst hat es uns Angst gemacht, über die Grenze nach Italien oder Spanien zu schauen: Die Kollegen dort kamen mit dem Beerdigen und Einäschern der vielen Toten nicht mehr nach, Tote wurden in Madrid in der Eishalle und in New York im Central Park gelagert, weil die Kühlkapazitäten längst nicht mehr ausreichten. Massengräber wurden ausgehoben. Wird es auch bei uns so kommen, werden wir das schaffen? Oder kommen wir mit einem blauen Auge davon? Solche Gedanken kreisten in meinem Kopf. Die erste Welle haben wir mit einem blauen Auge geschafft, im Sommer kurz durchgeatmet und dann kam, wie vorausgesehen, die zweite Welle. Wieder zurück an den Start, ein klein wenig schlauer, aber dennoch: Ein langer Winter stand bevor, die Angst war wieder da. Die Infektionszahlen stiegen in rasantem Tempo exponenziell an, die Intensivstationen standen kurz vor der Triage, ein zweiter und ein dritter Lockdown wurden angeordnet. Wieder kamen wir mit einem blauen Auge davon, aber dieses blaue Auge war deutlich größer als das erste. Ein Ende der Krise scheint trotz der Impfungen immer noch nicht in Sicht zu sein. Corona wird uns noch lange einschränken und wir werden damit leben lernen.

Corona ist ein Thema, das die Death-positive-Philosophie auf eine harte Probe stellt, denn die lapidare Weisheit, dass der Tod zum Leben gehört, wirkt – wenn es uns aktuell und persönlich betrifft – leicht zynisch. Eine Behauptung am Beginn der Coronakrise war, dass uns diese Pandemie zu besseren Menschen machen würde, weil wir daraus lernen werden: dass wir entschleunigter und bewusster leben werden, dass wir uns auf das Wesentliche beschränken werden, weil wir erfahren haben, was wir alles – außer Klopapier und Nudeln – eigentlich nicht brauchen. Nichts von alledem habe ich geglaubt. Menschen ändern sich nicht so schnell. Kaum waren die erste Welle und der Lockdown vorbei, ging es nach kurzem Zögern weiter wie zuvor: Die Straßen waren wieder mit Autos verstopft, die Hektik kehrte zurück und im Sommer wurde gefeiert, als gäbe es kein Morgen. Das stimmte einerseits, weil das Virus und die Angst vor dem

Herbst unterschwellig da waren und alle Hochzeiten, Taufen und Begräbnisse in dieser »sicheren Zeit« abgehalten wurden. Andererseits bescherte uns genau dieses wahnhafte Abfeiern wieder steigende Infektionszahlen, viele Cluster und damit die zweite Welle. Der Sommer 2020 war eine Art Totentanz 2.0. Und jetzt, im Juli 2021, schließe ich dieses Buch ab und habe den Eindruck, dass die Fehler des Vorsommers wiederholt werden.

Außerdem kam die Frage auf, ob die Pandemie unseren Umgang mit dem Tod verändern würde. Sie hat uns in der Zeitspanne der Krise viel genommen, was uns im Angesicht des Todes Trost spendet: Rituale, menschliche Nähe und Körperkontakt sind für einen gesunden Trauerprozess ungeheuer wichtig. Aber unser Umgang mit dem Thema Tod hat sich nicht verändert oder gebessert. Es war mehr Angst da: Angst, sich und andere anzustecken, Angst, in Quarantäne zu müssen, Angst davor, dass der eigene Betrieb geschlossen werden muss, dass die Wirtschaft völlig zusammenbricht, dass wir verarmen. Und bei gar nicht wenigen war die Angst sogar so groß, dass sie die Gefährlichkeit von Corona schlichtweg verleugnet haben. Auch ich hatte Angst, vor allem um meine Eltern, speziell um meinen Vater, nie aber um mich selbst. Auch als ich selbst an Corona erkrankte, hatte ich keine Angst, einen schweren Verlauf zu haben; ich schloss mich faktisch selbst vor solch einem Geschehen aus. Ein klarer Fall von Verleugnung, denn gleichzeitig bekam ich mit, wie Menschen meines Alters schwer erkrankten. Ebenso hatten wir viele durch Corona verursachte Todesfälle in unserem Institut zu betreuen. Glücklicherweise verlief die Krankheit bei mir mild. Auch wenn der Tod näher rückt: Solange er nicht gewiss ist, verdrängen wir ihn. Selbst wenn der Tod gewiss ist und schon ganz nah, gibt es Menschen, die ihn verleugnen. Verdrängen ist menschlich – daran ändert auch Corona nichts. Ich wollte dieses Buch ursprünglich nicht schreiben. Maria Schlager-Krüger vom Goldegg-Verlag kam mit diesem Projekt auf mich zu. Ich sagte zuerst nein, sie überredete mich, es doch zu tun, und ich willigte schließlich ein. Danke, Maria, schlussendlich hat es mir wirklich Spaß gemacht. Eine Frage, die mich besonders belastete, war, wann ich die Zeit haben werde, das Buch zu schreiben. Dann kam das Virus, und aufgrund des strengen ersten Lockdowns hatte ich wirklich Zeit für das Buch, denn Freunde zu treffen, war nicht möglich, und der Kundenkontakt musste stark reduziert werden. Viele Begräbnisse fanden gar nicht erst statt oder nur in sehr kleinem Rahmen, das verschaffte mir Zeit. Das Schreiben war ein guter Ausgleich und eine angenehme Beschäftigung in dieser irren Zeit. (Einzig schade, dass ich keine Zeit hatte, während der Lockdown-Phasen am grassierenden Kuchenback-Hype mitzumachen.) Danke auch an meine Lektorin Magda Werderits, die mein Buch redigiert hat. Ohne sie wäre es garantiert nicht so leserlich geworden. Auch hat sie dafür gesorgt, dass die Leserinnen und Leser nicht allzu schockiert aus der Lektüre aufschrecken müssen.

Dass dieses Buch geschrieben werden konnte, verdanke ich aber in erster Linie dem besten Team der Welt. Nicht ich allein mache alles so, wie es in diesem Buch beschrieben wird, sondern wir machen das gemeinsam und haben eine geniale Rollenverteilung dafür gefunden. Ohne diesen coolen Haufen grundverschiedener Persönlichkeiten wäre ich nicht nur aufgeschmissen, ohne mein Team wäre das Unternehmen nicht das, was es ist – nämlich ein ziemlich hippes Unternehmen. Danke daher an Markus Ploner, Martin Müller, Marion Stöbich, Lisa Gritsch, Thomas Baldauf, Martin Mühlmann, Leon Kügler, Simon Moser, Simon Köll sowie den vielen Helfern, die uns im Bereitschaftsdienst und am Friedhof unterstützen. Danke an Markus Valtingojer, der als ehemaliger Mitarbeiter ein paar wirkliche gute Geschichten beisteuerte. Und last but not least: Danke meinem Mann Peter, der zwar kein Mitarbeiter ist, mich aber trotzdem seit vielen Jahren erträgt und alle Höhen und Tiefen, die mein Job mit sich bringt, mitträgt. Außerdem sorgt er als ruhender Pol für Ausgleich und selbstgebackenes Brot.

Besonderer Dank gebührt all jenen Menschen, die mir erlaubt haben, ihre Geschichten so offen zu erzählen und ihre Verstorbenen beim Namen zu nennen. Ich weiß, dass für einige von euch das Lesen aufwühlend ist, weil die Erinnerungen an diese intensive Zeit wieder aufbrechen, weil ihr sie noch einmal aus meiner Perspektive durchleben müsst, die euch bisher wahrscheinlich nicht vertraut war. Danke also von Herzen: Romana, Johanna, Astrid, Erich, Claudia, Johanna, Christian, Bettina, Claudia, Nara, Paul, Ulli, Barbara, Engelbert und Anja.

Ihr alle seid einzigartig!

Literaturverzeichnis

Balle, Ch.: Tabus in der Sprache. Peter Lang, Frankfurt/M., Bern, New York, Paris, 1990.

Barley, N.: Tanz ums Grab. dtv, München, 2000.

Biber, K.: Lauras Vermächtnis. Der schreckliche Mord an meiner Schwester und mein Weg zurück ins Leben. Piper, München, 2020.

Biber, K.: SeelenSport: Bewege deinen Körper und stärke deine Seele – Trauer, Wut und Angst im Training bewältigen. Piper, München, 2021.

Birnbacher, D., in Stefenelli, N.: Körper ohne Leben. Begegnung und Umgang mit Toten. Böhlau-Verlag, Wien, 1998.

Boessmann, U./Röder, W.: Krisenmanagement für Pflegeberufe. Problemstellungen und Lösungsstrategien. Hippokrates, Stuttgart, 1998.

Canacakis, J.: Ich sehe deine Tränen. Trauern, Klagen, Leben können. Kreuz Verlag, Zürich, 1987.

Canacakis, J.: Ich begleite dich durch deine Trauer. Förderliche Wege aus dem Trauerlabyrinth. Kreuz-Verlag, Stuttgart, 1992.

Ciompi, L.: Symbolische Affektkanalisation – eine therapeutische Grundfunktion von Ritualen. In: R. Welter-Ederlin, R./Hildenbrand, B. (Hrsg.): Rituale – Vielfalt in Alltag und Therapie, 3. Auflage, Carl-Auer Verlag, Heidelberg, 2011.

Crettaz, B.: Cafés mortels: sortir la mort du silence. Labor et fides, Genf, 2010.

Doughty, C.: Wo die Toten tanzen: Wie rund um die Welt gestorben und getrauert wird. Malik Verlag, München, 2019.

Doughty, C.: Fragen Sie Ihren Bestatter. Lektionen aus dem Krematorium. C.H. Beck, München, 2016.

Doughty, C.: Was passiert, wenn ich tot bin? Große Fragen kleiner Sterblicher. C.H. Beck, München, 2020.

Doughty, C.: Will My Cat Eat My Eyeballs?: Big Questions from Tiny Mortals About Death. W. W. Norton & Co., New York City, 2019.

Durigon, M./Guénanten, M.: Thanatopraxie. Praxishandbuch für Thanatopraktiker und Bestatter. Hans Huber/Hogrefe, Bern, 2013.
Elias, N.: Über die Einsamkeit der Sterbenden in unseren Tagen. Suhrkamp, Frankfurt/M., 1986.
Ennulat, G.: Kinder trauern anders. Wie wir sie einfühlsam und richtig begleiten. Herder spektrum, Freiburg im Breisgrau, 2003.
Erlbruch, W.: Ente, Tod und Tulpe. Kunstmann, München, 2007.
Farm, M.: Wie lange dauert Traurigsein? Oettinger, Hamburg, 2014.
Fischer, G./Riedesser, P.: Lehrbuch der Psychotraumatologie. 2. Auflage., Reinhardt-Verlag, München, 1999.
FUNUS STIFTUNG/Knoche. H./Pasic F. (Hrsg.): Drunter&Drüber. Das Magazin für Endlichkeitskultur. Hirntod und Organspende. Part II, 2015.
Freud, S.: Gesammelte Werke, 9. Band: Totem und Tabu. 3. Auflage, S. Fischer, Frankfurt a. M., 1961.
Greiter, I. W.: Endtag. Wenn jeder weiß, wann er stirbt. Ein Szenario. Tyrolia, Innsbruck, 2012.
Hausmann, C.: Handbuch Notfallpsychologie und Traumabewältigung. Facultas, Wien, 2003.
Harvey, G.: Bewusst trauern für Dummies. WILEY-VCH, Weinheim, 2008.
Hochschild, A. R.: Das gekaufte Herz. Zur Kommerzialisierung der Gefühle. Campus, Frankfurt a. M., 1990.
Horowitz, M.: In Fischer, G./Riedesser, P.: Lehrbuch der Psychotraumatologie. 2. Auflage, Reinhardt-Verlag, München, 1999.
Howell, M. C.: Serving the Underserved: Caring for People Who Are Both Old and Mentally Retarded: A Handbook for Caregivers, Exceptional Parent press, Boston, 1989.
Juen, B. u. a.: Krisenintervention im Rettungsdienst. Studia, Innsbruck, 2002.
Juen, B. u. a.: Handbuch Krisenintervention. Studia, Innsbruck, 2003.

Juen, B. u. a.: Krisenintervention bei Kindern und Jugendlichen. Ein Handbuch für psychosoziale Fachkräfte. Studia, Innsbruck, 2004.
Kachler, R.: Meine Trauer wird dich finden. Ein neuer Ansatz in der Trauerarbeit. 12. Auflage, Kreuz-Verlag, Freiburg i. B., 2005.
Kast, V.: Trauern. Phasen und Chancen des psychischen Prozesses. 4. Auflage, Kreuz-Verlag, Freiburg i. B., 2013.
Kutter, E.: Weibliche Trauerkultur, Abschiedsrituale, Gedenkbräuche, Erinnerungsfeste. Kösel-Verlag, München, 2010.
Kluun: Ohne sie. Scherz-Verlag, München, 2009.
Krüger, St.: Abschied mit Humor – Die Rolle des Komischen in der Trauer. In: Haarmann, H./Bormuth, M. (Hrsg.): Um Abschied geht es ja nun. Exil und kein Ende. Tectum-Verlag, Marburg, 2015.
Laertius, Diogenes: Leben und Meinungen berühmter Philosophen. 3. Aufl., Meiner, Hamburg, 1990.
Lindgren, A.: Ronja Räubertochter. Oettinger, Hamburg, 1982.
Luchterhand, Ch./Murphy, N.: Wenn Menschen mit geistiger Behinderung trauern. 2. Auflage, Juventa Verlag, Weinheim, 2007.
Ludwig, St.: Rituale in unserer Zeit, Vortrag Baseler Psychotherapietage, Mai 1998.
Nagel, Th.: Letzte Fragen. Philo Verlag, Bodenheim/Mainz, 1996.
Neußl, J.: Jeder Mensch empfindet ein »Urgespür« für Rituale. In: Tiroler Tageszeitung, Sonderbeilage Moment, 21. Feber 2014.
Neußl, J.: Mit Ritualen dem Leben Tiefe geben. In: tools 4/2007.
Nilsson, U./Eriksson, E.: Die besten Beerdigungen der Welt. Moritz-Verlag, Frankfurt a. M., 2006.
Overlander, G.: Die Last des Mitfühlens. 2. Auflage, Mabuse, Frankfurt a. M.,1996.
Pachl-Eberhart, B.: Warum gerade du? Persönliche Antworten auf die großen Fragen der Trauer. Integral, München, 2014.

Pernlochner-Kügler, Ch.: De Mythe van het Lijkengif (Der Mythos vom Leichengift), in: Uitvaart, 23e jaargang nr. 11/2007.
Pernlochner-Kügler, Ch.: Ekel und Scham bei der Arbeit mit menschlichen Körpern. GRIN, München, 2010.
Pernlochner-Kügler, Ch.: Körperscham und Ekel – wesentlich menschliche Gefühle. lit Verlag, Münster, 2004.
Ploner, M.: Der Realität des Todes näher kommen: Eine Studie zur Begegnung zwischen den Angehörigen und dem Leichnam des verstorbenen Menschen. Der andere Verlag, Tönning, 2004.
Prein, M.: Der Leichnam – Das (Un-)Begreifbare der menschlichen Endlichkeit. Dissertation, Alpen-Adria-Universität, Klagenfurt, 2014.
Prein, M.: Letzte Hilfe Kurs: Weil der Tod Thema ist. Styria Verlag, Wien, 2019.
Rinder, N./Rauch, F.: Das letzte Fest. Neue Wege und heilsame Rituale in der Zeit der Trauer. Irisiana/Gütersloher Verlagshaus, München, 2012.
Roche, Ch.: Schoßgebete. Piper, München, 2011.
Schroeter-Rupieper, M.: Praxisbuch Trauergruppen – Grundlagen und kreative Methoden für Erwachsene, Jugendliche und Kinder. Patmos/Schwabenverlag, Ostfildern, 2015.
Schroeter-Rupieper, M.: Für immer anders. Das Hausbuch für Familien in Zeiten der Trauer und des Abschieds. Patmos/Schwabenverlag, Ostfildern, 2009.
Stalfelt, P.: Und was kommt dann? Das Kinderbuch vom Tod. Moritz-Verlag, Frankfurt/M., 2003.
Stefenelli, N.: Körper ohne Leben. Begegnung und Umgang mit Toten. Böhlau-Verlag, Wien, 1998.
Student, J.-Ch. (Hrsg.): Im Himmel welken keine Blumen. Kinder begegnen dem Tod. 5. Auflage. Herder, Freiburg, 2000.
Student, J.-Ch. (Hrsg.): Sterben, Tod und Trauer. Handbuch für Begleitende. Herder, Freiburg, 2005.
Terhorst, E.: Das erste Trauerjahr – Was kommt, was hilft, worauf Sie setzen können. Kreuz-Verlag, Stuttgart, 2015.

Thomas, C.: Berührungsängste? Vom Umgang mit der Leiche. 3. Auflage. VGS, Köln, 2003.
Uhl, J.: Drei Liter Tod. Mein Leben im Krematorium. Kösel, München, 2015.
Vandermeersch, P.: Psychotherapeutische Rituale. In: A. Bellinger & D. Krieger (Hrsg.): Ritualtheorien. Ein einführendes Handbuch. 4. Auflage, VS Verlag, Wiesbaden, 2008.
Van Gennep, A.: Übergangsriten (les rites de passage). Campus Verlag, Frankfurt/M., 1986.
Welter-Enderlin, R./Hildenbrand, B. (Hrsg.): Rituale. Vielfalt in Alltag und Therapie. 1. Auflage, Carl-Auer, Heidelberg, 2002.
Worden, W. J.: Beratung und Therapie in Trauerfällen. Ein Handbuch. 5. Auflage, Hogrefe, Wien, 2017.
Worden, W.: Children and grief. When a parent dies. Guilford publications, New York, 1996.
Wrede, E.: The end. Das Buch vom Tod. Wilhelm Heyne Verlag, München, 2018.
Yalom, I. D.: In die Sonne schauen: Wie man die Angst vor dem Tod überwindet. 1. Auflage, Btb (Random House), München, 2008.

Quellenverzeichnis

Biber, K.: www.seelensport.at

Krüger, St.: Wie uns Komik beim Trauern helfen kann. https://sciencev2.orf.at/stories/1764734/index.html

Neussl, J.: Dem Abschied Tiefe geben – Neue Abschieds- und Trauerrituale. https://aspetos.com/de/post/dem-abschied-tiefe-geben-neue-abschieds-und-trauerrituale/544

Pernlochner-Kügler, Ch.: »Wie ist das, wenn man tot ist?« Mit Kindern richtig über Sterben, Tod und den toten Körper reden https://www.trauerhilfe.at/verabschiedung/kindliche-trauer/

Pernlochner-Kügler, Ch.: Sind Leichen giftig? https://aspetos.com/de/post/sind-leichen-giftig/32

Pernlochner-Kügler, Ch.: Leichen im Keller von Palermo https://aspetos.com/de/post/leichen-im-keller-von-palermo/856

Ploner, M.: Seuchengefahr durch tote Körper. https://aspetos.com/de/post/seuchengefahr-durch-tote-koerper/580

Rolf, B.: Der Tod und ich. Geschichten einer Bestatterin. Teil 2: Knick in der Optik. https://www.youtube.com/watch?v=cE6P5bXouyE

Death-Café: https://en.wikipedia.org/wiki/Death_Cafe

Leichenkonservierung: https://de.wikipedia.org/wiki/Leichenkonservierung

So läuft eine katholische Beerdigung ab: https://www.katholisch.de/artikel/16677-so-laeuft-eine-katholische-beerdigung-ab

Tabu: https://de.wikipedia.org/wiki/Tabu

Trauerjahr: http://ns2.ipdn.ac.id/j37S_das-erste-trauerjahr_soI2zN.pdf https://aspetos.com/de/post/trauern-frueher-und-heute-das-trauerjahr/792

Über die Autorin

Christine Pernlochner-Kügler, geboren 1971 in Innsbruck, ist verheiratet und hat einen erwachsenen Sohn. Sie studierte Philosophie, Psychologie und Germanistik an der Universität Innsbruck, absolvierte dort das Doktoratsstudium und schrieb ihre Dissertation über »Körperscham und Ekel – wesentliche menschliche Gefühle«. Das Buch dazu wurde 2004 veröffentlicht.

Seit 2001 unterrichtet sie am Ausbildungszentrum West für Gesundheitsberufe in Innsbruck und Hall sowie an der »FH Gesundheit Tirol« unter anderem in den Fächern Soziologie, Psychologie, Pädagogik, Pflege in Krisensituationen, Palliativpflege und Kommunikation. Zudem ist sie als freie Vortragende und Autorin tätig.

2004 gründete sie mit ihrem Kollegen Markus Ploner die »Praxis für Thanatologie und Trauerarbeit« und die »Funeralitas – Fortbildungen für Bestattungspersonal« im Rahmen der »Trauerhilfe Bestattungen«, einem Bestatternetzwerk in Tirol und Vorarlberg, mit dem Ziel, moderne Verstorbenenversorgung und Abschiedsbegleitung im Tiroler Bestattungswesen zu etablieren. Seit 2008 ist sie geprüfte Bestatterin. 2012 übernahm sie mit Markus Ploner ein Innsbrucker Traditionsunternehmen und führt es als »Bestattung und mehr I. Neumair« weiter.